Alfa-nastro

Renee Rose

Traducido por
Vanesa Venditti

 Creado con Vellum

Alfa-nastro

Primera lección de la secundaria Wolf Ridge: Dominar o someterse.

En esta escuela, un lobo se come a otro y los que están en la cima, como mi hermanastro, son los que mandan.

¿Los que estamos en la base? Intentamos pasar desapercibidos.

Pero ahora que mi nombre está asociado al de Wilde,
       ahora que somos «familia»,
       ya no puedo esconderme.

Y el jugador engreído quiere castigarme
       por el delito de arruinar su reputación.

Él descubrió mi secreto
       y lo usa en mi contra.

Preferiría morir antes de que alguien se entere.

Así que cedo antes sus exigencias.

Mi cama.
Mi cuerpo.
Mi sometimiento.

¿Y lo peor? *No quiero que se detenga.*

Libro Gratis de Renee Rose

Quiere un libro gratis de Renee Rose? Suscríbete a mi newsletter para recibir **Padre de la mafia** y otro contenido especialmente bonificado y noticias de nuevos. https://BookHip.com/NCVKLK

Capítulo uno

Rayne

Hay tres cosas que odio de la secundaria Wolf Ridge: los alfa-diotas (los jugadores de fútbol que dirigen nuestra vida social), las jugadoras de vóley (piensen en una versión femenina de los alfa-diotas), y el resto del cuerpo estudiantil, con excepción de los humanos.

Así que, sí. Eso no deja prácticamente a nadie.

Y allí, como la enana de la manada, es donde he estado desde el comienzo, así que no es nada nuevo.

Ahora mismo a quien más odio es a las jugadoras de vóley. Sobre todo a Casey Muchmore.

—¡Enana! —grita a mis espaldas mientras intento caminar rápido por la escuela—. ¡Enana! No me hagas perseguirte.

Casey es la loba alfa de la escuela, casi tan malvada como su hermano Cole cuando era el dueño de estos pasillos hace dos años.

Mierda.

Dejo de caminar rápido, pero no le doy la satisfacción

de voltear. Ella toma mi hombro para hacerme mirarla y me choca contra la pared de ladrillos, donde me golpeo la cabeza.

—No sano como tú, —digo rápido. Es una advertencia por el bien de ambas. Puede que sea la hija de un transformista, quizá de dos, mi mamá nunca lo diría, pero no soy como el resto. Mis células no se regeneran tan rápido como las suyas. Eso quiere decir que si me lastima, dejará marcas. Habrá evidencia de la tortura que podría usar en su contra.

Aunque no lo haría. No soy estúpida.

—Entonces será mejor que escuches, —gruñe.

—No necesito escucharlo.

—Bueno, lo harás.

—*Casey*, —interrumpo—. No me importa con quién te beses. O qué hagas. No te juzgo y no es mi problema.

—Así es, maldición. —Ella ha perdido algo de su fuego. Creo que pensaba que podría asustarme y hacerme temblar y que prometa mantener la boca cerrada.

En mi búsqueda por encontrar un lugar a solas donde almorzar, me encontré con ella besándose con River, una de las porristas. No debería ser tan importante. En estos días de inclusión, ser gay ya no es un estigma para los adolescentes. Al menos no en secundarias humanas.

Pero esto es Wolf Ridge. Los transformistas están extremadamente preocupados con el género. Es parte de la cultura de los lobos. Considerando lo mucho que me repudian en esta manada por ser pequeña y nunca haber transicionado, no me puedo imaginar cómo rechazarían a un lobo gay.

—¿Sabes qué me estaría preguntando a mí misma si fuera tú?

—¿Qué? —Ella parece sorprendida al escuchar confianza en mi tono. Sí, puedo ser pequeña, pero no soy una cobarde. Además, estos chicos me han tratado mal desde el jardín de infantes, así que he desarrollado bastante resiliencia.

—Cómo se siente River sobre esconder su cariño.

Las cejas de Casey se juntan.

—Pero como dije recién. No es de mi incumbencia. Tus secretos están a salvo conmigo, —No la miro directo a los ojos. Le muestro la garganta para ofrecerle sumisión, pero también digo—. Lamento que no te sientas cómoda siendo tú misma en la escuela que prácticamente diriges.

Definitivamente fui demasiado lejos. Sus ojos se entrecierran y se acerca a mi rostro.

—Lamento que tu mamá lo hiciera con un ratón y se embarazara de ti.

—Qué lindo, —digo de forma cortante.

—¿Pero supongo que su estatus financiero finalmente cambió, verdad? ¿Cómo está tu nuevo padrastro? ¿También te aceptó en la familia o te construyó una casita de perro en el patio? ¿Quiero decir una casita de ratón?

—¿Eso te hace sentir mejor?

—¿Qué?

—¿Ser cruel conmigo? ¿Eso te ayuda a sentirte mejor acerca de tus propios traumas internos?

Casey me suelta como si mi piel la quemara.

—Aléjate, enana.

Me río de forma cortante.

—Yo soy la que tiene la espalda aplastada contra la pared, Casey. —Me atrevo a mirarla a los ojos por un momento y veo el dolor detrás de su mirada.

Parece que hablar en serio con Casey funciona porque voltea de forma abrupta y se aleja, su larga y gruesa coleta se mueve detrás de ella.

Me apoyo contra los ladrillos, aliviada.

Parece que viviré otro día. Que me golpeen en la escuela sólo sería otro punto en mi contra en casa.

Un recordatorio de que cuando Logan Woodward, miembro de la manada real de Wolf Ridge, se casó con mi mamá hace tres semanas, tomó a la perdedora más grande de la manada como su nueva hijastra.

Algo de lo que estoy segura que su hijo, Wilde, ex capitán del equipo de fútbol, nunca jamás perdonará.

Algo por lo que estoy segura que mi nuevo hermanastro me hará pagar caro.

* * *

Wilde

Nuestra habitación de hotel estalla, la fiesta está a todo volumen.

El olor a humanos se siente fuerte aquí dentro. Estoy acostumbrado a esa peste, pero igual la odio. Está en los vestuarios, en los pasillos de la escuela. En la fraternidad en la que vivo con mis amigos del equipo. Es un aroma soso y enfermizo.

O quizás mis sentidos simplemente se embotaron por vivir entre humanos.

Todo lo que sé es que, la mayoría de los días, me vuelvo loco intentando fingir ser uno de ellos. Ahora mismo hay demasiado metidos en un mismo lugar.

Duke acaba de vencer a Clemson, así que mis compañeros de equipo están celebrando a lo grande. Las porristas de ambos equipos pasean con poca ropa. Es divertido para mí que hayan venido las chicas de Clemson. Supongo que no son leales a los suyos. Los humanos son así de extraños.

No me sorprende que las invitaran. Muchos de mis compañeros tienen algo con conquistar a las mujeres del equipo rival. Alguna mierda primitiva, supongo. Para ser honesto, iba a intentar alegrarme con alguna rubia teñida, alta y de piernas largas, pero algo tiene nervioso a mi lobo.

Un cosquilleo. Una consciencia de que necesito estar atento. Prestar atención. Por eso soy el único sobrio aquí. Aunque en realidad no es posible que un lobo transformista se emborrache. Metabolizamos demasiado rápido. Todos están tomando unas líneas porque nos testearon por drogas ayer, lo que significa que es seguro hacerlo por un par de semanas más.

Nuestro mariscal de campo y mi compañero de cuarto, Ryan, fue a buscar más cerveza, que definitivamente no necesitamos por toda la gran cantidad de C que tenemos. Ryan va al último año y yo estoy en primero, pero somos los jugadores estrella, así que tengo un rango social lo suficientemente alto en el equipo como para ser su compañero de cuarto. Eso o soy el único tipo en el que confía para que no le robe la gran cantidad de polvo blanco que compró antes del juego para vender cuando regresáramos.

Ya nos echaron del área de la piscina y del bar. Así es como todo terminó aquí, en nuestra habitación. El gerente nos pidió que no hiciéramos mucho ruido hace unos veinte minutos, pero no le prestamos mucha atención.

Camino hasta la ventana y miro hacia afuera, me froto la nuca. Mi lobo me debe haber arrastrado aquí porque veo dos patrulleros abajo.

Maldición. Por esto no debo haber tenido ganas de sumarme a la fiesta.

—Salgan todos. Está la policía. *Ahora*, gente. —Pongo algo de orden alfa en mi voz, aunque son humanos. A veces responden a eso, dependiendo de cuán sensibles sean a la energía.

La mayoría está demasiado alcoholizado para notarlo.

Me llevo los dedos a los labios y silbo; luego prendo y apago las luces.

—Dije, todos afuera. Hay policía en la zona. Se terminó la fiesta.

Hay quejidos, pero mis compañeros de equipo los apuran un poco; saben que si nos atrapan, el entrenador Granview nos pateará el trasero. Las porristas toman su ropa descartada. Los tipos reclaman a sus mujeres por esta noche.

La policía llega cuando salen los últimos por la puerta.

Y... hay una causa probable de polvo blanco encima de toda la mesa.

Hubiera sido mejor que la policía terminara con la fiesta porque ahora hay muchísima cocaína y sólo un tipo.

Yo.

Literalmente me acabo de quedar como el único que caerá por Ryan y por el resto de los idiotas de mi equipo.

Por alguna razón, mi lobo no dice nada. No me guía en lo absoluto. Y es el pendejo que me alertó. Así que eso debe querer decir... que quería que me atrapen.

Y luego lo entiendo. Esto es venganza por mi papá.

Arruino mi carrera futbolística, su orgullo sufre.

Le devuelvo lo que le hizo a mi reputación el día que decidió casarse con la mamá de esa pequeña enana defectuosa.

El día que hizo que Rayne la enana fuera mi nueva hermanastra.

Y por eso digo que no hago nada cuando me esposan, me leen mis derechos, y me llevan a la comisaría.

* * *

Rayne

Camino por mi nueva habitación, el espacio sigue teniendo claramente la energía del idiota de mi hermanastro, con un par nuevo de tacones Manolo Blahnik.

Mido apenas uno cincuenta con zapatillas de suela alta, pero sé cómo caminar con tacones. No porque alguna vez haya una oportunidad para que una marginada de diecisiete años de una pequeña ciudad de Arizona se vista para salir.

Nop. Esta es una actividad que sólo se hace en casa. Se supone que sólo hay una salida de Wolf Ridge después de la secundaria, y esa es una beca deportiva. Considerando que soy la enana de la manada sin ninguna habilidad atlética, tuve que encontrar otra forma.

Se descartan las becas académicas. Nadie de la secundaria Wolf Ridge obtiene mucho mérito académico porque nuestra escuela apesta. O sea, mi amiga humana Bailey obtuvo una, pero también se transfirió a WR en su último año, así que tenía todo tipo de clases avanzadas y reconocimientos antes de mudarse aquí.

Hago un circuito por la habitación y observo mi imagen en la pantalla de la computadora. Llevo un sostén negro de encaje con unas bragas haciendo juego y una camisa de leñador desabrochada encima para mantenerme caliente. Los zapatos son de charol negro y brilloso. Me pinchan los dedos de los pies, pero luzco genial en ellos, aunque lo diga yo misma.

No, no iré a un concurso de belleza.

Venderé videos de mis pies en internet. Los hombres que tienen fetiches con los pies pagan por videos como este. Uno de ellos me compró estos zapatos. Tengo otros cinco pares escondidos en el armario. Todo lo que tengo que hacer es filmar un video todos los días y publicarlo para los subscriptores de OnlyFans y Patreon y el dinero ingresa.

Mucho dinero. El mes pasado gané dos mil dólares y sólo he estado haciendo esto desde julio.

Sí, sé que puede ser ilegal. No estoy completamente segura. Tengo menos de dieciocho, así que podría considerarse pornografía infantil. Pero, son sólo pies. ¿Así que...? Creo que está bien. Obviamente no quiero que nadie que me conozca se entere, pero en definitiva es un riesgo que vale la pena tomar.

Si puedo aumentar mis ingresos a tres o cuatro mil dólares por mes, tendré lo suficiente como para ir a ASU el próximo otoño. Ya me aceptaron y me ofrecieron una beca parcial. No es para impresionarse: tienen que aceptar a cualquier estudiante de Arizona con un promedio de 3.0 o mayor y las becas son automáticas según el promedio. Pero incluso así, las habitaciones cuestan una fortuna; mucho más de lo que podría pagar mi madre. Además, ahora tengo una C en Cálculo, y si no mejoro eso, podría arruinarlo todo.

Y no hay manera en que le pida o espere algo de Logan, mi nuevo padrastro.

Es probable que pueda pagarlo, pero creo que ya se supone que seamos agradecidas de que siquiera aceptara casarse con mi mamá después de enterarse de que la embarazó.

Bajo el ángulo de la portátil para que sólo me muestre de la cintura para abajo y pongo grabar. Luego camino de atrás hacia adelante con los zapatos.

—¿Qué piensan de mis nuevos zapatos, caballeros? —Pregunto con mi voz más seductora—. ¿Son sensuales? Si quieren verme con algo diferente, sólo envíenme zapatos de talle 6 a la dirección postal que está en la parte inferior de la página.

Me detengo y poso. Hago mi versión extraña de piernas

sensuales, deslizando un dedo detrás de mi gemelo y volviéndolo a bajar. Poso con un pie que sobresale hacia el costado. Giro y me paro con las piernas separadas; luego me agacho y mis manos bajan por mis muslos.

Mi cabello rubio oscuro cae sobre mis hombros.

Dejé de decolorármelo a platinado y ha crecido en capas suaves que caen sobre mis hombros. No es para los videos; nunca muestro mi rostro o mi cabello. Me lo pidió mi mamá. Supongo que debemos lucir más presentables como nuevos miembros de la familia Woodward.

Como si algo pudiera cambiar nuestro estatus en la manada.

Pero como mis genes defectuosos son la mayor causa de nuestro estatus bajo, no pude negarme. O sea, quiero negarme. Quiero rebelarme y decirle a toda la maldita ciudad que se vaya al carajo. Pero mi hermano no nacido merece tener un padre cerca. Mi mamá se merece no ser madre soltera esta vez.

Así que hubo que hacer sacrificios.

Me volví más presentable a regañadientes. Nos mudamos a la casa de Logan Woodward. Eso hubiera estado bien. Es un idiota pretencioso, pero no es malo conmigo. Hubiera estado bien si no fuera por su hijo Wilde, uno de los alfa-diotas más grandes que ha visto la secundaria Wolf Ridge.

Por suerte, está jugando al fútbol con una beca en Duke.

Lo que no significa que no hará de mi vida un infierno ni bien vuelva a la ciudad. O sea, *me mudé a su habitación*.

Eso debe sentirse como tener un hueso atorado en la garganta para él. La mayor perdedora de la escuela ahora es su hermanastra, vive bajo el techo de su padre, duerme *en su cama*.

Tenía demasiado miedo de cambiar algo. Su papá vació

el armario y la cómoda para mí, pero la mayor parte de mis cosas sigue en contenedores apilados contra la pared. No quiero quitar sus cartas escolares o banderines de fútbol, pero sí puse pañuelos sobre los pin-ups asquerosos que tiene en la pared.

Sigo girando y posando, luego me acerco más a la cámara y doblo una rodilla.

—¿Quieren verme *sin* estos zapatos? —Lo hago sonar como si fuera a quitarme las bragas, pero para la gente, hombres mayormente, a los que les gustan los pies, es así—. ¿Hmm? —ronroneo—. ¿Eso quieren? Recuerden, siempre pueden reservar una sesión privada conmigo y pedirme todo lo que desee su sucio corazón. —Me quito los zapatos para darles algo de tiempo con mis pies desnudos. Levanto un talón en punta y lo giro a la derecha y a la izquierda como si apagara un cigarrillo contra el suelo. Muevo los dedos como si tocara el piano con ellos, algo que los enloquece—. ¿Quieren chupar estos dedos? ¿Quieren que camine encima suyo con ellos? ¿Hmm? —Volteo y froto los dedos contra la parte de atrás de mi pierna en lo que espero sea un movimiento coqueto—. ¿Quién quiere masajearme los pies? Eso me calentaría mucho. —Mi voz está empapada de dulzura.

Pongo crema en mis pies y la froto sin usar las manos, sólo los dedos. Ellos realmente se enloquecen con eso.

Termino y dejo de grabar para subirlo.

Mierda, me estoy quedando sin tiempo. Mi mamá y Logan llegarán a casa en cualquier momento y se supone que tenga lista la cena.

Esa soy yo: la Cenicienta.

No fue Logan el que me ordenó hacerlo, fue mi mamá. Está intentando mucho hacer que esto funcione. Mostrar que soy una adolescente que ayuda y está agradecida. Me siento una huésped no bienvenida en esta casa, por no decir más.

Pongo unos pantalones cortos por encima de mis bragas y me cierro la camisa; luego vuelvo a guardar los Manolos su caja y los escondo en el armario.

En la cocina, abro la nevera y saco el pollo asado de ayer, junto con cebolla, apio, uvas, nueces y mayonesa. Corto el pollo, la cebolla, el apio y las uvas a la mitad.

Escucho que llega el Tahoe de Logan cuando estoy poniendo todo en un recipiente. Mierda. Me apresuro a agregar mayonesa y polvo curry para mezclar rápido.

Tanto él como mi mamá trabajan en la cervecería. Mi mamá tiene un trabajo de sueldo bajo en el piso de producción. Él está en una de las esferas altas, no es ejecutivo, pero sí gerente superior. No es de la realeza de la manada, pero cree que sí. O al menos su hijo piensa que lo es.

Lo escucho gritar antes de llegar a la puerta. No a mi mamá, no lo creo. Suena a que está hablando por teléfono con alguien.

Ah.

—No entiendo como uno de mis hijos puede haberla cagado tanto. Será mejor que esto sea una broma. Una broma de muy mal gusto.

Uhh. Sólo estoy un poquito contenta de que parezca que Wilde está en problemas.

Logan abre la puerta y entra a la casa. Pasa a mi lado y mira el recipiente con ensalada de pollo al curry y luego retrocede como si estuviera cocinando orugas o algo así.

—Si piensas que pagaré la fianza para sacarte allí, te equivocas. Te avergonzaste a ti mismo, a mí, y a esta manada. ¿Qué piensas que diría el entrenador Jamison? ¿Después de todo lo que hizo para que entraras a ese equipo? ¿Esta es forma de pagárselo? ¿Así nos pagas a todos nosotros lo que invertimos en ti?

Puede que no sea capaz de transforme en loba, pero sí tengo oído de transformista, así que escucho la respuesta acallada de Wilde, que es sólo un,

—Lo sé, papá. Perdón.

Quizás escucho con un poco de mi sesgo, pero no suena tan arrepentido. Parece estar un poco más ensayado de lo que esperaría para alguien que evidentemente está detenido, expulsado del equipo de fútbol de Duke, y que está siendo avergonzado duramente por su padre.

—No me sorprendería que el Alfa Green te echara de la manada. ¿Ya sabes lo que pasó con Trey y Garrett, no?

—Sí, señor, —responde Wilde.

Logan se refiere al hijo del alfa y a su mejor amigo, a quienes expulsaron de la manada por fumar marihuana afuera de la secundaria.

Miro rápido a mi mamá, quien está parada en el marco de la puerta de la cocina, una mano en su barriga hinchada, la mirada preocupada por su nuevo marido.

Y sí, es *marido*, no *pareja*. Se casaron en el registro civil hace tres semanas después de que Logan se enterara de que la embarazó durante la luna llena hace unos meses. Sólo otra razón para que nos odie la manada. Todos creen que ella lo atrapó en un esfuerzo por mejorar su estatus.

Como si Logan Woodward cagara arcoíris, y fuera un gran prospecto.

—Bueno, puedes quedarte sentado en la celda y pensar acerca de cómo acabas de tirar a la basura toda tu vida. No tendrás ninguna ayuda de mi parte. —Logan corta la llamada. —¿Qué es eso? —Señala la ensalada de pollo como si nada hubiera ocurrido.

—Ensalada de pollo al curry.

—Necesito más carne que eso, —se queja.

—Literalmente es una ensalada de carne.

—*Rayne*. —Mi mamá abre bien los ojos como advertencia.

—Lo siento, ¿pero me equivoco?

—Calienta también unas salchichas, cariño. —Mi mamá intenta arreglarlo.

Giro hacia el refrigerador y saco las salchichas; me muerdo los labios para evitar decir algo sarcástico. Para ser justa, probablemente necesite mucha más carne que yo. El destino sabe que mi mamá ha estado comiendo el doble de lo que solía ahora que está embarazada.

—¿Qué sucedió, Logan? —le pregunta mi mamá en voz baja.

—No finjas que no escuchaste. Lo arrestaron en un hotel de Greenville por posesión de cocaína con intención de venta.

Literalmente escucho que rechinan sus dientes.

Giro para mirar hacia las alacenas mientras abro el paquete de salchichas y las pongo en la sartén con algo de agua. No querría que mi mamá o padrastro vieran lo satisfactorio que me parece este escándalo.

El rey Wilde, ex capitán del equipo de fútbol de WR y alfa-diota estrella, ha perdido su trono.

No siento pena por él.

Para nada.

Sobre todo no si eso significa que nunca volverá a Wolf Ridge.

* * *

Wilde

Al final, Ryan a la lectura de cargos y paga mi fianza.

Debía hacerlo; me lo debe, maldición.

No sé si el efectivo era suyo o si lo tomó prestado. No pregunto.

Tiene nuestros bolsos para pasar la noche con él, los del hotel. El resto del equipo se debe haber ido ya en el vuelo matutino de regreso a Durham.

Se pone tras el volante de lo que debe ser un coche alquilado, pero no arranca. Tiene ambas sobre el volante, y mira hacia adelante. Juraría que está más tenso que yo.

—Escucha, te conseguiremos un buen abogado. Que te quite los cargos. Regresarás al equipo la próxima temporada.

Asiento, adormecido. Quiere que mantenga la boca cerrada. Que no lo meta a él ni a su pequeño negocio en mi caso judicial.

—Yo, eh, no sé qué decir...

—No digas nada, —lo interrumpo—. Es lo que es

Me mira con curiosidad.

Me encojo de hombros y me trago el asco que sube por mi garganta cada vez que pienso en esa llamada con mi papá. No la que tuve detenido. La que llegó hace unas semanas. En la que me dijo que se había casado con la mamá de Rayne la enana y que ellas se habían mudado a nuestra casa.

—Bueno... lo siento. De verdad, amigo.

Niego con la cabeza.

—Estamos bien, —respondo, aunque nunca estuvimos bien de verdad. Porque estos tipos no son mis verdaderos amigos. Aquí sólo estoy cumpliendo un rol—. Gracias por pagar mi fianza.

Él enciende el coche y conduce hacia el aeropuerto, donde devolvemos el coche alquilado y nos dirigimos al mostrador.

—Cambié nuestros pasajes, —dice.

Miro la pantalla que muestra todos los vuelos que salen. Hay uno a Phoenix en una hora.

Por segunda vez en veinticuatro horas, tomo una decisión probablemente estúpida que me cambiará la vida.

—Escucha, Ryan. ¿Puedes prestarme otros quinientos? Volaré a casa.

—¿Sí?

Asiento.

—No tengo ninguna razón para volver a la escuela si me suspendieron del equipo.

—¿Qué hay de tus clases?

¿Las clases que estoy desaprobando?

—A la mierda con eso.

Ryan niega con la cabeza como si no me entendiera, pero saca la tarjeta de crédito.

—Entonces hagamos que llegues a casa.

Supongo que el pendejo realmente se siente mal por joderme porque me reserva un vuelo de regreso a casa en primera clase. Y no, no me pidieron identificación antes de servirme ese gin tonic.

Quizás estoy loco por volver a Wolf Ridge. Lo cierto es que podría ir a quedarme con mi mamá. Estaría extasiada por tenerme. Pero se mudó con su manada original en Ohio después de dejar a mi papá. Ese no es mi hogar.

Por supuesto, mi papá tenía razón, toda la ciudad de Wolf Ridge se avergonzará de mí. Podrían echarme de la manada.

Pero supongo que ese es el punto.

Mi papá es el que se burló de nosotros al casarse con la mamá de la enana. Así que supongo que no me importa devolvérselo. ¿Quiere que me quede lejos? ¿Quiere hablar de malas decisiones?

Que se vaya a la mierda.

Él es el que no puede controlar su miembro. Mi mamá se divorció de él hace dos años por su tendencia a hacerlo con cualquier mujer que tenga una cola blanca durante la luna llena.

Así que finalmente está pagando el precio y tuvo que hacer lo correcto y casarse con la loba que embarazó. Pero, destino, ¿su gusto en mujeres es realmente tan malo? ¿Tuvo que elegir a la mujer más baja de toda la manada para tomarla y hacerlo en el bosque?

Dios, esa mujer no debe tener menos de cuarenta y cinco. Y el último lobo que parió ni siquiera lo es. Rayne la enana no puede transformarse ni para salvar su vida. Ha sido una marginada desde la pubertad y sólo empeoró cuando lo que todos sospechaban se confirmó.

Es probable que sea mitad humana. Nadie sabe quién es su padre.

No, mi papá es el que bajó el estatus de nuestra familia casándose con *eso*. Dejando que se muden a nuestra casa. Que tomen nuestro nombre.

Y para si acabo de agregar un poquito más de ruina, bueno, esa será la fresa del postre.

Reclino la amplia silla hacia atrás y cierro los ojos.

Wolf Ridge, allí voy.

Pequeña hermanastra, prepárate para sufrir.

Haré que tu vida sea un infierno.

Capítulo dos

R*ayne*

En la cama esa noche, me quito las mantas. Últimamente transpiro por las noches como si tuviera bochornos. O si fuera yo la que está embarazada. Sólo que obviamente no lo estoy porque soy virgen *y* tomo la píldora porque mi período enloqueció este año.

También me he sentido más sensible, físicamente sensible, y los olores me molestan. Todas las cosas que pasan durante el embarazo. Creo que estoy teniendo una reacción empática con la situación de mi mamá.

¿Quién sabe qué sucede con mis hormonas? Soy la rara, ¿verdad? Nada funciona bien en mi cuerpo.

Me escondí en mi, eh, la habitación de Wilde para cenar y no me he animado a salir desde entonces. Mi mamá ha estado intentando hacer que bajáramos para que cenemos todos juntos y nos conozcamos, pero no hay forma en que vaya a salir a cenar esta noche.

No con el humor que tenía mi padrastro.

Para ser honesta, él me aterra.

No porque haya sido malo conmigo. No lo ha sido. Pero

era prácticamente un extraño hasta hace tres semanas y de repente estamos viviendo en su casa, con sus reglas. Y tiene las típicas tendencias de lobo macho fuerte y alfa. Fue el capitán del equipo de fútbol, igual que su hijo. Se casó con una de las porristas. Lo hizo con las demás, estoy segura porque creo que el tipo salió con varias.

Me sorprende que Wilde fuera su único cachorro hasta ahora.

Su esposa, de nuevo, *esposa*, no *pareja destinada*, lo dejó ni bien Wilde terminó la secundaria. Fue el clásico matrimonio de «estamos juntos por los niños». Supongo que regresó a su manada original en Ohio.

No esperaba que se casara con mi mamá. Pensé que quizá pagaría la cuota alimentaria. Se aseguraría de que tuviera todo lo necesario, ese tipo de cosas. Pero creo que él pensó que eso sería poco honrado. Quiso hacer lo correcto por su cachorro.

Así que aquí estamos. Nos mudamos a su casa. Ya transformó el cuarto extra en la habitación del bebé, por eso estoy en la de Wilde.

Intenté convencer a mi mamá de que me dejara quedarme sola en nuestra casa, pero por supuesto que no quiso. Era muy improbable, claro.

Afuera, escucho el ruido fuerte de la camioneta Ford de 1950 restaurada de Cole Muchmore.

Por un breve segundo, me emociono al pensar que quizás Cole y Bailey hayan venido de visita desde Tempe. Y luego me doy cuenta de la única razón por la que Cole llegaría a la casa de Wilde a la medianoche. No es una visita.

Es para traer a Wilde.

Mierda. Carajo.

Me siento en la cama y miro por la ventana. No llevo

más que un top corto y bragas porque me da tanto calor por la noche. Ni bien confirmo mi peor sospecha, el calor en mi cuerpo se vuelve escalofríos.

Wilde se baja de la camioneta, murmura «gracias, amigo» y camina hasta la puerta principal.

Gira el picaporte y se traba en la cerradura que mi mamá insiste en poner. Dudo que otro transformista en Wolf Ridge use cerraduras, sobre todo cuando están en su casa. Si cualquier humano intruso entrara, el transformista podría derrotarlo con facilidad, y si fuera un transformista el que ingresa, bueno, entonces una cerradura no lo impediría. Podrían simplemente derribar la puerta.

Pero mi mamá siempre se preocupa por mi seguridad. Como si fuera una flor delicada sin la habilidad de pelear, a la que podrían robar de mi cama a mitad de la noche. Así que incluso ahora, viviendo con Logan, ella cierra la puerta, aunque eso lo moleste.

Wilde gruñe y golpea con el hombro.

Sin querer que se rompa la puerta y culpen a mi mamá, salgo volando de la cama y corro hasta la puerta, la abro a tiempo antes de que él choque todo el peso de su cuerpo contra ella.

Wilde pasa tropezando y me choca. Su mano sale disparada para tomar mi antebrazo y evitar que aterrice sobre mi trasero, y me mira fijo con una mezcla de asombro y asco.

No suelta mi antebrazo de su fuerza que deja moretones. Por supuesto, él puede ver en la oscuridad mucho mejor que yo. Me sonrojo al darme cuenta de lo que ve.

Yo, pequeña y enana, con nada más que unas bragas de encaje que llevaba para el video y un top corto y diminuto.

Sus fosas nasales se abren cuando siente mi aroma, y por un momento, veo un brillo verde en sus ojos de lobo. Su labio superior se levanta en un gruñido.

Intento dar un paso atrás, pero no me suelta. No es que la distancia me ayude si decide abalanzarse sobre mí. Tiene prácticamente el doble de mi tamaño y es diez veces más rápido y fuerte que yo.

—*Rayne*. —Lo dice como si fuera una maldición. Como si yo fuera su peor castigo. Sus dedos grandes hacen que mi antebrazo luzca como una ramita entre ellos, pero me provocan chispas atentas que corren por mi piel.

El escalofrío se transforma una vez más en calor. Un calor ardiente y febril que comienza en mi centro y se junta allí, fluye bajando por la parte interna de mis piernas. ¿Estoy... *excitada* por él? ¿O es sólo el saber que estoy parada aquí en bragas?

—Wilde.

Él sigue luciendo tan atlético y hermoso como siempre. Si creen que los atletas son hermosos, pero yo no pienso eso. Aunque Wilde es un espécimen perfecto del físico masculino. Bronceado. Con músculos que sobresalen. Una mandíbula cuadrada con un mentón dividido. Pestañas oscuras y rizadas que enmarcan ese par de ojos color miel.

—¿Qué carajos está pasando? —Los pasos pesados de Logan se escuchan por el pasillo.

Wilde finalmente suelta mi brazo y elige ignorar a su padre mientras camina hasta su habitación.

Mi habitación. Mierda.

Mi estómago forma un nudo tenso debajo de mis costillas.

—Esa es la habitación de Rayne ahora. —Dice Logan como un desafío. Como un castigo.

Es suficiente para hacer que Wilde se detenga y voltee el rostro, no hacia su padre, sino hacia mí.

Su mirada podría congelar el agua del desierto.

—*¿Así es?* —Sus palabras son una amenaza, como si me desafiara a confirmarlo.

Por alguna razón, hace que mis pezones se pongan duros.

Que el destino me ayude; la mirada de Wilde baja al frente de mi top levantado.

Su papá dice,

—Tu habitación de entrenamiento es la sala del bebé ahora. Parece que tendrás que encontrar otro lugar donde quedarte.

—Logan, no, —implora mi mamá. Ella está justo afuera de la habitación principal con una bata corta que se agranda en su barriga. Parece que dormía desnuda.

Agh. No es algo en lo que quiera pensar.

—Es el hogar de Wilde, sin importar lo que haya pasado en Carolina del Sur. *Sobre todo* si está en problemas.

Logan rechina los dientes.

—Dormiré en el sofá, —ofrezco, aunque es lo último que quiero hacer. Ya me siento tan fuera de lugar aquí.

—*No.* —Logan mira a su hijo con ganas de asesinarlo—. Wilde dormirá en el sofá. Puede poner sus cosas en el cuarto del bebé por ahora.

—Nah, estoy bien. —Deja único bolso en el piso junto al sofá, se quita las zapatillas y estira su forma gigante en el sofá. Es demasiado grande. Sus pies cuelgan de un lado; su brazo cae hasta el piso.

—Buscaré una almohada, —digo.

Logan parece verme por primera vez.

—Primero ponte algo de ropa, por el amor de dios, —murmura.

Me apresuro hacia la habitación, la habitación de Wilde, y me pongo unos pantalones de pijama. Cuando vuelvo con la almohada, Logan y mi mamá han regresado a su cuarto. Sólo somos Wilde y yo.

Juraría por el destino que es como entrar a campo de fuerza de odio. Como si mi cuerpo fuera más lento cuando me acerco a él, no quisiera siquiera entrar en su esfera de enojo. Pero también hay calor. Un infierno de calor que pasa por mi centro y mis extremidades.

Lo noto y me detengo para arrojarle la almohada.

Se niega a agarrarla y deja que choque con su cuerpo y caiga al suelo para luego mirarla fijo.

—Levántala, enana. —Sus ojos brillan verdes otra vez, como si sólo verme lo enojada lo suficiente para transformarse.

Me estómago se da vuelta.

Decir que tengo miedo es poco. Me aterra. Lo que podría hacerme ni bien tenga la oportunidad.

Pero no lo demuestro.

—Levántala tú, imbécil. —Arrojo mi cabello hacia atrás cuando volteo y camino de regreso a la habitación como si fuera una princesa malcriada, y él, el sirviente en vez de lo contrario.

Su gruñido parece rodearme, entrar en mí. Derretir mi sangre hasta ser lava fundida.

Me quedo sin aliento cuando abro la puerta de la habitación y la cierro, me inclino contra ella como si esperara que él viniera a tirarla abajo en cualquier momento.

Cuando mi corazón deja de latir fuerte, me quito los pantalones de pijama y me meto debajo de las cobijas. Me quedo acostada por un largo rato, pero no logro dormir. Por alguna razón, estoy afiebrada de nuevo; hay un latido intermitente entre mis piernas. Nunca fui de masturbarme, pero llevo mis dedos allí, sorprendida de lo sensible que estoy. La menor caricia me hace temblar y tensarme.

Sigo tocándome para calmarme, pero no logro dormir. Toda la noche, giro y aprieto las piernas sin sentir alivio.

Finalmente, al amanecer, tengo un sueño interrumpido sobre encontrarme con Wilde en forma de lobo en la meseta. Me está cazando, un gran lobo negro, camina lento sobre patas enormes, juega con su presa. Corro y corro hasta chocarme con Bailey, quien me pasa una escopeta. *Balas de plata*, me dice. *Es la única forma de matarlos.*

Apunto la escopeta justo hacia su pecho, pero me resulta imposible apretar el gatillo.

No puedo matar a Wilde, le digo frenéticamente. *Ahora es mi hermanastro.*

Hazlo, me incita. *O nunca volverás a dormir en paz.*

Wilde se abalanza con un gruñido. Ahora es el momento. Es matar o ser matada. Pero no lo hago. En vez de eso, dejo que Wilde me tire al piso y me coma entera.

* * *

Wilde

No puedo dormir en el maldito sofá. Ni siquiera entro en esta mierda. La falta de dignidad me irrita profundamente. Pero no es el sofá lo que en realidad me molesta.

Es la maldita enana. Su aroma sigue en mi palma.

Rayne.

No puedo creer que esté durmiendo en mi habitación, en mi cama, justo ahora. No podría ser peor.

Además... ¿por qué bajaba a la puerta en bragas?

Sólo puede ser porque pasé la noche detenido sin saber si volvería a estar libre que mi miembro se puso duro cuando la vi.

Me estiro y me acomodo el miembro. Sigue medio duro, lo que me enfada. Rayne no me parece para nada atractiva.

Es defectuosa. Es probable que ni siquiera sea transformista del todo. Mi lobo nunca querría hacerlo con alguien como ella.

Pero debo admitir que luce mejor que la última vez que la vi. Sigue teniendo el arito de la nariz, pero su cabello tiene un color normal y ya no sale en todas las direcciones. En realidad lucía... bueno, no diría que linda, pero decente.

Linda si no supieras que es defectuosa. El rostro con forma de corazón. Los grandes ojos azules. La boca con su arco de cupido.

Y esas piernas...

Para alguien tan baja, tiene piernas largas. Definitivamente sabe cómo usarlas. La forma en la que salió de la habitación podría acabar con una habitación llena de hombres humanos. También tiene unas tetas decentes. Tiene buenas proporciones. Al menos tiene eso a favor. ¿Sus pezones se endurecieron por mí?

No, debo haberlo imaginado.

Pero no soporto tener su aroma en mí ahora. Se mete por mis fosas nasales, me enoja con cada respiración. Hace que mi lobo se ponga gruñón y agresivo.

Mierda, ¿y si mi nuevo hermano es igual a ella? Defectuoso y débil. ¿Pequeño e indefenso, como un humano?

Giro enojado y acomodo la almohada debajo de mi cuello. Mi pene late, como si siguiera interesado en saber qué hay debajo de esas bragas que llevaba Rayne.

Me niego a tocarlo. De ninguna forma me tocaré pensando en Rayne la enana.

Preferiría morir.

Capítulo tres

R *ayne*

Me levanto de mi sueño justo antes de que Wilde me tire. Estoy cubierta de sudor, con el corazón acelerado, y mi boca está húmeda con saliva. La piel alrededor del arito de mi nariz pica. Me quito las cobijas, me saco los pantalones de pijama y camino hasta la ducha. Tengo escuela, lo que significa que tengo que estar lista temprano para que mi mamá me pueda llevar de camino al trabajo.

Como los hogares de los miembros más adinerados de Wolf Ridge, la casa de Logan está en la montaña que está junto al bosque. No está en la ruta del bus escolar y todavía no tengo licencia de conducir, algo que ha sido una fuente constante de tensión desde que nos mudamos.

Me ducho rápido, preocupada todo el tiempo de que Wilde tenga que usar el baño y se enoje porque estoy dentro.

Pero no debería tener que vivir con tanta ansiedad.

Maldito Wilde.

Maldito Logan, además.

Pero, por supuesto, ni bien salgo del baño con la toalla envuelta debajo de mis axilas, me choco con una pared de músculos sólidos.

Pensé que los jugadores de fútbol de último año de la secundaria Wolf Ridge eran musculosos, pero no son *nada* comparados con Wilde. Es un *dios* esculpido. Ganaría cualquier competencia de fisicoculturismo en la que participara y más aún.

Contengo el instinto de disculparme. Yo también pertenezco aquí, maldición.

—Cuidado, enana, —gruñe Wilde.

—Cuidado tú, Wilde, —me atrevo a decir. ¿Porque qué hará? No puede lastimarme o decir nada cuando mis padres están en la casa; ellos escucharán todo.

Me muestra los dientes mientras se pone de costado para pasar por la puerta del baño. Noto que sigue con la misma ropa con la que vino anoche, como si hubiera dormido con eso. Huelo su aroma a cuero y caramelo y mis rodillas se debilitan. El roce contra sus abdominales duros envía escalofríos por mis muslos internos, aunque nunca estaría interesada en un tipo como él.

O sea, supongo que mi cuerpo está interesado, pero no mi mente.

Ignoro la punzada de culpa que tengo por tomar su habitación.

No es mi problema. Él fue quien causó todo esto.

Me visto y me peino el cabello mojado. Tengo que usar algo de alcohol alrededor del arito de mi nariz. Juraría que últimamente se siente como si el agujero estuviera cerrándose, lo que no tiene sentido porque lo he tenido desde primer año.

Me pongo un poco de maquillaje. Solía usar mucho delineador negro al estilo punk-emo, pero en los últimos años lo he dejado un poco. Después de hacerme amiga de Bailey, una humana de último año y marginada como yo, cuando estaba en segundo año, tuve unos buenos nueve meses de salir con los populares, incluido Wilde. Fue increíble tener una vida social para variar.

Bailey terminó saliendo con el mariscal de campo estrella del mundo transformista, la pareja más inusual del mundo, y me llevó a su esfera con ella. Pero luego se fueron todos a la universidad.

Aunque las cosas se suavizaron para mí. Los chicos transformistas ya no eran tan abiertamente malos conmigo. Yo era más conocida. No parecía estar tan fuera de lugar en una multitud. Pero dejé de asistir a eventos sociales. Simplemente no me sentía cómoda sin Cole Muchmore, el novio de Bailey, de mi lado. Nadie me molestaba cuando estaba bajo su protección.

Sigo en mi habitación cuando escucho la voz grave de Logan en la cocina.

—Bajarás a hablar con el entrenador Jamison hoy, —le dice a Wilde—. Será mejor que le cuentes lo que has hecho y le ruegues que te deje entrenar con el equipo.

—No entrenaré con alumnos de secundaria. —Hay desdén en la respuesta de Wilde.

Escucho el golpe de que tiran un cuerpo contra una pared. Aunque sé que esto es normal, que los transformistas muestren dominancia con lo físico porque nadie sale realmente herido, mi corazón late fuerte en mi pecho. No crecí así. No he estado cerca de padres que sean violentos.

No me gusta para nada.

—*Logan*. —Parece que a mi mamá tampoco le gusta.

—Irás a ese campo y entrenarás todos los malditos días si estás en Wolf Ridge. Y de ahora en más llevarás a tu hermana a la escuela.

—¿Mi *hermana*?

Oh no. *Oh, destino no.* Esto es malo. Hasta horrible.

Quiero salir corriendo y decir que no es necesario, pero ya sé que no ganaré la discusión. Además, me intimida Logan.

—Logan, no. Yo puedo llevarla, —dice mi mamá—. No lo vuelvas un castigo o nunca se llevarán bien.

—Necesita aportar aquí si se quedará.

Ninguna parte de mí quiere salir de la habitación, pero no puedo esconderme aquí por siempre. Abro la puerta y voy a la cocina como si no hubiera una guerra total allí. Saco un recipiente y me sirvo cereal.

—Tienes que encontrar un trabajo, mantenerte en forma para el fútbol, seguir tus clases, y encargarte de llevar a Rayne. O mejor aún, enseñarle a conducir, así podrá dejar de ser una carga para los demás.

Carga. Auch.

Sabía que era eso, pero igual duele escuchar que lo digan en voz alta.

Escondo el rostro detrás del plato de cereal y les doy la espalda a todos. En vez de sentarme a la mesa, me paro en la mesada y miro por la ventana hacia la increíble vista de las montañas.

—Mi Jeep sigue en Durham, —murmura Wilde.

Logan está callado por un momento.

—Leslie, dale las llaves de la Subaru, —dice—. Hablaremos más cuando vuelva a casa.

Ahora volteo para ver qué hará mi mamá.

Ella hace una pausa por un momento y me mira con preocupación, pero está demasiado dedicada a hacer que las cosas funcionen con Logan. Sale de la cocina y vuelve con las llaves de su coche.

Mierda.

Justo cuando pensaba que las cosas no podían empeorar, lo hacen.

* * *

Wilde

Para alguien tan pequeña, Rayne está llena de sarcasmo. No con mi papá; no es estúpida. Sino conmigo.

Cuando es hora de ir a la escuela, viene y me patea.

—Vamos.

Ningún *por favor*. Nada de dulzura. Ni siquiera siento olor a miedo en ella. Lleva unos pantalones cortos y sueltos y una remera grande, lo que odio. Ella podría lucir mucho mejor. He visto su cuerpo. Es decente. No necesita rebajarlo como lo hace.

Su aroma invade mis sentidos. No me molesta. Es infinitamente mejor que el aroma de un humano, aunque sea defectuosa. De hecho, me resulta agradable.

Tampoco me molesta su actitud. Probablemente sentiría una pizca de remordimiento si fuera una oveja asustada. Me gusta que me responda. Afirma mi decisión de hacer que su vida sea miserable.

Porque en algún momento, necesitaré que todos en esta casa se den cuenta del enorme error que es esta familia ensamblada. Quiero que Rayne y Leslie vuelvan a su parte de la ciudad con el nuevo bebé.

Pero eso no parece lo correcto. Ese niño será mi hermano. Será mi deber protegerlo a él o a ella, al igual que es el deber de mi padre brindarle lo necesario y proteger al cachorro y a su mamá.

Mierda.

Si tan sólo Rayne no fuera parte del trato.

Pero no debería preocuparme por la enana. No es nada. No es nadie.

Cuando termine la secundaria, espero que se mude.

Sólo que mi nombre siempre estará unido al suyo.

Destino, mi papá la llamó mi *hermana*.

Como si fuera *posible*.

Detrás de esta gran pared de resentimiento está la idea de que no me debería importar tanto. Debería volver a Duke con mi beca de fútbol, la que ciertamente perderé ahora, a vivir mi mejor vida.

Soy uno de los pocos que salió de Wolf Ridge. Alguien que tenía el potencial de realmente volverse alguien. Podría haber sido rico. Los reclutadores de la NFL ya me estaban viendo. Literalmente me habían preparado desde pequeño para esa vida.

Pero lo tiré todo por el retrete cuando me hice cargo de la culpa de Ryan y del equipo.

Ese peso hace que sea difícil caminar y salir hacia la camioneta Subaru. Abrir la puerta. Subir detrás del volante y mover el asiento hacia atrás lo más que se pueda para que entren mis piernas.

Pensé que volver a Wolf Ridge sería un alivio, pero es casi peor que estar en Duke. Tampoco pertenezco aquí. Siento que estoy teniendo algún tipo de experiencia extracorporal. Me miro a mí mismo desde arriba, haciendo los movimientos para arrancar el coche y conduciendo por la ruta tan familiar hacia la secundaria en donde estaba en la cima del mundo, pero soy un extraño a todo esto.

No le digo nada a Rayne, y ella tampoco intenta hablarme. Sólo mira su teléfono; su cuerpo abraza la puerta del pasajero. Su aroma inunda el coche. Hay algo intrigante en él, pero no logro darme cuenta de qué. Una nota que llama la atención de mis sentidos, como un recuerdo que aún no he tenido.

Tomo un atajo por el estacionamiento de atrás que linda con la cancha de fútbol y es la entrada menos conveniente para Rayne. Apenas freno el coche, ella se arroja a abrir la puerta y baja despacio a sus pequeños pies.

—Gracias, —murmura.

No respondo, pero mi mente está ocupada demasiado tiempo de camino de regreso a casa, preguntándose por qué se molestó en agradecerme.

Si fue un reflejo o si de verdad es agradecida.

Por alguna razón, me muero por saber cómo sería lograr que estuviera realmente agradecida. Que esos grandes ojos azules miraran mi rostro como si yo fuera su amo y ella mi humilde esclava.

Estaría de rodillas. Desnuda, por supuesto. O, *mierda*, quizás con esas bragas de encaje que tenía puestas anoche. Me miraría con adoración y anhelo por complacer; su pequeño cuerpo vibraría con la necesidad de seguir mis órdenes.

Y ahora la tengo semi dura.

Eso es una locura. Ni siquiera me siento atraído por la pequeña enana.

Es más sobre querer tener poder sobre ella. Quiero ponerle un fin a sus movimientos engreídos de cabello y su levantamiento de mentón. Quiero mostrarle quién manda y que lo acepte con cada pequeña parte de su ser.

Ahora tengo el miembro totalmente duro. Definitivamente estoy yendo en una dirección equivocada con estos pensamientos.

* * *

Después de masturbarme, ir a correr en forma de lobo y darme una segunda ducha, obedezco las órdenes de mi papá y le escribo al entrenador Jamison para decirle que estoy en la ciudad y que tenemos que hablar.

Me responde de inmediato y me ofrece llevarme a almorzar.

Me siento como un completo idiota aceptando, sobre todo porque sé que estará enojado por pagar cuando sepa lo que he hecho, pero no tengo nada de efectivo. Tenía una beca completa en Duke, y nos trataban como realeza cuando estábamos de viaje; nos quedábamos en los mejores hoteles y pagaban nuestras comidas, pero no tenía efectivo ni tiempo para trabajar. Por eso Ryan vendía. Usaba su fama y popularidad y su lugar como fiestero para generar efectivo.

Entre las fiestas de fraternidad y las prácticas, no tenía tiempo para estudiar.

Llego al restaurante Luna Nueva sin nada más que un bolso lleno de cargas y la aceptación de que es hora de finalmente liberarme de algunas.

* * *

Matt Jamison es el tipo que siempre me ha apoyado. No es que mi papá no lo haya hecho. Sé que también quería lo mejor para mí, pero el entrenador Jamison nos conocía a fondo. Mejor que nuestros propios padres. Casi tan bien como nuestros mejores amigos.

Sentarme al otro lado de la mesa es casi doloroso porque sé que no creerá en ninguna de mis mentiras y me hará saber cada pequeña parte de lo que piensa.

—Hoy está en las noticias, —dice con un tono neutro ni bien entra al cubículo.

Bien. Eso me ahorra tener que explicar por qué estoy aquí.

Excepto que dice,

—¿Te molestaría explicarlo?

Intento tragar y no puedo. Sé que un simple, «No, señor» no será aceptado.

Niego débilmente con la cabeza.

—No lo sé...

Él inclina la cabeza, levanta las cejas, pero no dice nada.

Casi desearía que me retara como lo hizo mi padre, pero espera.

—No me gustó vivir entre humanos.

Allí está. La verdad del problema. Por qué tomé esa decisión. En algún punto, quería que me echaran de la universidad y me enviaran a Wolf Ridge. Pero ahora que estoy aquí, es aún peor.

El entrenador lo considera por un momento sin comentar nada.

La moza, una loba transformista de mediana edad con un chico en el equipo de fútbol, pasa por nuestra mesa.

—Entrenador. Wilde. ¿Qué les traigo, chicos?

Aprecio que no pregunte qué estoy haciendo en Arizona. Me imagino que ya ha viajado la noticia hasta cada ciudadano de esta pequeña ciudad.

—Tres hamburguesas y un plato de papas fritas, —pido—. Y una malteada de chocolate.

—Lo mismo para mí, pero té helado en vez de malteada, —pide el entrenador. Cuando se va, él me dice—. Duke estaba demasiado lejos de casa.

Mierda, debo ser el mariquita más grande del mundo porque algo se mueve en mi pecho, casi me quiebra.

Esperaba una reprimenda. Que me entienda es casi demasiado difícil de tolerar.

—Deberíamos haber intentado conectarte con una manada allí.

Niego con la cabeza. Sé por qué no sucedió eso. Se suponía que mi gloria fuera para esta manada. El alfa Green, el entrenador Jamison, y mi padre no querían que otra manada reclamara mi éxito. Que me pusieran en pareja con una de sus lobas y sentara cabeza allí. Se suponía que siguiera en NFL, me hiciera rico, y ese dinero volviera a Wolf Ridge.

—Extrañabas tu hogar, así que lo arruinaste a propósito.

—No diría a propósito.

—Te saboteaste de forma inconsciente, entonces.

Levanto los hombros miserablemente.

—Supongo.

—Entonces. ¿Ahora cuáles son tus opciones?

Estoy sorprendido. Como que no puedo creer que no me vaya a sermonear. Puede ser duro con sus jugadores, tiene un estándar más alto que nadie más en nuestras vidas. El hecho de que no me vaya a avergonzar y directamente busque una solución hace que sea más sencillo para mí respirar.

Levanto mi cabeza pesada para mirarlo a los ojos.

—No quiero regresar, entrenador.

—Válido. —Me sorprende una segunda vez—. Está claro que te sentías miserable o no te habrías arruinado tanto a ti mismo.

Ahora, quizás porque no me avergonzó, un arrepentimiento real me llega la médula. No necesitaba cagar tanto las cosas. Arruinar mi reputación y arriesgarme a pasar tiempo en prisión en el proceso. No necesitaba avergonzar a mi padre.

El dolor hace que sea difícil hablar. Opto por mover la cabeza para mostrar que estoy de acuerdo.

—Entonces pensemos cómo sacarte de este problema por ahora. No tienes que regresar. No tienes que jugar al fútbol. Wilde, creo que lo más difícil para un joven lobo alfa es conocer el equilibrio entre lo que es bueno para ti y lo que es bueno para la manada.

La moza nos trae la comida y tomo la primera hamburguesa; la destruyo en cuatro bocados.

—Somos guerreros. Estamos preparados para sacrificarnos por el bien mayor. Siempre has sido ese tipo. Por eso te hice capitán del equipo. Entiendes cómo funciona el trabajo en equipo, entiendes qué implica sacrificarte por el equipo. Entiendes que no se trata sólo de ti.

Me arden los ojos. Con sus halagos viene el saber cómo afecta esta acusación de drogas a la manada. Para un tipo que se enorgullecía de tomar una por la manada antes que fijarse lo individual, tomé una decisión extraña. Por supuesto, realmente elegí por el bien del equipo. Sólo que el equivocado. El humano.

—La esposa de Garrett Green es abogada. Evidentemente no tiene licencia para ejercer en Carolina del Sur, pero pensé que podrías llamarla y pedirle consejos hoy.

Garret Green es el hijo del alfa. Lo echaron de Wolf Ridge por consumir marihuana cuando tenía dieciocho, pero ahora es el alfa de la manada que crece en Tucson. Su esposa es humana, pero dicen que es especial. Supongo que tiene algunas habilidades psíquicas.

Asiento mientras tomo una segunda hamburguesa.

—¿Tienes su número?

—No, y no lo conseguiré por ti. Pensarás a quién tienes que llamar para obtenerlo.

Ah, ahí está el entrenador que conozco. Amor duro de principio a fin.

—Eres inteligente e ingenioso. Seguro podrás conseguirlo.

Me río un poco con la boca llena de hamburguesa y él levanta una ceja.

—¿Qué?

Trago la comida.

—No soy tan inteligente. Apenas me sacaba C en las clases y hasta eso podría haber sido porque los entrenadores les ponen presión a los profesores para que apruebe. —Otro bocado y me termino la segunda hamburguesa.

—Duke es una escuela difícil. La secundaria Wolf Ridge no te preparó bien. También sospecho que tenías muy poco tiempo para estudiar, ¿correcto?

Me encojo de hombros.

—No teníamos nada de tiempo.

—Entonces no tiene nada que ver con lo inteligente que eres. Déjalo ir. ¿Puedes abandonar tus clases este semestre antes de desaprobarlas o terminarlas en línea?

Me encojo de hombros.

—Averígualo. —Hay una orden alfa en su voz.

Debe estar molesto porque me encojo de hombros. Lo siento como un golpe en el pecho que me deja helado. Cuando pasa, me acomodo en el asiento del cubículo.

—Sí, señor.

—¿Qué más?

Me detengo con la tercera hamburguesa a mitad de camino hacia mi boca.

—¿A qué te refieres?

—¿Qué más harás para encargarte de la situación?

Pienso en las órdenes de mi papá y vuelvo a dejar la hamburguesa en el plato. No quiero regresar a Wolf Ridge a entrenar con niños. En serio, preferiría golpearme mi propia cara. Pero supongo que debería mantenerme en forma para mantener las opciones abiertas.

—Yo, eh... qué piensas acerca de...

Mierda.

El entrenador Jamison no me ayuda. Sólo mastica la última hamburguesa y me mira, esperando.

—Mi papá quiere que te pregunte si puedo entrenar con el equipo.

—¿Qué quieres tú?

—A nadie le importa lo que quiero.

—Ah.

Termino mi tercera hamburguesa y empiezo con las papas. Supongo que pensé que el entrenador diría algo más, pero no lo hace. Tampoco responde mi pregunta sobre entrenar con el equipo.

—¿Entonces puedo hacerlo?

—No.

—¿No? —Estoy sorprendido. O sea, supongo que pensaba que esta conversación iba bastante bien hasta ahora. Parecía apoyarme. Hasta ser empático.

Pone un billete de cincuenta dólares sobre la mesa y se limpia la boca con su servilleta.

—Piensa por qué dije que no. Cuando tengas una respuesta, ven a verme.

Capítulo cuatro

Rayne

Todos están hablando de Wilde en la escuela. Sigue siendo famoso en Wolf Ridge porque sólo se graduó hace dos años, y supongo que el Tiktok de cuando lo sacaban del hotel esposado se hizo viral, al menos en Wolf Ridge esta mañana. En mi clase de Cálculo, el profesor tuvo que salir del aula y de repente era una fiesta de *¿Cuál es el chisme sobre Wilde Woodward?*

¿Crees que siga jugando al fútbol?

¿Lo dejarán?

¿Qué dirá su padre?

¿Sigue detenido?

—Está en casa. —No sé me lleva a hablar. Ciertamente no soy de querer reclamar ninguna relación con el tipo. Pero de pronto, todos voltean a verme.

De pronto, no soy invisible.

—Ah, claro. Eres su nueva hermanastra. —Casey Muchmore me mira con interés—. ¿Entonces qué se sabe?

—Volvió mientras arreglan las cosas. —Me encojo de hombros.

—¿Pero qué sucedió? —Insiste Abe.

Mierda. Es tentador contar todo lo que sé sobre la situación. Que la gente se interese en lo que tengo que decir. Poder ofrecerles este pago de información a cambio de unos pocos momentos de su atención y aprecio.

Pero yo, de todas las personas, sé cómo es que toda la ciudad hable sobre ti. Apesta. Y aunque no le debo nada a Wilde, a menos que cuenten que me trajo a la escuela esta mañana siguiendo las órdenes de su padre, no estoy tan dispuesta a compartir su dolor para que todos lo observen.

—Es su historia si quiere contarla, no la mía.

Todos me miran fijo, algunos con sorpresa, algunos con total resentimiento. Como si no pudieran creer mi audacia de no darles todo lo que desean.

—Ah, por favor, enana. —Se burla Abe Oakley. Él solía ser semi decente. Hasta sincero. Pero ahora es un total pendejo. En vez de seguir los pasos de su hermano Austin y volverse el presidente de la clase, tomó la posición gloriosa de Cole Muchmore como el mayor alfa-diota de la escuela. Su palabra es la ley por aquí—. No finjas que tú y Wilde siquiera existen en la misma realidad. No te pensaría como hermanastra aunque fueras la única familia que le quedara.

Eso no debería doler. He escuchado todos los comentarios despectivos que puedan imaginar de los chicos de esta escuela, pero me atraviesa como una lanza por el medio del pecho. Tal vez porque sé exactamente lo real que es.

Mi labio superior se levanta en un gruñido, lo que sorprende a todos, incluida yo. No tengo tendencias de lobo porque no me transformo. Mis ojos no cambian de color. No gruño. Los palos de mi nuca rara vez se quedan parados.

Cuando el profesor vuelve al aula, me salva de cualquier tipo de enfrentamiento.

—Siéntense, —dice de mala manera el Sr. Landon,

nuestro profesor de matemáticas. Es lobo, así que su autoridad tiene un tono particular que hace que todos respondamos.

Sus fosas nasales se agrandan cuando capta los aromas del aula, y por alguna razón, su mirada se posa en mí. No sé qué percibe. ¿Mi miedo?

Pero no sentía miedo. Dolor, sí. Definitivamente estaba a la defensiva. Pero esos aromas son más sutiles, sobre todo en un aula llena de transformistas.

Escuchamos su clase sobre derivadas, y luego pasa una hoja de ejercicios para que practiquemos problemas. No puedo concentrarme. Sigo acalorada debajo del cuello por la ofensa de Abe, y no suelo ser así.

Usualmente, ignoro toda esa mierda. He estado lidiando con eso toda la vida. No sé por qué esto me molestaría tanto, pero así es.

Tengo la necesidad oscura de desafiar a Abe, lo que por supuesto, sería suicida.

Quiero devolvérsela por tocar mi punto sensible. ¿Pero supongo que la verdadera pregunta es por qué ese es un punto sensible? No se equivocó en nada de lo que dijo.

Wilde sí me odia. Odia que sea su hermana. Es probable que nunca me acepte como su familia.

Cuando salimos de la clase, Lincoln, un nuevo humano, camina junto a mí.

—Ey.

Lo miro. No es la primera vez que intenta empezar una conversación. Rechacé sus propuestas de amistad porque, bueno, ya tengo suficientes problemas. No quiero tener la reputación de ser un imán de humanos. Además, tiene un gemelo en esta escuela. Una hermana. No es que esté solo.

Con Bailey, fue diferente. Ella era genial, más grande y valía la amistad, aunque significó desobedecer la asquerosa dictadura de Cole Muchmore en la que nadie tenía permitido hablarle.

Pero no me arriesgaré otra vez con un humano. Eso crearía un patrón y sería el beso de la muerte a cualquier esperanza que tenga de volver a ser incluida. Esas esperanzas ya son bastante escasas.

—Lo que te dijo Abe estuvo mal, —dice Lincoln.
Destino.

No tiene idea de que todos en este pasillo pueden escucharlo, incluido Abe si está cerca. Lo último que necesito es ser responsable porque Abe y sus amigos golpeen al humano.

No se supone que peleen con humanos, el entrenador Jamison lo prohíbe, pero eso no evitará que se hagan ver para probar que sus miembros son más largos. No pueden evitarlo. Es el instinto del transformista hombre establecer dominancia donde sea que pueda.

—Como sea.

—No, en serio. Eso fue horrible. ¿Por qué dejas que te hablen así?

Los chicos en el pasillo me miran mal. Con advertencia en los ojos. Como si después de que le pateen el trasero a Lincoln, yo seré la que cuelgue de la cerca por sus bragas afuera de la escuela.

—¿Qué pasa contigo de todos modos, Lincoln? —Pregunto para cambiar el tema.

Me sigue a mi casillero y espera mientras giro el marcador.

—¿A qué te refieres?

—¿Por qué viniste a la secundaria Wolf Ridge? ¿Tus padres no son ricos? —Todos aquí saben que los gemelos viven en la nueva casa de ocho millones de dólares en la cima del acantilado. Una que hace que la gente local gruña porque su dueño es humano.

—Padre. Uno.

Sus palabras captan mi interés en contra de mi buen juicio.

Miro alrededor de mi casillero mientras meto los libros en la mochila.

—¿Cuál padre?

—Nuestro padre.

Lincoln es apuesto para ser humano. Cabello castaño oscuro y rizado. Ojos cafés. Un hoyuelo en una mejilla. Su hermana gemela también es hermosa. Su ropa es cara pero no demasiado elegante. Lincoln se viste más como una estrella de rock. Su hermana Lauren tiene ese toque de chica a la moda y despreocupada.

—¿Entonces, qué sucede? ¿No puede pagarte la escuela privada? ¿O al menos Cave Hills? —Me refiero a la pretenciosa escuela pública que está bajando la montaña de Wolf Ridge. Cave Hills tiene más dinero que Scottsdale, y sus escuelas públicas lo demuestran. No nos comparamos en lo académico, pero nos encanta aplastarlos en todos los deportes.

—No nos gusta dejarlo.

Eso capta aún más mi atención. Maldición. No quería interesarme en este humano.

—¿Por qué no? —Cierro mi casillero y me pongo la mochila sobre un hombro.

Lincoln se encoje de hombros.

—Está deprimido. Nuestra mamá murió de cáncer el año pasado, y le está costando mucho.

—¿Y decidió mudarse *aquí*? —Pregunto con incredulidad. ¿Porque quién en su sano juicio elegiría Wolf Ridge como su refugio en la depresión?

—Construyó la casa para ella. Ella amaba Arizona. Así que... sí.

—Mierda. Lo siento mucho.

—Sí, así que adónde vamos a la escuela es la menor de nuestras preocupaciones.

—Lo entiendo. —No quería hacerlo, pero de algún modo, empecé a caminar con Lincoln mientras salimos de la escuela—. Tengo que irme o me perderé el autobús, —le digo. Como mi mamá trabaja hasta las seis, tengo que tomarme el autobús escolar hasta nuestro antiguo barrio, luego uno de ciudad que suba la colina, luego caminar media hora. Básicamente apesta. Sobre todo porque tener lindos pies es un requisito para mi negocio universitario.

—Podemos llevarte a casa, —se ofrece. Ni siquiera ha parado en su casillero para buscar sus libros ni nada; ha estado a mi lado desde que salimos de clase—. O sea, si tú quieres.

Ah. ¿Yo quiero? Por un lado, arruinará mi reputación ya arruinada por completo. Por el otro, el vieje de hora y media es un grano en el culo y en los pies.

—Em, sí. Claro. Gracias.

Él señala el estacionamiento este, y vamos en esa dirección, caminando por la acera.

Todos nos miran.

Escucho risas y comentarios en murmullos sobre Rayne la enana que ama a los humanos.

Odio a todos en esta escuela. Realmente.

Levanto alto la cabeza y camino hacia el coche de Lincoln. Cuando lo hago, mis manos empiezan a sudar aunque no estoy segura de a qué le temo. ¿A darle una impresión equivocada? ¿A hacer un nuevo amigo?

He tenido una vida social tan patética que no sé cómo manejar las situaciones más simples. Pero eso no es verdad.

Hacerme amiga de Bailey fue fácil. Supongo que es porque Lincoln es un tipo. Me pregunto si quiere salir conmigo. Lo que haré o diré si lo hace.

Y luego mi sistema nervioso ya exhausto recibe una descarga de electricidad que lo atraviesa con una bocina larga y fuerte que nos llama la atención.

Oh, mierda.

¿Que ca...?

Wilde está sentado detrás del volante de la camioneta Subaru de mi madre. Sus ojos brillan verdes, como si estuviera realmente enojado. Por alguna razón molesta, lo vuelve aún más atractivo. Me pregunto de qué color es su lobo. Cómo se ven esos ojos verdes cuando están enmarcados por pelaje.

Bueno, que se vaya a la mierda. No necesito este tipo de escena en el colegio. Ya tengo suficiente atención como son las cosas. Ahora lo tengo analizando las palabras de Abe.

Frunzo el ceño y niego con la cabeza. Nunca dije que necesitaba un aventón a casa. No debería estar aquí de todos modos.

—¿Quién es? —Pregunta Lincoln.

—Mi hermanastro.

Wilde abre la puerta y sale rápido del vehículo.

Mierda.

—Eh, pensándolo mejor, supongo que iré con Wilde, —me apresuro a decir. Necesito llegar a él antes de que se acerque y huela a Lincoln.

Por supuesto, es probable que ya se haya dado cuenta. O sea, si no conoce a Lincoln de la vida en manada, tendría que asumir que es humano.

Y luego me enoja siquiera tener que preocuparme por lo que Wilde piense o diga.

—Gracias por ofrecerte. Te veo mañana. —Me alejo rápido de Lincoln y camino apresurada hacia Wilde.

—Espera, —él me toma del brazo.

Giro y me suelto de su agarre. No estoy segura de qué ve en mi rostro, ¿miedo? ¿Enojo? Por lo que sea que es, se aleja un poco.

—Sólo quiero asegurarme de que estés bien. O sea, ¿él es alguien seguro?

—Rayne. —Hay algo peligroso en la voz de Wilde. Hasta mortal—. Entra al coche. Ahora.

—Sí, estoy bien. —Mi voz suena entrecortada hasta a mis propios oídos. Estoy segura de que él no me cree—. Gracias, Lincoln. Te veo mañana.

Wilde no me mira cuando lo alcanzo. Está mirando mal a Lincoln, quien le responde una mirada amarga.

Oh, mierda.

Corro hacia la camioneta Subaru que Wilde dejó andando y entro. La puerta del acompañante está entreabierta. Wilde sigue enfrentando a Lincoln, quien finalmente niega con la cabeza y se aleja.

Ahora toco la bocina, devolviéndole el favor.

Wilde voltea, sus ojos brillan.

Intento fingir que no tengo miedo.

No lo estoy.

Pero cuando Wilde entra al coche y se lanza en mi dirección para poner su mano alrededor de mi garganta, tengo las palabras listas para echárselas en cara.

—Si me lastimas, dejarás marcas, —le advierto. Lo que significa que su padre las verá. Tendría que afrontar las consecuencias—. No sano como tú.

Él se aleja antes de siquiera apretar. Funcionó.

—Mantente alejada de ese humano, Rayne.

—¿Por qué? —Lo desafío.

—Porque si no lo haces... lo golpearé hasta hacerlo pedazos.

Dejo salir un suspiro sorprendido.

—Dicho como un verdadero bravucón. Molestar a gente que pesa la mitad que tú y no tiene fuerza de transformista no te hace un chico rudo.

Wilde pestañea un par de veces como si intentara mantener a su lobo bajo control. El verde desaparece de sus ojos y vuelven a ser dorados. Él se ríe.

—No, pero ahora tú estás preocupada.

Detesto que se dé cuenta. Los transformistas pueden sentir demasiado con sus narices.

—¿Por qué te importa de todos modos?

Wilde sale disparado, lo que es bastante gracioso considerando el vehículo tan anticuado que conduce.

—Eres defectuosa, Rayne, pero no humana.

—¿Cuál es el punto?

Él aprieta el volante tan fuerte que se rompe.

—Ya es malo que mi nombre esté unido al tuyo, enana. No necesito que tu reputación caiga aún más.

No me importa que acabara de tener la misma idea. Me enoja escucharla de Wilde. Me enoja lo suficiente como para jurar hacer de Lincoln mi nuevo mejor amigo sólo para hacerlo enfadar.

—No estás a cargo de mí, pendejo.

Wilde pisa el acelerador, y gira alrededor de la fila de coches que salen de la escuela para salir rápido por la calle estrecha.

—Piénsalo bien, Rayne. Ahora estás viviendo en mi casa. Puedo hacer de tu vida un infierno.

Ya lo haces.

No lo digo en voz alta. No le daría esa satisfacción.

* * *

Wilde

Me lleva unos buenos quince minutos soltar ese enojo que vino al ver a Rayne con ese humano.

Quería destrozarlo. Levantarlo y tirarlo hacia el techo de la escuela para mostrarle mi fuerza de transformista. Hacer que se mee los pantalones de miedo. No lo quiero cerca de Rayne.

El nivel de enojo que me provoca parece un poco irracional, pero se lo adjudicaré a la situación de mierda en la que estoy.

Mi papá me dijo por una maldita llamada telefónica que se casaría con la mamá de la enana. Estoy durmiendo en el maldito sofá. El caso judicial cuelga encima de mi cabeza.

Después de almorzar, fui un chico bueno e hice lo que me dijeron. Conseguí el número de Garrett Green de Bo e hice que su esposa me llamara para hablar acerca de mis opciones legales. Ella me recomienda declararme no culpable. No estoy tan seguro. Está buscándome un abogado en Greenville.

Luego, cumplí con mi deber de recoger a la enana. Ahora le enseñaré a conducir. Mi meta es que esté lista para la prueba en tres días. Porque claro que no seré su maldito chofer.

La llevo a la meseta donde hay todos caminos de tierra y no hay tráfico.

Rayne, quien ya casi se mea los pantalones cuando vio mis ojos de lobo hace un rato, sigue nerviosa. Por alguna razón, a mi lobo no le gusta el olor de su miedo. Como si no quisiera que me temiera.

Resentida está bien. Irritada es una obligación. Furiosa sería perfecto.

Pero no aterrada.

No me gusta su olor cuando tiene miedo.

Su olor no es horrible en circunstancias normales. Tiene un aroma fresco, primaveral, como creosotas y enebro. Quizá por eso su mamá la llamó Rayne. Es más fuerte de lo que recordaba, pero nunca antes viví con ella. Nunca tuve que juntarme con ella. Me resulta...

Molesto.

Tan molesto como su nueva apariencia.

Sobre todo estoy irritado porque es lo suficientemente linda como para que los chicos humanos intenten llevarla a casa.

El volante vuelve a crujir debajo de mis manos.

Mierda. Pagaré por eso también.

Parece que estoy destinado a que me castiguen por todo lo que hago últimamente.

—¿Adónde vamos?

—Te daré una clase de manejo.

—¿*Ahora*?

No me molesto en responder una pregunta boba.

—¿Contigo?

De nuevo, no vale la pena responder.

—N-no puedo hoy.

—¿Por qué no?

—Tengo tarea, —dice rápido—. Y... sí, tarea.

—Bueno, tendrás que hacer la tarea más tarde. Pasarás los próximos noventa minutos conduciendo este coche.

—¿Por qué? O sea, ¿por qué tiene que ser hoy? No puedo hoy.

Está mintiendo. No sé por qué está tan preocupada.

—Porque no seré tu maldito Uber, enana. Estarás

conduciendo para el fin de semanada, así podremos dejar esta mierda atrás.

—¡Nunca siquiera he estado detrás del volante! —grita.

—¿Pero tienes permiso?

Ella asiente, miserablemente.

—Sí. Mi mamá me hizo sacar uno el año pasado.

Busco la manija de la puerta y la abro.

—Entonces ha llegado la hora. —Me bajo del coche y doy la vuelta.

Cuando Rayne no sale, la saco a la fuerza.

—Vamos, Rayne.

Ella se queja por lo bajo, pero no se mueve.

—Realmente... no quiero.

Inclino la cabeza.

—¿Tienes miedo?

Ella se sienta totalmente inmóvil, mirando fijo hacia adelante como si fingiera que no estoy parado allí.

—¿De qué tienes miedo? No sé qué me lleva a hacerlo, pero le doy la mano como si fuera un caballero y estuviéramos en una cita. La hago salir con gentileza del asiento y logro que sus zapatillas Converse truchas toquen el piso.

Cuando me mira con incertidumbre, sé que tenía razón.

—No es nada especial, Rayne. Es súper sencillo.

—Súper sencillo para ti, —murmura—. Soy defectuosa, ¿recuerdas?

Me mofo.

—Tus genes no tienen nada que ver con tu habilidad para conducir. ¿Por qué carajos pensaría que están relacionados? Todos los humanos conducen. No es que se necesiten habilidades especiales.

Ella da un paso y luego se detiene.

—Ni siquiera sé si mis pies llegarán a los pedales.

Esta vez me río en serio.

—No eres tan petisa, enana. Creo que estás operando con una percepción distorsionada de tu ser.

Cuando lo digo, una sensación de incomodidad se mueve en mi pecho. Algo un poco parecido a la culpa.

Supongo que toda esta ciudad, incluido yo, ha hecho sentir a Rayne que es hasta menos que una humana.

La necesidad de quitarle esa sensación se apodera de mí, así que la tomo por la cintura, lo que es sencillo porque no pesa nada. Doy un par de pasos alrededor del coche, la dejo de pie y le golpeo el trasero.

—Eres pequeña, Rayne, pero no incapaz de conducir.

Estoy un poco desconcertado por lo agradable que fue sostener su peso ligero con un brazo. Sentir su aroma primaveral y limpio cerca de mi nariz.

Ella gira y me mira mal.

—¿Qué tipo de neandertal eres? —me dice de mala manera—. No puedes simplemente ir dándole nalgadas a las chicas.

Tiene razón, por supuesto. Suelo ser realmente respetuoso de las mujeres, es probable que porque el entrenador Jamison nos instaló la caballería desde el primer año.

Inclino la cabeza.

—No eres una chica, eres una enana. Y mi *hermanastra*. Así que a menos que quieras que te dé una nalgada en serio, será mejor que te metas detrás del volante ahora mismo.

Ella se sonroja, un rosa irregular que viaja por su pecho y sube por su cuello. De nuevo, algo incómodo se mueve en mi pecho.

Se sube del lado del conductor, pero apenas llega al volante. Veo pánico en su rostro, como si pensara que esta es la posición en la que tendrá que conducir.

—Por el amor de Dios, Rayne. ¿Literalmente no sabes nada sobre conducir un coche, verdad? —Paso la mano frente a ella para tocar la manija debajo del asiento y deslizarlo hacia el frente.

—Oh, —dice.

—Deja de hacer que esto sea tan difícil. —Camino para dar la vuelta y meterme del lado del pasajero; deslizo el asiento lo más atrás que se puede.

Rayne no se ha movido desde que ajusté el asiento. Sólo está sentada allí, con ambas manos sobre el volante, mirando por el parabrisas con ojos grandes.

Exhalo con exasperación.

—El pedal derecho es el acelerador. El izquierdo es el freno. Usas el mismo pie para ambos.

—¿Qué pie?

Levanto las cejas como diciendo *cómo-puedes-ser-tan-tonta*, y ella se sonroja algo más.

—El pie derecho, Rayne.

—Bueno. —Ella mira hacia abajo a los pedales y pone el pie derecho en el acelerador. El motor se enciende.

—Sip. Ese es el acelerador. Ahora presiona el freno y sostenlo mientras cambias a manejo.

En vez de hacer lo que acabo de decir, ella gira la llave. Como el coche ya estaba andando, le grita. Ella también grita y suelta ambas manos; las levanta en el aire como si se acabara de quemar.

—Mierda, —murmura. Ni siquiera me mira. Está mirando por el parabrisas, respirando agitada, como si fuera una humana fuera de forma que acabara de subir tres pisos de escaleras corriendo.

—Mírame, Rayne.

Ella no me mira.

—Cálmate, maldición. Estás haciendo que esto sea muy difícil. Mírame.

Gira la cabeza y literalmente se estremece cuando ve mi rostro, aunque pensé que mi expresión era neutral.

—¿Qué?

—Puedes hacerlo. Los humanos aprenden a conducir todos los días, y eres mejor que un humano.

Por alguna razón inexplicable, sus ojos se llenan de lágrimas.

Mi primer instinto; me enojan. Casi me hacen enfurecerme. Como si quisiera transformarme y destrozarla.

No. No a ella.

A lo que sea que la hizo llorar.

Que, por supuesto, fui yo.

En la próxima respiración, siento una calma gigantesca de mi agresión, como si me hubieran tapado con una manta de plomo para relajarme. Ambos impulsos fueron poderosos, y el rebote entre ellos me deja mareado.

—Basta, Rayne, —logro decir de forma brusca. Muevo los dedos hacia el parabrisas—. Presiona el freno y sostenlo.

Esta vez, hace lo que le digo.

Tomo su mano y la llevo a la palanca de cambios, moldeando la mía por encima para guiarla al botón del costado y de a poco a conducir. Los cambios funcionan, el coche se tensa, listo para avanzar.

—Suelta el freno de a poco.

Ella obedece. Avanzamos. Se queja, y gira demasiado hacia la derecha e izquierda, como un niño aprendiendo a conducir.

Me muerdo la lengua para no darle más instrucciones. Algunas cosas simplemente hay que aprenderlas haciéndolas.

—Ahora presiona un poco el acelerador.

Avanzamos rápidamente. Ella grita y presiona el freno.

—Lo tienes, —murmuro. Me sorprender escuchar que algo alentador sale de mi boca, pero allí está.

Ella me mira con preocupación.

—Mantén los ojos en el camino, enana. No te preocupes por mí. Si caes por un acantilado, soy indestructible.

Eso le saca una risa desganada.

—Sólo toma práctica. Conduce hasta la meseta y gira y luego vuelve a conducir bajando esta colina.

Ella inhala profundo y luego asiente con la cabeza.

—Bueno. —Toma el volante con mucha fuerza, pero llega a la meseta y logra girar. La hago practicar giros de tres puntos una decena de veces antes de dirigirla de nuevo a la colina. Cuando llegamos al final del camino de tierra, ella estaciona.

—¿Qué estás haciendo?

—Saliendo del coche para que puedas conducir. —Ella abre la puerta.

—No, no lo harás. Nos llevarás a casa.

Sus ojos se abren de golpe.

—Diablos, no. De ninguna forma. Absolutamente no.

Me debato si ser duro o suave con ella. No sé por qué, pero elijo ser suave.

—Lo estás haciendo genial, Rayne. La única forma de que estés cómoda conduciendo es hacerlo. Ahora enciende el coche de nuevo y vamos.

Espero una pelea, pero debe sentirse un poco más confiada porque cierra la puerta y de a poco mueve la palanca de cambios y acelera demasiado; nos empuja de forma brusca hacia adelante.

Me guardo mis críticas. Llegamos a la primera señal de alto, donde se detiene y mira hacia ambos lados cuatro veces antes de avanzar de a poco, aunque no hay nadie allí.

—¿Esperabas que pasaran los coches fantasmas?

—Cállate, Wilde.

Me río. Mejor. Ya volvió a tener ganas de pelear.

Para cuando llegamos a casa, está un poco más suelta y su actitud es la misma de siempre.

Estaciona en el centro de la entrada, lo que hará imposible que mi papá entre su camioneta, pero no la hago moverse. La dejo salir y escapar hacia la casa antes de volver a estacionar y entrar yo también.

Pero no estamos solos. Todo el pelotón de fusilamiento está aquí.

Mi papá, el alfa de la manada, y varios miembros del consejo están de pie en la sala de estar, con los brazos cruzados sobre sus pechos.

Capítulo cinco

Rayne

Voy a mi habitación para darles privacidad aunque podré escuchar toda la conversación por las paredes. Puede que no sea transformista, pero mi escucha sigue siendo mejor que la de un humano.

—Siéntate, Wilde, —ordena el Alfa Green.

Escucho el movimiento de sillas en la sala de estar e imagino a los miembros del consejo formando un semicírculo alrededor de Wilde, como en una entrevista.

O quizá debería decir como en una interrogación.

No sé por qué mi estómago también está anudado por la situación de Wilde. No tengo ningún interés en esta situación. Ni siquiera sé qué sucedió con exactitud. No sé qué hizo y qué no, además de ser detenido por cargos de tráfico de drogas. No sé si tiene una excusa o alguna razón para ello.

—Entonces. ¿Qué sucedió? —El alfa Green dirige la conversación.

Wilde no responde por un momento, al menos no

puedo escucharlo, y me deja conteniendo la respiración, con los dedos cerrados en puños tensos y transpirados.

—Ganamos el juego contra Clemson. Los chicos estaban festejando en nuestra habitación. Acababan de testearnos antes del juego, lo que significaba que era seguro consumir.

—Tú consumes. —Esa acusación, mezclada con suficiente condena como para hundir un barco de batalla, viene de Logan. Él no espera una respuesta—. ¿Por qué te molestarías con eso? ¿Cuán rápido se metaboliza en su sistema?

No respuesta hasta que Logan vuelve a decir de mala manera,

—¡Respóndeme, Wilde!

—No estaba seguro de si eran preguntas retóricas.

—No te hagas el vivo.

—¿Estás consumiendo drogas, hijo? —La voz del Alfa Green es neutral, como si le indicara a Logan que bajara el nivel de tensión.

—Intento encajar con los humanos en un equipo unido. No es fácil. —Escucho frustración genuina y preocupación en la voz de Wilde e intento resistir la empatía que sale de su tono.

Wilde es un pendejo arrogante que seguramente se merecía lo que ocurrió.

Si se sentía fuera de lugar con los humanos, entonces acaba de experimentar cómo se siente ser yo todos los días de mi vida en esta ciudad.

—Entonces elegiste romper la ley y arriesgar toda tu carrera para encajar. —La voz le pertenece a uno de los ancianos de la manada.

—Soy un animal de manada. —Las palabras de Wilde caen con la fuerza de piedras. Hay derrota en ellas. Resignación. Como si supiera que estaba haciendo lo incorrecto, pero no viera la forma de salir.

—Eres un líder, maldición. Fuiste *capitán* del equipo de fútbol de Wolf Ridge. No sigues malos ejemplos. Lideras con unos mejores. Logan sigue enfadado. No puedo imaginar que haya algo que Wilde pueda decir para salir de esto pronto.

—¿Entonces qué sucedió? ¿Cómo se involucró la policía? —Pregunta el Alfa Green.

—La fiesta se estaba volviendo demasiado ruidosa. No lo sé. En vez de la seguridad del hotel, llegó la policía a la puerta. Y tenían causa probable para buscar en la habitación. Encontraron cocaína y me arrestaron. Fin de la historia.

—¿Quién más estaba en la habitación?

—No importa, —dice Wilde—. Me atraparon a mí.

Escucho pasos, como si uno de los hombres se hubiera levantado a caminar.

—¿Y quién pagó tu fianza? —Es el Alfa Green de nuevo.

—Uno de mis compañeros de equipo.

—¿Se suponía que te fueras de la ciudad?

—Sólo tengo que regresar para la fecha del juicio en un par de meses. Hablé con Amber Green. Puede que ella me pueda representar.

Amber es la cuñada del Alfa Green, una abogada en Tucson.

—Wilde, no siento mucho remordimiento de tu parte, —dice el Alfa Green.

Hay silencio.

—Siento decepcionarlos a todos.

—Ah, estamos más que decepcionados, —dice el alfa—. Tomaste malas decisiones. Tu comportamiento es una desgracia para el equipo de fútbol de la secundaria Wolf Ridge, esta ciudad, y esta manada.

—Sí, alfa.

—Lo que más me preocupa es sentir que realmente no te interesa mucho. ¿Tengo razón?

Un escalofrío recorre mi piel porque sé que el alfa Green tenga razón. Es lo que me hizo sentir que Wilde obtendrá lo que se merece.

¿Pero por qué no le importa tanto? Cuando estaba en la secundaria, dio todo lo que tenía para jugar al fútbol. Parece extraño que lo arriesgue ahora y no le importe para nada.

—No, alfa.

—No me mientas, Wilde.

Juraría que siento la tensión en el silencio que sigue meterse por las paredes de la sala de estar y llegar directo a mi pecho.

¿Qué se supone que diga Wilde? La verdad también lo condenará.

No dice absolutamente nada.

—Bueno, veamos si esto te motiva. Quiero que esta situación se resuelva y vuelvas al equipo en Duke, o sales de esta manada. ¿Entendido?

—Sí, alfa.

—Puedes quedarte aquí mientras piensas qué hacer. *Tienes que* pensar qué hacer. No puedes fallar. No puedes ser condenado. Regresarás al equipo con la beca. Y si vuelves a arruinarlo así, serás echado de forma permanente. ¿Entendido?

—Sí, alfa.

Aunque personalmente no puedo esperar a irme bien lejos de Wolf Ridge y de esta ciudad y manada, mis ojos se llenan de lágrimas por Wilde.

La manada lo es todo para un transformista. Somos de

comunidad. Funcionamos por el bien de todos y nos apoyamos entre nosotros. Si te echan de la manada, te maldicen a vivir entre humanos porque la mayoría de las otras manadas decentes también se negarán a aceptarte.

Para un lobo joven de la edad de Wilde, sin manera de sustentarse y sin comunidad, probablemente enloquecería. Por supuesto, Garrett en Tucson podría aceptarlo. Sabe cómo es que te echen de Wolf Ridge.

Me quedo en mi habitación hasta que escucho que todos se van y Logan y mi mamá hablan en voz baja en su habitación. Sólo entonces salgo. La sala de estar huele a miseria. Busco a Wilde con la mirada, pero no está allí.

Me dirijo a la cocina para preparar la cena y veo una pila de ropa junto a la puerta trasera. Levanto rápido la cabeza y miro por la ventana. Allí, desapareciendo por un lado de la montaña, hay un lobo negro. Es enorme, muestra pura belleza y poder mientras consume el espacio con su largo y poderoso galope.

Un lobo negro con ojos verdes. Debería haber sabido que Wilde Woodward no sería nada menos que espectacular en su forma de cuatro patas.

* * *

Wilde

—Hermano, eso es duro, —dice Cole un par de horas más tarde. Él, Bo y Austin llegaron de ASU a brindarme apoyo. Ahora estamos en la meseta, con nuestro amigo Slade.

Considerando el reto que acabo de recibir, estoy agradecido de estar con amigos.

Me transformé y corrí después de que se fuera el consejo, sin poder siquiera sentarme en mi propia piel por otro momento, y me quedé afuera hasta que se hizo bien de noche.

Cuando regresé, encontré que la enana había dejado un plato con muchos muslos asados y un recipiente lleno de brócoli con mantequilla de limón para mí. Creo que es el tipo de mierda que le toca como tarea, alimentarnos. O sea, una cosa sería que le gustara cocinar, pero no creo que ese sea el caso. Creo que hace lo que le dicen.

Después de arrasar con el último bocado de comida que dejó, vi que los chicos me habían estado haciendo estallar el teléfono porque venían.

Llegaron a la puerta sin esperar una invitación oficial y me dijeron que me meta al coche.

Ahora, estamos sentados en el fogón, bebiendo cerveza como en los viejos tiempos.

Bo y Cole ambos juegan al fútbol para ASU. Austin también estudia allí, aunque su padre no lo deja jugar. Se supone que sea médico, como si papá.

Yo fui el pendejo elegido por la manada y el entrenador Jamison para ir a una escuela prestigiosa y brillar mientras que mis mejores amigos pasan tiempo juntos.

Por supuesto, podría ser peor. El pobre Slade se quedó atrapado en Wolf Ridge, como la mayoría del resto de los cabeza de chorlito de la secundaria. Trabaja en la cervecería en el piso de producción.

Acabo de contarles lo que me dijo el Alfa Green antes de cenar.

—¿Entonces cómo harás que te quiten los cargos? —Pregunta Bo.

Me encojo de hombros.

—No sep. Supongo que tengo que encontrar un abogado.

—Entonces... ¿cuándo regresas? —Cole rompe una rama

de árbol muerta con su rodilla. Los transformistas no necesitan hachas. No cuando podemos rompen ramas con sólo las manos o pisándolas con el pie.

Emerge la sensación de resistencia obstinada que ha estado en mí desde que mi papá dijo que se casaría con Leslie. Arrojo una rama al fuego.

—No regresaré.

—¿Qué? —Las cabezas de los cuatro tipos se levantan para mirarme fijo.

Me encojo de hombros.

—O sea, ¿qué sentido tiene si no puedo jugar?

—¿Qué hay de tus clases? —Pregunta Austin.

—Las dejaré. —Sostengo una rama y pongo la parte superior en el fuego; luego la levanto en el aire como una antorcha.

—¿Eso no hará que sea más difícil volver al equipo eventualmente? —De nuevo, Austin intenta ser la voz de la razón del buen estudiante.

—Ya es difícil, amigo, —gruño—. Y la única razón por la que lo hacía era el fútbol. Por el equipo.

Pienso en mis compañeros de equipo y me invade una sensación incómoda. ¿De cuántos de esos así llamados amigos he sabido algo desde que Ryan me puso en ese avión? Mi entrenador me dejó tres mensajes, pero no he escuchado nada de ninguno de mis compañeros.

De ninguno. Ni siquiera de Ryan, a quien le salvé el trasero.

Esos tipos por los que habría sacrificado todo.

Dios, ya sacrifiqué *todo* por ellos.

Pero son humanos. Entienden el concepto de equipo, pero no como estos tipos, mis verdaderos compañeros de equipo. Esto me estaban faltando allí.

Pero estos tipos ahora tienen sus propias vidas. Ya no

estamos en la secundaria. Dos de ellos están en pareja. Los cuatro están en el próximo capítulo de sus vidas. No somos el grupo de alfa-diotas que reinaba en los pasillos de la secundaria Wolf Ridge. No puedo volver a esos días.

Vuelvo a meter la punta de la rama en el fuego.

—Supongo que necesito ir a empacar mis cosas y volver con el Jeep.

Por supuesto, no tengo dinero para eso.

Parece que Bo entiende mi dilema porque se ofrece de inmediato.

—Te prestaré efectivo para un pasaje de avión si lo necesitas. —Él y su novia roba coches, Sloane, encontraron algo de dinero el año pasado, y esa es la única razón por la que pudo ir a la universidad.

Mis hombros se relajan con alivio. Por la seguridad de saber que tus amigos realmente te apoyan.

—Gracias, amigo. Sí lo necesito. Mi papá no me ayudará con nada en absoluto.

Bo saca el teléfono y empieza a verlo como si fuera a reservarme un pasaje ahora mismo.

—Es posible que mi tío Greg te pueda dar trabajo en el taller si lo necesitas.

No sé mucho sobre coches. No como Cole y Bo, quienes trabajaron en el taller toda la secundaria. Pero he estado lo suficiente con ellos para sentir que podría hacerlo.

—Gracias. Sí. Pasaré y hablaré con él.

—Y puedo reservarte un vuelo de ida a Durham mañana por la manada. ¿Te parece? Puedes quedarte con nosotros en Tempe esta noche y te llevaré al aeropuerto.

Otra ola de alivio se filtra en la oscuridad que me dejó pecho duro. O quizás en gratitud.

—Gracias, amigo. Realmente es bueno tenerlos aquí ahora mismo.

Intercambian una mirada, como si no estuvieran necesariamente de acuerdo de que estos fueran buenos momentos. Cuando me miran, es con lo que parece ser algún tipo de empatía o de duda. Como si no pudieran creer lo mucho que lo arruiné. O entender por qué.

Ni siquiera yo entiendo por qué.

Supongo que eso es lo peor.

Como dijo el Alfa Green; no me arrepiento. No me importa.

No podría importarme menos la supuesta tragedia que es mi vida. Todo lo que siento es la necesidad obstinada de atrincherarme aquí en Wolf Ridge. En la casa de mi papá. De hacer que él y Rayne la enana, *sobre todo ella*, se sientan tan miserables como yo.

Capítulo seis

R*ayne*

Ya estoy teniendo un día de mierda.

Es mi cumpleaños número dieciocho y mi mamá lo olvidó. Lo entiendo, tiene cerebro de embarazada. Todo su cuerpo está concentrado en hacer crecer un cachorro. También está viviendo en una nueva casa con un nuevo marido que está enfadado por la carrera arruinada de su hijo. Hay mucho en su mente.

Intento no dejar que me afecte. No soy la chica a la que alguna vez le hicieron una fiesta de cumpleaños o algo así, pero mi mamá solía intentar hacer que fuera especial. Como hacer panqueques para el desayuno o salir a cenar. Y uno o dos regalos.

Pero esta mañana, nada.

Ahora cometí el error de acordar ir a la cafetería con Lincoln y su gemela Lauren, no sé qué me pasó, porque parecía enojar a los alfa-diotas. Abe, Markley, y J.J. se sientan a propósito junto a nosotros.

—Miren eso. La enana finalmente hizo otro amigo, —se burla Abe.

—Dos, —dice J.J.—. ¿O dos perdedores sólo suman uno?

Abe se sienta más cerca de Lauren y hace que ella lo mire con puro asco, lo que lo hace sonreír.

Los ignoro. ¿Qué más se puede hacer? Están buscando una reacción.

—Apuesto a que irán al baile de bienvenida como un trío. Eso sería lindo, ¿verdad? —-Markley lo sugiere, pero la expresión de Abe se queda en blanco como si la idea lo hiciera querer romper la mesa a la mitad.

—Mientras todos estamos allí para ver que te coronen como rey, ¿verdad? —No debería hablarles, pero no puedo evitarlo.

Las boletas salieron hoy para nominar a la realeza del baile de bienvenida, aunque no hay dudas de quién ganará: Abe Oakley y Casey Muchmore. Son los más alfa. Los estudiantes de Wolf Ridge están prácticamente *obligados* biológicamente a votar por ellos.

—¿Sabes qué sería divertido? —La mirada de Abe está sobre Lauren, no en mí.

—¿Qué? —Pregunta J.J.

—Poner a estos perdedores en la votación.

—¿Por qué? Es claro que Markley no le ve la gracia.

Yo tampoco.

Los labios de Abe se curvan para formar una sonrisa cruel.

—Haz que suceda, —dice, y simplemente así, sé que pasará. Porque Abe dirige la vida social de todos. Su atención mejora o empeora toda la vida escolar de los estudiantes. Si él les dice a todos que nos nominen, se hará.

—¿Saben qué sería aún más divertido? —Le dedico la sonrisa más tierna.

Él me ignora.

—Ver que pierdas contra alguien de afuera. —Digo

alguien de *afuera* en vez de *humano*, pero todos saben a qué me refiero.

—En tus sueños, enana. —La sonrisa de Abe vuelve con firmeza a su lugar. Se levanta y todo su grupo lo sigue.

—Esa fue literalmente la interacción más tonta que he tenido la desgracia de presenciar. ¿Cómo son populares estos idiotas? —Pregunta Lauren, su mirada sobre los hombros musculosos de Abe.

—No tengo idea, —murmuro.

Mi día empeora aún más en la sexta hora cuando la Srita. Landon devuelve las pruebas de Cálculo. Necesitaba sacarme una A en esta para mejorar mi nota, pero ya sabía que me había equivocado en algunos problemas.

Sólo esperaba una buena B a esta altura. Lo que fuera que no solidificara aún más mi C.

¡Qué porquería! Me saqué un 76. Otra C.

Esto apesta.

Pensaba pedirle a Bailey si podría ser mi tutora, quizás por Zoom o algo así, pero sé que está ocupada con las clases de la universidad. No quiero ser una carga.

—Felicitaciones a Lincoln, quien obtuvo la nota más alta en la prueba. El resto necesita revisar un poco más antes de la evaluación en dos semanas, —dice la Srita. Landon.

Miro a Lincoln, quien parece perplejo por el halago. Ah. No sabía que era un cerebrito. Pero es probable que haya ido a una escuela mucho mejor antes de mudarse aquí.

Tal vez...

No. Es una mala idea. Y no porque Wilde me dijera que no me junte con él. No me importa Wilde. De hecho, esa podría ser justamente la razón por la que debería juntarme con Lincoln. Mostrarle a mi molesto *hermanastro* que no está a cargo de mí.

Además, realmente necesito ayuda. No quiero

quedarme en Wolf Ridge cuando me gradúe. *Tengo* que salir de aquí.

—Ey, Lincoln. —Camino al ritmo del estudiante mucho más alto mientras salimos del salón.

—Ey.

—Yo... ¿habría alguna posibilidad de que seas mi tutor? O sea, ¿estarías dispuesto a revisar la prueba conmigo y mostrarme en qué me equivoqué?

Bueno, eso es estúpido. La profesora literalmente acaba de decir que haría eso por nosotros si llegábamos temprano. Pero no puedo llegar temprano por la situación de cómo vengo.

Wilde no ha estado los últimos cuatro días, lo que ha sido un alivio. Después de que los ancianos de la manada le dieran un ultimátum, voló a Durham a empacar su habitación en la casa de fraternidad y conducir de regreso con su Jeep.

—Claro. —Lincoln toma la prueba de mi mano y la mira rápido—. ¿Quieres revisarla ahora? Podríamos ir a la biblioteca. O a mi casa, si tú quieres. —Levanta una ceja—. ¿O tu hermanastro me golpearía el trasero? —No suena ni un poco asustado por ese prospecto. Más como si intentara descifrar qué sucede.

—Sí, es un poco... sobreprotector. —Me río un poco—. Y un poco idiota. Y entonces, porque es importante probarme a mí misma que no me está molestan mi hermanastro, digo, —Tu casa suena bien.

Por supuesto, ni bien lo hago, me doy cuenta de que al menos diez personas a nuestro alrededor giran la cabeza para mirarnos. Todos escucharon toda la maldita conversación.

No tengo duda de que Wilde se enterará de esto ni bien regrese a la ciudad.

Bueno, bien.

Eso le mostrará que no puede darme órdenes.

Paso por mi casillero a tomar la mochila y los libros; luego salgo hacia el estacionamiento con Lincoln. Su hermana Lauren ya está sentada en el asiento del acompañante. Él, o ellos, no lo sé, conducen un Tesla, que es realmente un coche muy lindo.

—Rayne vendrá a casa con nosotros. Revisaremos su prueba de Cálculo.

—Oh, genial. Sí, Lincoln tiene un buen cerebro para las matemáticas. Yo no tanto. Estoy en Álgebra Avanzada.

—Entonces, ¿cómo es que él conduce? —Pregunto cuando Lincoln enciende el coche.

—No lo hace. O sea, nos turnamos, —responde.

—Genial.

Imagino cómo sería tener una cooperación de hermanos con Wilde. Como si hubiéramos sido hermanos cuando éramos un poco más chicos.

No, nunca habría sucedido. No hay nada de hermandad en Wilde. Y eso incluye cómo mi cuerpo reacciona a él.

—¿Pueden llevarme a casa cuando terminemos? —Pregunto porque de pronto me doy cuenta de que no hay forma en que pueda dejar que Logan se entere de esta amistad. Seguro Wilde hereda sus prejuicios de su padre. Las amistades con humanos son juzgadas.

—Sí. Por supuesto. —Lincoln conduce despreocupado. Sin pensar. Como si lo hubiera hecho por millones de años, no uno o dos.

Supongo que Wilde tenía razón. Los humanos pueden hacerlo sin problemas. Estaba haciendo que conducir fuera mucho más difícil de lo que era necesario. Aunque fue un total idiota, estoy algo agradecida de que me obligara a intentarlo. Ahora he roto el hielo y ya no me asusta o intimida.

La casa de Lincoln y Laurel es una sorprendente mansión al borde de una montaña inclinada con ventanales que dan a la ciudad. Me quedo boquiabierta cuando nos acercamos con el coche. Tiene un garaje de tres coches con puertas que se abren automáticamente cuando llega.

—¿A qué se dedica tu papá? —Pregunto.

—Era corredor de inversiones, —dice Lincoln—. O sea, sigue siéndolo, pero desde casa ahora en vez de en la oficina de Manhattan.

—¿Son de Nueva York?

—Sip.

—Pero no tienen acento.

Él sonríe.

—¿Qué tipo de acento creías que tendría?

Me encojo de hombros.

—No lo sé. De la costa este.

—¿Crees que tienes acento?

—Por supuesto que no. —Sonrío.

Su papá no está aquí para saludarnos; supongo que está trabajando en su oficina.

Hay tres guitarras paradas junto a un amplificador en la sala de estar. Una acústica, una eléctrica, y un bajo.

—¿Quién toca la guitarra? —Pregunto.

—Yo, —dice Lincoln de forma casual—. Lauren toca el piano. —Él levanta el mentón hacia el piano de cola en la esquina.

—Genial.

Lincoln y yo nos sentamos en la mesa de la sala de estar, que está frente a las gigantescas puertas de vidrios corredizas que llevan al deck cubierto junto a la casa. Estudiar nos lleva media hora. Lincoln es buen profesor y de pronto todo tiene sentido. Creo que sólo me perdí un par de conceptos a principio de año porque mi mente estaba ocupada con el dilema del embarazo de mi mamá y su rápido casamiento, seguido por nuestro cambio de domicilio.

Me suena fuerte el estómago cuando terminamos.

—Ups. —Por alguna razón últimamente no parece que pueda comer lo suficiente.

—Perdón, debería haberte ofrecido un bocadillo. —Lincoln se levanta y va hacia la alacena llena de elegante comida gourmet que parece europea—. Sírvete. Una barra de proteína, ¿tal vez? —Saca un par de una caja, me pasa una, y se abre una para sí mismo. Es de chocolate y caramelo y tiene 20 gramos de proteína. Tengo que esforzarme para no metérmela toda en la boca a la vez—. Yo era así cuando llegué a la cima de mi crecimiento. Me daba tanta hambre-enojo para cuando terminaba la escuela que tenía que parar a comer de inmediato. No sólo un bocadillo, una comida completa. Como una pre-cena. —Él se ríe.

—Por desgracia, no creo estar teniendo un crecimiento repentino. Siempre he sido pequeña. Pero al menos las calorías extra no parecen irse a mi cintura.

Comemos nuestras barras de proteína y tomamos refrescos de naranja en botellas elegantes en el deck junto a la baranda que mira a Wolf Ridge. Lauren se une.

—No puedo esperar a salir de esta ciudad, —murmuro.

—Yo igual, —dice Lauren—. He ido a escuelas pretenciosas, pero esta simplemente es rara. Pretenciosa y pueblerina o algo. Sin ofender.

—No me ofende.

—¿Qué le pasa a ese chico Abe?

La miro.

—Eh. Es el alfa-diota extraordinario. Capitán del equipo

de fútbol. Básicamente dirige la escuela. Su papá es doctor en la ciudad. Su hermano Austin se graduó hace un par de años. En realidad, no es tan malo. Siempre fue el presidente de la clase. Es definitivamente más amistoso que Abe.

—Es mi compañero de laboratorio en química, —dice Lauren—. Es horrible.

—Estoy de acuerdo. Los tipos como él son los peligros de una ciudad pequeña. Creen que son prácticamente dioses aquí.

—Lo que es extraño es que Wolf Ridge funcione como una pequeña ciudad. O sea, ¿no es sólo un suburbio de Scottsdale?

—Mmm. —Procedo con cautela. No puedo explicar con exactitud que la mayoría de los que viven aquí son de una especie diferente—. Bueno, en realidad Wolf Ridge estaba aquí mucho antes que Scottsdale o Cave Hills. Se fundó cerca de cuando Arizona se volvió un estado de Estados Unidos. Las montañas servían para mantenerlo separado de los suburbios allí abajo, y la cervecería brindaba una industria económica.

—Ah. Supongo que eso tiene sentido, —dice Lauren.

—Sería extraño crecer en una ciudad pequeña, —observa Lincoln—. Para mí es algo fascinante. —Se encoje de hombros—. Ya sabes, desde un punto de vista antropológico. Cómo funciona la vida social en una ciudad pequeña. No hay diversidad. Hay ideas super rígidas sobre cómo se supone que funcionen las cosas.

Me río.

—Debes sentirte horrorizado si ves todo eso.

—No horrorizado. O sea, no intento encajar, así que no me importan mucho las dinámicas sociales. Sólo intento descifrar el código. —Él me mira—. Me da curiosidad por qué algunos chicos parecen diferentes. ¿Qué separa a los marginados de los que son populares? ¿No es el dinero, correcto? Es más bien... ¿la habilidad atlética? —Su expresión es de duda como si no pudiera creer que fuera eso.

Por supuesto, tiene razón de algún modo.

Está basado en los genes. Así que aquellos con mejor genética son los mejores en los deportes.

Vuelvo a mirar hacia la ciudad.

—Wolf Ridge se interesa mucho en los deportes, así que sí. Diste en el clavo.

Me está analizando.

—Y tú no eres deportista.

—Para nada. Lo tienes. O sea, voy a los juegos, pero no juego a nada.

Medio que quiero pedirles a ambos que vayan conmigo al partido de fútbol de esta semana, pero me contengo. Wilde seguramente esté allí. No querría otra confrontación.

—¿Entonces no odian este lugar?

Vuelve a mirarlo.

—No. A nuestra mamá le encantaba. Pensaba que Arizona era hermoso, aunque todo lo que veo es marrón y rocas. Pero ahora que estoy aquí, intento mirar con sus ojos. Una vez que te acostumbras al marrón, puedes ver que resaltan colores. Es lento y poco estimulador. ¿Esa es una palabra? Me gusta escuchar a los pájaros por la mañana. —Lo dice como si fuera algo único. Supongo que en la ciudad de Nueva York no escuchaba cantar a los pájaros.

—Sí, es una parte linda. Pero igual lo odio, —dice Lauren.

—Escuché que hay lobos por aquí, —dice Lincoln.

—Ah, sí. —Muevo la cabeza e intento sonar bien casual —. Definitivamente. Hay toda una manada en estas colinas.

—¿Los has visto?

—Sí. Un par de veces.

Como todos los días en el colegio.

O si hablamos de en forma de lobo, cada luna llena. No es que vaya a las corridas de la manada. He evitado los encuentros de la manada desde la pubertad cuando se volvió más que evidente que nunca me transformaría. Que soy, de hecho, tan defectuosa como todos sospechaban, por mi pequeño tamaño.

—Ey, debería volver a casa, —digo de forma abrupta—. Muchas gracias por la ayuda.

—No hay problema. Podríamos hacerlo algo regular si eso quieres. —Se encoje de hombros—. O no. Lo que sea inteligente.

—Sí, eso me gustaría. Gracias.

Lincoln me lleva a casa y mi estómago se anuda cuando llegamos.

El Jeep de Wilde está estacionado en la entrada.

Eso es genial. No me veré llegar a casa. Abro la puerta y salgo, intento que esta sea la llegada más rápida posible. Y luego veo a Wilde, parado junto a la ventana.

Mierda, mierda.

—¡Gracias, Lincoln, adiós! —Grito y cierro la puerta del Tesla. Miro a Wilde a los ojos por la ventana y arrojo el cabello hacia atrás.

Muérdeme, Wilde. Paso por la puerta y la cierro detrás de mí, sin siquiera molestarme en saludar a mi hermano chico-malo.

Él toma mi nuca y me obliga a mirarlo.

—¿Qué te dije sobre juntarte con ese humano, Rayne? —Su voz es suave y peligrosa, y sus ojos brillan verdes con enojo. Hay un dejo posesivo en cómo me sostiene.

No, eso no tiene sentido.

Sólo está enfadado.

A pesar de que pueda quebrarme como una ramita, levanto el mentón.

—No estás a cargo de mí, Wilde.

En un segundo, me pone contra la pared sosteniéndome por la garganta y con su otra mano me toma por... *oh destino.* Su otra mano está entre mis piernas.

Estoy colgando por encima del suelo *con sus dedos alrededor de mis partes femeninas.*

Capítulo siete

W*ilde*

Bueno, no pensé bien esto. O bien, quizá sí lo hice. En mi subconsciente, estoy seguro de que intentaba proteger a Rayne de ahogarla realmente por tenerla de la garganta, así que elegí sostener su peso por la otra parte.

La otra parte resulta ser su centro ardiente.

Ni siquiera sé por qué la estoy tocando. Es más que inapropiado, igual que pegarle en el trasero cuando le enseñaba a conducir, pero algo acerca de ella saca una agresión salvaje de mi interior.

Cuando la vi con ese humano de nuevo, mi lobo enloqueció.

Por un segundo, creo que ignoraremos el toqueteo y fingiremos que no está sucediendo. Sólo la bajaré lento y ella...

Mierda. Carajo.

La piel entre mis piernas se tensa. *Lo puedo sentir bajo mis dedos.* Destino, ¿se está mojando?

Sus piernas se juntan alrededor de mi mano.

Mi respiración sale lento mientras la bajo por la pared hasta estar de pie.

Y entonces no puedo evitarlo. Está mal, tan mal. Pero muevo los dedos entre sus piernas. Los froto contra su pequeña vagina ardiente y le doy un poco de fuerza. Quizás estoy poniendo a prueba su humedad. Quizás estoy intentando excitarla. En realidad, no lo sé.

Todo lo que sé es que a ella la recorre un escalofrío.

¿Acabó?

Mi miembro se choca contra la braqueta de mis vaqueros.

Sus labios se abren y sus ojos celestes se enloquecen. Su pequeño rostro con forma de corazón lleva una expresión sorprendida.

El aroma de su excitación me lleva a hacerlo otra vez. Otro movimiento más sutil de mis dedos entre sus piernas.

Otro escalofrío.

No quiero parar. No quiero soltarla. Quiero adueñarme de su pequeña almeja de transformista hasta que caiga de rodillas y me ruegue que la perdone por dejar que un humano la traiga a casa.

Esa es la idea que me lleva a seguir. Su aroma está algo pegado a su ropa. No es que piense que él la tocó; no es tan fuerte. Pero su aroma a enebro y creosota está acallado por el de él.

—*Tú* estás en graves problemas, —gruño y paso el brazo alrededor de su cintura mientras la llevo a la habitación.

Y *maldición*. Llevarla es tan satisfactorio, carajo.

Me siento en la cama y la pongo encima de una de mis rodillas como si fuera su esposo de 1950 y empiezo a golpearle el trasero. Fuerte.

Ella se asusta, se mueve y patalea; su mano vuela hacia atrás para cubrir su perfecto trasero.

Lo dejo prendido fuego; sé que me estoy pasando de la raya. Más que pasarme de la raya. Pero ya pendía de un hilo que me echaran de esta casa y de la manada. ¿Entonces qué carajos? Todo lo que he hecho fue intentar seguir las expectativas de sus estándares. Bien podría hacer lo que quiero para variar.

Y ahora mismo, quiero dejarle rosa el trasero a Rayne la enana.

El aroma de su excitación se vuelve aún más fuerte mientras le doy nalgadas, lo que excita a mi lobo y me hace sostenerla más fuerte y darle nalgadas más fuertes. Mi miembro presiona dolorosamente contra mi braqueta.

Es muy satisfactorio, en todo sentido. Sentir que se retuerce y resiste. Me encanta lo fácil que es someterla. El sonido de sus chillidos y quejidos. El impacto de mi palma sobre su piel elástica.

Sabiendo que no es igual a una transformista normal y que sentirá el dolor por más tiempo, me obligo a detenerme. En vez de eso, aprieto con fuerza su trasero y deslizo mis dedos de nuevo entre sus piernas.

—No sales con humanos, —gruño—. No sales con nadie sin mi permiso. —La punta de mis dedos busca el lugar húmedo en sus pantalones cortos y froto allí.

Ella se mueve con otro pequeño orgasmo espectacular.

La ola de poder que me provoca casi me hace acabar en mis pantalones.

—¡No estoy saliendo con él! Me estaba ayudando con cálculo. Si no mejoro mis notas, perderé la beca.

Quiero seguir teniéndola sobre mi rodilla, frotando ese increíble lugar entre sus piernas que le da placer, pero sus palabras me llaman la atención.

Rayne tiene una beca.

No sé por qué me sorprende escuchar que tiene ambiciones de irse. Tiene todo el sentido. ¿Por qué querría quedarse en una manada donde la tratan como mierda de perro? Yo también lo detesto.

Como si no tuviera permitido hacer planes sin informarme.

La levanto y mantengo una mano moldeando su lindo trasero.

—¿Qué beca?

Su rostro está enrojecido, su mirada furiosa. Siento que tiemblan sus piernas.

—A ASU. Tengo que mantener todas A si quiero la beca de tres cuartos.

Todas A.

Entonces Rayne es inteligente.

Tampoco sabía eso. Parece que hay una pila de cosas que no sabía acerca de esta chica, y de pronto me intereso en saberlo todo.

—Igual no quiero que lo veas, —me quejo.

Ella levanta las manos en el aire con exasperación.

—¡No estoy saliendo con él! Es literalmente un chico del colegio al que le va bien en matemáticas y me ayudó con unos problemas de la prueba en los que me había trabado.

—La próxima vez tráelo aquí, así puedo supervisar.

Ella inclina la cabeza y levanta su labio superior con desdén.

—No eres mi chaperón, Wilde. No eres nada mío.

Aprieto su nalga y sacudo.

—Ah, pero lo soy, enana. Soy tu todo. Ahora ve a mi Jeep. Es hora de tu clase de conducción.

Su mandíbula se abre.

—¡No conduciré contigo! No haré nada contigo, Wilde Woodward. Acabas de acosarme en mi propia habitación. No me siento a salvo contigo.

Me paro como una torre por encima de ella. Bajo el rostro hasta el suyo hasta estar nariz con nariz.

—Primero que nada, no es tu habitación. Es mía. Y no estás a salvo conmigo, Rayne. No a menos que aprendas a obedecer. Ni bien aceptes eso, será más sencillo entre nosotros.

* * *

Rayne

Lo siguiente que hace es ponerme encima de su hombro, la mano de Wilde sigue firme sobre mi trasero cosquilleante y me lleva a su Jeep.

Soy la definición de un desastre ardiente. O sea, me arde el trasero, mi orgullo está destrozado, ¡y acabo de tener tres orgasmos con los dedos de Wilde!

A pesar de toda la búsqueda de porno que he hecho para volverme una diosa del fetiche de los pies, he sido más o menos asexual durante mi adolescencia.

Juraría que nunca siquiera pensé en tener sexo hasta esa primera noche en la que apareció Wilde en la casa y me vio en ropa interior. Ahora estoy ardiendo. Todo lo que puedo pensar es en que él me toque allí de nuevo.

O sea, ¿en serio sucedió? ¿Fue un error?

No. Él sabía lo que estaba haciendo. Quizá no conscientemente cuando me puso contra la pared, pero después de bajarme, cuando empezó a mover los dedos para que acabe, eso fue intencional.

¿Sabía lo que me provocaba?

Ah. ¡Por supuesto que sí! Es probable que pueda oler los fluidos que salían de mí cuando me estimulaba.

Abre la puerta del Jeep y me deja en el asiento del conductor, luego pasa el cinturón por encima de mi falda.

Lo que es extrañamente placentero. También que me acomode el asiento hacia adelante.

Es casi como... si le importara.

Odio la revuelta de sensaciones que me provoca esa idea. Como un cosquilleo justo debajo de la piel de todo mi cuerpo.

—Rayne. —Wilde está junto a la puerta abierta, mirándome.

No lo miro. No puedo. Estoy demasiado vulnerable y horriblemente confundida por el carácter de nuestra relación. O sea... ¿él no me odia?

¿Está interesado a nivel sexual?

¿Qué carajos está pasando?

Y sólo esa idea de que esté interesado sexualmente envía nuevas llamas que pasan por mi centro.

Fantaseo con que frote entre las piernas de nuevo. Quiero sus dedos gruesos y calientes en mi lugar más sensible.

—Rayne-bow.

Lo miro, sorprendida con el apodo. La pareja de Bailey, Cole, solía llamarme así, pero lo hacía de forma despectiva. Incluso así, me gustaba lo suficiente el apodo como para empezar a usarlo en mi cabeza cuando me hablo a mí misma.

—No te lastimaría en serio.

Dios. Santo.

¿Realmente siente remordimiento por lo que acaba de decir?

—Sé que eres frágil, enana.

Frágil. Claro.

Otro ataque a mis genes defectuosos.

Miro hacia adelante de nuevo.

—Vete a la mierda, Wilde.

Él se ríe mientras cierra la puerta y le da vuelta al coche. Después de subirse al lado del pasajero, se acerca hacia mí para poner la llave.

—Puedes encenderlo esta vez, —dice, recordándome el estúpido error que cometí la última vez de intentar encender un coche en marcha.

Me estiro hasta el pedal del freno, lo empujo y giro la llave. Enciende. Suspiro y pongo el coche en marcha.

Cuando empiezo a sacar el pie del freno, la mano de Wilde se pone sobre la mía.

—Espera.

—¿Qué? —No puedo evitar sonar a la defensiva. Como dije, mi orgullo está destrozado.

—¿Vas hacia adelante o hacia atrás?

Oh.

Bueno, mierda.

Cambio a reversa. Wilde mantiene su mano sobre la mía todo el tiempo, lo que envía temblores espasmódicos a mi vientre. No sólo mariposas, sino movimientos sísmicos. Nudos que se tensan y sueltan al mismo tiempo.

Empiezo a apretar el acelerador y él me aprieta la mano.

—Espera, enana.

Por el amor de Dios. ¿Ahora qué estoy haciendo mal?

—¿Siquiera ves por el espejo retrovisor?

Espejo retrovisor. Claro. Me estiro y lo acomodo, así puedo ver detrás de mí.

—Supongo que eso sería útil, —respondo con sarcasmo.

Para mi sorpresa, cuando miro rápido a Wilde, sus labios están formando una leve sonrisa.

Quizás estoy empezando a caerle bien.

Quizá...

Dios, no. No puedo pensar en Wilde y conducir un vehículo a la vez. Me concentro en conducir, retrocediendo de a poco hacia la calle, girando el volante y poniéndolo en marcha y luego hacia adelante.

—El límite de velocidad es veinticinco, —me recuerda Wilde.

Miro la velocidad. Voy a quince. Acelero un poco más y salimos. De reojo, creo que veo a Wilde sonreír otra vez.

Pero eso no puede ser correcto.

Me encuentro conduciendo de camino a la escuela porque es un recorrido familiar. Una vez allí, doy la vuelta. Wilde mira la cancha de fútbol donde el equipo está practicando.

—¿Decidiste no entrenar con ellos? —Pregunto, aunque sé que me querrá arrancar la cabeza.

Pero no lo hace. Sólo suspira con descontento.

—El entrenador dijo que no.

—Ah. —Miro rápido a Wilde y me desconcierta la expresión atormentada que tiene su rostro. Como si se hubiera alejado de su vida y no supiera cómo regresar—. ¿Por qué?

Se encoje de hombros.

—No lo sé. Dijo que cuando entendiera por qué, podía ir a hablarle otra vez. Un maldito acertijo.

—Ah. —Pienso en eso y conduzco alejándome de la escuela y de esa fuente particular de su dolor. No conozco al entrenador Jamison personalmente. O sea, por supuesto que lo conozco. Es una maldita leyenda en Wolf Ridge. Pero nunca jamás hablamos—. ¿Cuál fue la conversación exactamente?

Wilde se mueve incómodo en su asiento. Señala el camino.

—Conduce hasta Cave Hills. Allí está el Departamento de Vehículos Motorizados. Podemos practicar para la prueba de conducción.

Ah. Los caminos estarán mucho más concurridos en Cave Hills. Me sudan las manos, pero hago lo que dice. Pienso que será su culpa si tengo un accidente, ¿verdad?

No, eso no. Moriría. Logan se avergonzaría de mí, otra vez, y preferiría saltar de un acantilado que darle otra gran razón para pensar que soy un desastre.

—Básicamente le pregunté si podía entrenar con el equipo y dijo que no.

—¿Eso fue todo?

Wilde se frota el pulgar contra el labio inferior y mira por la ventana.

—Le dije que mi papá quería que entrene con el equipo. Me preguntó qué quería yo.

—¿Y qué le dijiste?

—Le dije, *a nadie le importa lo que quiero*. Entonces dijo que no.

—Bueno, allí está tu respuesta.

Wilde me mira. Llego a un semáforo y freno. Wilde me mueve hacia adelante porque estoy demasiado atrás del otro coche.

—¿Cuál es la respuesta, enana?

—Te preguntó qué querías.

Wilde me mira fijo.

—Explícame.

—No quiere que estés allí si no quieres estar allí. ¿Por qué querría eso? No perderá el tiempo en alguien que odia el fútbol.

El cuerpo de Wilde se tensa. Él se frota el rostro con una mano.

—Yo no... —su voz suena ahogada—. No odio el fútbol. ¿Por qué carajos dirías eso? Estaba jugando para el mejor equipo universitario de fútbol del país. Los reclutadores de la NFL seguían mi trasero.

—¿Entonces por qué sabotearlo? —Siento un olor a angustia en el aroma de Wilde. No sé cómo lo noto. Mi sentido del olfato nunca fue muy refinado. Es mejor que el de un humano, pero antes de hoy, no podía notar las emociones y los cambios sutiles de la forma usual en que lo hacen los transformistas.

Por primera vez desde que volvió, realmente siento algo de empatía por su situación.

Pero mi análisis, que sólo arriesgué sin pensarlo antes, estaba acertado.

Wilde saboteó su propio éxito. Por alguna razón, no pudo aceptarlo.

Mi pecho se estremece por él.

Wilde no responde, pero no insisto. Sólo sigo colina abajo por el concurrido suburbio al norte de Phoenix. Cuando Wilde no me da instrucciones sobre adónde ir, sólo empiezo a doblar, mayormente hacia la derecha.

Eventualmente, Wilde vuelve a concentrarse en mi conducción y me dirige hacia la dirección vehicular.

—La ruta por la que te llevan está justo allí. Sales del estacionamiento ahí y sigues esta calle hasta la señal de alto.

Sigo sus indicaciones. Damos una gran vuelta por varias calles de la ciudad y terminamos de regreso en la dirección vehicular.

—Ahora te pedirán que estaciones en uno de esos lugares y luego que retrocedas y hagas una vuelta con tres giros como practicamos en la meseta.

Sigo esos pasos. Se vuelve más sencillo. Cada minuto que pasa, me siento más cómoda conduciendo. Los movimientos se vuelven más automáticos. Mis reacciones ajustan los controles del Jeep para modular la velocidad y el frenado y las vueltas.

—Eso es, enana. Esa es la prueba. Aprobaste a la perfección. Mañana te llevaré y podrás obtener tu licencia.

Claro. Por supuesto. La razón por la que estaba haciendo esto es para sacar el llevarme de su lista de tareas. Sacarse un peso de encima para él y para toda tu familia.

Porque eso es claramente lo que soy.

—No sé si he tenido el permiso lo suficiente, —digo, aunque no es verdad. No sé qué me lleva siquiera a decirlo. No puede ser que quiera más tiempo en el que me Wilde me lleve a lugares.

De hecho, ser libre de él, poder conducir, es justo lo que necesito.

—Déjame ver. —Él busca en mi bolso—. ¿Dónde está tu billetera?

—No tengo. Está en el bolsillo de mi teléfono.

Él saca el permiso y lo observa. Luego me mira, su labio superior se levanta en un gruñido.

—¿Hoy es tu cumpleaños?

Capítulo ocho

Wilde

Mi mano se cierra en un puño alrededor del permiso de Rayne. Se rompe en una decena de pedazos. Uno de ellos se clava en mi palma y la corta. El resto cae al centro de la consola.

Rayne me mira con grandes ojos saltones y empieza a salirse del camino. Me estiro para sostener el volante.

—Ojos en el camino, —gruño.

Pero tengo que admitirlo. Hasta cuando tiene miedo, me devuelve actitud.

—¿Cuál es tu problema?

Ni siquiera lo sé. Al menos me toma un segundo darme cuenta de por qué estoy tan molesto.

—¿Dónde es la maldita fiesta? —Exijo saber como si fuera a hacer un gran festejo de cumpleaños y no me hubiera invitado. Pero no es el caso, por supuesto. Ya sé que no hay fiesta, y por eso estoy furioso.

Su mamá no le dijo nada esta mañana acerca de su cumpleaños. Rayne no se lo recordó a nadie. No siquiera sé por qué me importa, pero realmente me enoja.

—En serio. *Cuál. Es tu. Problema.*

—Sólo quiero saber por qué no sabía nada de esto.

—¿Por qué lo sabrías? —Ella también está enojada. Sus ojos brillan y reflejan la luz del sol a través del parabrisas.

—Porque estoy viviendo en la misma casa que tú, por eso. Tu mamá no te dijo nada esta mañana.

—Sí, bueno, tiene mucho en mente, —dice Rayne, pero veo que le tiemblan los labios.

Tengo que contener la necesidad de golpear la ventana a mi lado.

Sus fosas nasales se agrandan como las de un lobo.

—¿Estás sangrando?

No digo nada más. Mi cabeza me dice que no es de mi incumbencia. Que de todos modos no debería importarme. Pero por alguna razón, mi cuerpo sigue siendo una revuelta de ira e impulsos desatados. Aunque qué desatan, no estoy seguro.

Cuando conducimos junto al almacén, se lo señalo a Rayne.

—Estaciona allí, —le ordeno.

De milagro, Rayne obedece sin responderme.

—Estaciona.

Lo hace.

Abro la puerta y me bajo.

—Vamos, enana.

Ella se baja despacio y me sigue por el estacionamiento y pasando las puertas de entrada.

—*Realmente* no sé cuál es tu problema, Wilde.

—Bueno. —Voy contra ella—. Me gustaría saber cuál es tu maldito problema.

Ella retrocede como si le hubiera pegado una bofetada. Su frente se arruga con confusión.

—No sé de qué estás hablando. —Ella levanta las manos en el aire.

—¿Cuándo empezarás a ocupar un poco de lugar, enana?

Su rostro se sonroja profundamente.

—Cállate, Wilde. Eres un... —Ella contiene las palabras y gira para irse hacia un pasillo del almacén.

Tomo su codo y vuelve rápidamente hacia mí.

—¿Un qué? —Bajo la voz porque estamos llamando la atención. Y porque su enojo de alguna forma calma el mío. Esto es lo que necesitaba de ella. Algún tipo de indignación justificada.

—Un bastardo chupa vergas.

Sonrío.

Es probable que sea la reacción equivocada, pero por alguna razón, me encanta que se ponga peleadora conmigo.

—Ahí está.

Sus ojos se entrecierran mientras analiza mi rostro.

—¿Qué carajos quieres de mí?

—Quiero que ocupes un poco de lugar, maldición. Deja de caminar de puntas de pie por la casa como si no pertenecieras. Levanta la voz cuando es tu maldito cumpleaños.

La incredulidad recorre su expresión mientras me mira fijo. Nuestras miradas están unidas en algún tipo de batalla de voluntades, pero no estoy seguro de por qué peleamos.

Parece que gano porque sus grandes ojos celeste claro de pronto se llenan de lágrimas.

Nunca odié tanto ganar.

Pero le sostengo la mirada y sólo asiento lento.

—Sin lágrimas, enana. Este es tu día.

Una de sus lágrimas escapas los confines de su párpado inferior y baja por su mejilla.

Sostengo su rostro con ambas manos, con demasiada fuerza.

Ella se queda sin aliento y cae hacia adelante; su cuerpo choca con el mío. Le limpio una lágrima con el pulgar.

—Dije sin lágrimas, enana. —Hay intensidad en mi susurro. Amenaza. Peligro.

Ella pestañea rápido, como si intentara obedecerme, así que la suelto e inclino la cabeza hacia la panadería.

—Vamos. Busquemos un pastel.

Caen más lágrimas por sus mejillas mientras caminamos, pero las ignoro, y ella las limpia rápidamente. Cuando llegamos al mostrador de la panadería, pongo la mano sobre su nuca, aprieto y la suelto. Masajeo el nudo tenso de músculos en la parte posterior de su cuello.

—¿De qué tipo te gusta?

Ella olfatea.

—Oreo.

Levanto el mentón hacia la empleada de la panadería y ella se acerca. Es un miembro de la manada. Nadie importante. Olvido su nombre.

—Wilde Woodward. Pensé que estabas en Duke.

Sí, claro. Como si no se hubiera enterado ya de lo que sucedió.

—No actualmente. —Es la mejor respuesta que se me ocurre. Sé que necesitaré una mejor porque todos en esta ciudad y manada intentarán descubrir qué me sucede. Señalo el pastel de Oreo en el exhibidor—. Necesito ese pastel. Es el cumpleaños de Rayne.

La empleada mira a Rayne como si la viera por primera vez.

—Ah, claro. Tu nueva hermanastra. —Lo dice como si fuera un chiste. Como si se apenara conmigo. Quiero tomar cada pastel de ese gabinete y aplastarlo contra su rostro engreído.

No saco la mano del cuello de Rayne, vuelvo a apretar. Su aroma llena mis fosas nasales. Envía descargas de alivio por mi sistema después de soportar la sal de sus lágrimas.

Supongo que no he estado cerca de mujeres que lloran antes. Sé que los lobos se ven fuertemente afectados por las lágrimas de las mujeres, pero pensé que era sólo de su pareja. Supongo que son de cualquier mujer.

Tiene sentido, evolutivamente. Una protección integrada para las lobas cuando un lobo se pone bruto. El aroma activará o su instinto protector de resolver cualquier sea el problema o bien un reflejo tranquilizador para que baje el nivel de agresión.

La empleada de la panadería saca el pastel y empieza a ponerlo en una caja.

—¿No escribirás en él?

La perra de la empleada vuelve a mirar rápido a Rayne, como si no valiera la pena.

—Ah. No sabía que querías eso.

—Sí. Es su cumpleaños. —Empiezo a enojarme otra vez.

—Entonces... *¿Feliz cumpleaños, Rayne?* —Ella frunce la nariz como si fuera algo asqueroso de escribir.

—Ahora, por favor. —Debo haber puesto algo de orden alfa en mi voz de forma accidental porque se aleja y sus ojos se agrandan; luego se apresura a obedecer.

Todo el tiempo estoy allí parado con la mano en la nuca de Rayne.

En serio. Ahora es mi hermanita. Si alguien de esta ciudad piensa que puede tratarla como menos o molestarla, anotaré su nombre para darle una patada en el trasero.

Ignoro el hecho de que mis sentimientos no sean muy fraternos.

Ciertamente no lo fueron cuando le di nalgadas en el trasero esta tarde.

Tampoco cuando sentí su centro ardiente tensarse debajo de la punta de mis dedos.

Pero ni siquiera sé qué pensar de eso. No pensaré en el tema porque no puedo meterlo a la fuerza en un lugar donde queda en mi mente.

Nos da el pastel y lo pago con los pocos dólares en efectivo que tengo en la billetera. Ya está oscuro para cuando salimos al Jeep.

—¿Puedes conducir? No me siento cómoda conduciendo de noche.

Sé que debería obligarla a hacerlo. Si le darán su licencia mañana, necesita poder conducir de noche.

Pero debo sentirme culpable por hacerla llorar porque tomo las llaves de su mano, muevo el asiento hacia atrás, y me deslizo detrás del volante. Su aroma está en todo el asiento y volante, y lo inhalo por mis fosas nasales mientras ella le da la vuelta al Jeep para entrar por el lado del pasajero.

Mi verga crece contra la bragueta. Destino, ¿qué provocó eso? ¿Su aroma?

Ni bien abro la puerta a esa idea, el recuerdo de darle nalgadas regresa. Quiero hacerlo otra vez.

Mucho.

Tanto que podría ser mi trabajo estable disciplinar a mi hermanita.

La protegeré de esta ciudad de idiotas, pero ella tendrá que hacer todo lo que diga. Obedecer todas mis órdenes. Ser una buena enana para mí.

La idea me satisface tanto que mi verga se mueve dolorosamente entre mis piernas. Tengo que acomodarla después de pasarle el pastel para que lo lleve en su falda.

Rayne lo observa, con la cabeza baja, su cabello que cae sobre su rostro.

—Feliz cumpleaños, enana, —me escucho decir.

* * *

Rayne

Estoy un poco temblorosa de camino a casa. Todo está sensible: mi orgullo, mis emociones. Me siento un poco enojada y molesta con Wilde, pero no como solía estarlo.

No como si quisiera alejarme de él.

Más bien hay algo que necesito de él. Un impulso irrefrenable. Quiero que *él* haga algo. Hoy me excitó con la mano entre mis piernas con sus caricias tan inapropiadas, y ahora quiero más.

O quizá sólo quiero más de su mano en mi cuello. Esa presencia estable, calmada, y protectora que me transmitió cuando estábamos en el almacén. Por supuesto, él me molestó para empezar, así que no tiene sentido que anhele su consuelo después.

Tampoco tiene mucho sentido que me haya comprado un pastel.

O sea, este tipo es constantemente un pendejo conmigo. Resiente mi presencia en su casa, luego me dice que deje de andar de puntas de pie.

Me siento como si estuviera enloqueciendo un poco.

¿Estoy enloqueciendo?

Ya pasó mucho tiempo desde que tendría que haber preparado la cena, y la Tahoe de Logan está en la entrada cuando llegamos a casa.

Mi mamá y Logan están sentados en la mesa de la cocina, comiendo pizza directo de una caja.

—¿Dónde carajos estaban ustedes dos? —Exige saber

Logan. Él me mira y hace que su tono sea un poco más educado—. Rayne, si no podrás preparar la cena, necesitas avisarle a tu mamá. Estaba muerta de hambre para cuando le di algo de pizza.

—Está bien. Rayne, cariño, ¿dónde estabas? —Mi mamá apenas deja de llenarse la boca de pizza para hablar. Luego ve la caja de la panadería en mis manos.

Miro cómo se agrandan sus ojos. Se queda helada como si pensara qué día es.

—¡Oh, diablos, Rayne! ¡Es tu cumpleaños! Oh, cariño. —Ella se levanta rápido de la mesa y se apresura hacia mí.

Es evidente que está angustiada. Tan angustiada que siento que es necesario calmarla.

—Está bien, mamá. —Ella toma la caja del pastel y la pone sobre la mesa, luego me aplasta con un abrazo. Su barriga de embarazada se frota contra mis costillas.

Mi mamá rompe en llanto, lo que hace que Logan se levante rápido de la mesa como si fuera a rescatarla de algo.

—Está bien, mamá. —Le doy un golpecito incómodo en la espalda—. Wilde me compró un pastel después de darme una clase de conducción. —Quiero asegurarme de que le den puntos por hacer lo que se supone que haga.

No soporto vivir con la toxicidad que hay entre él y Logan.

—Ah. Gracias, Wilde. —Ahora, ella se abalanza contra él y lo hace quedar congelado bajo su abrazo aplastante y húmedo.

—No suele ser así. —Siento la necesidad de explicar el comportamiento extraño de mi madre. No estoy segura de si estoy ofreciendo una excusa para Wilde, o su papá, o ambos —. Es el embarazo. Suele ser muy relajada.

Mi mamá suelta a Wilde y vuelve hacia mí.

—Rayne, cariño. Lo siento tanto por olvidarlo. O sea,

sabía que se acercaba, sólo olvidé que hoy era el día. Tengo tu regalo. Sólo necesito envolverlo.

—No tienes que envolverlo.

—Deja que lo envuelva, —gruñe Wilde detrás de mí.

Me encojo de hombros.

—O sea... podrías ponerlo en una bolsa o algo así.

Mi mamá desaparece, y Logan y Wilde se quedan allí parados, incómodos.

—Yo... ni siquiera sabía cuándo era tu cumpleaños, —dice Logan.

No sé si eso ayuda en realidad, pero *gracias, Logan. En serio.*

Wilde se acerca a las cajas de pizza y toma que está por encima. Sólo le queda una porción. Me la pasa.

Me hace ruido el estómago, pero el aroma dulce del chocolate y las Oreos ha inundado mis fosas nasales desde que salimos del almacén.

—Creo... creo que sólo comeré mi pastel.

Se siente muy egoísta. A mi mamá no le parecería bien, siempre intenta hacerme comer más proteína. Pero Wilde me acaba de decir que ocupe más lugar, y me hace sentir un poco más rebelde y atrevida.

Me hace querer sentarme y comer el pastel yo sola. Sin siquiera ofrecerle un pedazo a nadie hasta terminar.

—Hazlo. —Wilde, el mismísimo rey de la rebelión, levanta una ceja como para desafiarme.

Tomo un tenedor y un cuchillo y me siento a la mesa, apoyo la caja de la panadería para exponer el pastel.

Mientras mi mamá regresa rápido a la habitación con una pequeña caja envuelta, me corto un gran pedazo de pastel y lo como directo del cartón.

Sabe bien. No sólo el pastel.

El momento. Soy el centro de atención, me deleito con

un gran pedazo de mi pastel preferido. El que mi herma-nastro malvado me compró después de gritarme que ocupe más espacio.

No es el cumpleaños que imaginaba. Fue horrible de muchas maneras, pero en realidad no lo odié.

Tampoco odio el reloj Apple que mi mamá y Logan me regalaron. Algo que mi mamá no hubiera podido pagar sola.

Ni siquiera odio la forma en la que Wilde me mira comer. Como si tuviera planes para mí.

Planes malvados y terribles. Planes que definitivamente *odiaré*.

Capítulo nueve

Wilde

Después de consultar con mis profesores la posibilidad de trabajar de forma remota mientras se solucionaban mis problemas legales, voy al taller de coches para hablar con el tío bisabuelo de Bo sobre un trabajo. O bien está desesperado por tener ayuda ahora que Bo y Cole se mudaron, o siente pena por mí porque básicamente me dice que puedo trabajar aquí cuando sea, con mis propios horarios. Trabajo toda la jornada escolar, y luego voy a ver al entrenador Jamison el próximo día cuando termina la escuela. Además de ser el entrenador de fútbol, también es el profesor de educación física, así que lo encuentro en su oficina.

—Wilde. ¿Qué puedo hacer por ti?

—Me, eh, pediste que pensara si entrenar con el equipo era lo que realmente quería.

—Lo hice.

—Lo es.

El entrenador inclina la cabeza.

—No estoy seguro de creerte, Wilde.

Sé por qué lo dice. Sólo estoy cincuenta por ciento a bordo con el plan. Parte de mí piensa que sería humillante volver a entrenar con un grupo de niños de secundaria. La otra parte anhela lo familiar que es eso. Estar en un equipo con mis hermanos de manada, por quienes mataría o moriría. Ser entrenado por un lobo alfa que me apoyaría sin importar lo que sucediera.

Eso es lo que extrañaba en Duke. Tenía compañeros de equipo, pero eran humanos. Yo era un impostor, intentando encajar. Escondiendo lo que soy en realidad. Les caía bien. Tenía amigos. Pero no podía ser yo mismo. Siempre estaba atento a que no se supiera mi secreto.

Y eso apestaba.

Me meto las manos en los bolsillos de los vaqueros.

—Quiero trabajar contigo. Esa es la primera frase honesta que he dicho.

La expresión de Jamison se relaja.

—Estaría honrado de trabajar contigo, Wilde.

La culpa se retuerce en mi plexo solar al escuchar eso. Definitivamente no merezco ese tipo de respuesta de su parte. No después de tomar su don para el fútbol y limpiarme el trasero con él.

—¿Sí? —Se me cierra la garganta al decirlo.

—Te diré algo. Me vendría bien un asistente de entrenador. Tenías habilidades de líder cuando eras el capitán del equipo. Habilidades que parece que has desperdiciado. Me gustaría verlas de nuevo.

—Mierda, entrenador, ¿en serio?

Su mirada se endurece.

—La boca, Woodward.

—Perdón, entrenador.

—Pero tendrás que sacarte la cabeza del trasero.

—Sí, señor.

—No te pondré en el campo si no te esfuerzas. Eso significa que no harás nada que arrastre el espíritu o el honor de este equipo, o serás desterrado. ¿Entendido?

—Sí, señor.

—¿Estás consumiendo drogas, Wilde?

Rechino los dientes. Es una pregunta válida en estas circunstancias. Podría estar consumiendo. Un transformista siempre pasaría una prueba de drogas porque las metabolizamos tan rápido.

—No, señor.

—¿Tienes alguna en tu poder, no me refiero sólo a tu persona, digo en algún lugar de Wolf Ridge?

—No, señor.

—Y seguirás así.

—Sí, señor.

—Bien. ¿Trajiste una muda de ropa?

Asiento. Tengo mi bolso de gimnasia en el Jeep.

—Cámbiate. Te veo en el campo.

—Gracias, entrenador.

—No me decepciones, Woodward.

—No lo haré, señor.

Suena la campana cuando estoy saliendo. Encuentro a Rayne apoyada contra el Jeep y luce incómoda.

Realmente me molesta. Quizás por eso soy un pendejo con ella. Quiero ver más de ese fuego y menos de esa flor marchita.

—Me quedaré a la práctica. Parece que no podré llevarte a que obtengas tu licencia de conducir hasta el sábado. Y tendrás que esperar para que te lleve, enana.

Ella se aleja del Jeep.

—¿Supongo que funcionó la charla con el entrenador Jamison?

Debería agradecerle. Ella fue quien me ayudó a resolver

el acertijo. Pero me siento pendejo, así que sólo la miro frunciendo el ceño.

—Funcionó. Siéntate aquí en el Jeep y espera. —Abro la puerta.

—¿Dos horas? No, gracias. Encontraré otra forma de llegar a casa.

Todo en lo que puedo pensar es ese bastardo humano, Lincoln. Tomo su codo y la tiro hacia atrás para que me mire.

—Claro que no, —gruño, bajando la cabeza para estar a la altura de sus ojos—. Te dije que entraras al Jeep y me esperaras. Ahora, haz lo que te digo.

Ella arrastra su mano hacia arriba entre nosotros y de a poco me muestra su dedo del medio.

—Y yo dije, vete. A la mierda.

—La enana quiere morir, —se burla Abe Oakley cuando pasa a nuestro lado.

Suelto el codo de Rayne como si fuera un carbón caliente. Una cosa es maltratarla en casa. Aquí en la escuela marco un estándar de cómo puede ser tratada. Ahora soy su mentor, como señaló el entrenador.

—Lleva tu trasero a la cancha, Oakley, —gruño.

La cabeza de Abe se levanta con sorpresa por mi tono. Me ha conocido toda su vida. Su hermano es uno de mis mejores amigos, así que estoy seguro de que piensa que lo trataré de forma especial.

Parece que estuviera a punto de discutir, pero luego reflexiona.

—Está bien. —Se encoje de hombros y trota.

—Si vuelves a llamarla *enana*, te golpearé la maldita cara, —le digo a su espalda mientras se aleja. Los transformistas lo escuchan todo, así que sé que no se perdió nada.

—Ah qué lindo, —murmura Rayne, poniendo los ojos en blanco.

—Y tú mete tu trasero a la Jeep.

No sé por qué estoy insistiendo. Sólo me encanta la idea de hacerla esperarme por horas como una buena enana. Tampoco me molesta la idea de que me mire en el campo. O de que frote esos muslos sabrosos sobre los asientos para llenar mi Jeep de su limpio aroma primaveral.

Pero vuelve a ser su yo desafiante. Levanta su pequeño mentón hacia mí, sus ojos brillan.

—¿No escuchaste? Dije, *que te vayas a la mierda.* —Ella gira sobre su talón y se aleja.

Esta vez, la dejo ir; una sonrisa a medias aparece en la comisura de mi boca.

—De hecho, creo que acabas de decir *vete a la mierda.*

Ella levanta el dedo del medio por encima del hombro sin mirar atrás.

—Si vas a casa con un humano, habrá consecuencias.

—Mantengo la voz baja por si hay algún humano cerca que pueda escuchar.

—Tomaré el autobús, ¡pendejo! —grita por encima del hombro.

Los chicos en el estacionamiento están escuchando. Básicamente todos ellos. Somos el tema de interés. Me gusta un poco la atención, a pesar de mi enojo inicial porque las mentes de los residentes de Wolf Ridge nos asocien por siempre a los dos.

Me gusta que todos vean cómo la molesto.

Tampoco me importa que vean cómo me lo devuelve.

Casi como si me enorgulleciera de que me haga frente. Como si la estuviera ayudando a probarle al mundo que no es tan débil como todos creen.

Y si esa no es la forma más desquiciada de pensar, no sé cuál lo sea.

Oh sí, quizás abandonar toda una carrera de fútbol sin razón alguna.

Podría ser eso.

* * *

Rayne

Gracias al Destino. Ahora que Wilde vive aquí, tener la casa para mí sola es algo extraño, lo que no me da tiempo de hacer mis videos porno de pies.

Disfruto estar sola. Primero lo primero, un bocadillo. Tengo tanta hambre, maldición.

Juraría que estoy canalizando a mi mamá. Mientras que tampoco tenga una gran barriga de embarazada, supongo que sobreviviré. Me devoro toda una caja de galletas integrales con mantequilla de maní.

Luego me dirijo a mi habitación para desvestirme hasta estar en bragas y ponerme unos zapatos sensuales. Apoyo la portátil en el estante de arriba de la cama para que tenga un ángulo superior de mis piernas y pies. Como tengo tiempo limitado, grabo dos segmentos de media hora (cambiándome los zapatos y las bragas para el segundo).

Los subo para ponerlos en mis cuentas de Only Fans y Patreon; luego veo los mensajes privados que tengo allí.

Reservo sesiones privadas de treinta minutos por quinientos dólares el lugar, y suelo tener un par por semana. El problema es si hay alguien más en la casa, entonces no puedo hacerlas. La escucha transformista apesta para los miembros de la familia que quieren algo de privacidad.

Tuve que cancelar un par de turnos desde que llegó

Wilde. Quizás ahora que está entrenando con el equipo de fútbol pueda volver a llenar mi agenda.

Les envío un mensaje a un par de mis clientes regulares y les digo que volveré a abrir el calendario de turnos.

Un tipo reserva una de inmediato para esta tarde.

Bueno, eso funciona. Tengo que usar el tiempo que tengo para ganar dinero. Le cobro y le envío el enlace de video. Ni bien me llega el dinero a la cuenta, la que creé con un banco en línea falsificando la firma de mi mamá, pongo la portátil en el suelo, así sólo se verán mis pies y luego abro el chat del video.

El nombre del tipo es Amantedepies352. No es muy original, pero no están aquí para entretenerme a mí, por supuesto.

—Ey, Amantedepies, —ronroneo. Estoy sentada al borde de la cama, y le muestro los gemelos y unos tacones de tiras que me puse en el segundo video—. ¿Cómo estás hoy?

Él produce un sonido con la garganta. Tiene la cámara encendida, así que puedo verlo. Lleva un rompevientos con una camiseta por debajo. Su rostro es redondo por el sobrepeso y está un poco pelado. Este tipo es raro. A veces suenan muy normales. A veces un poco nerviosos. Este tipo no es uno normal con un fetiche. Es alguien que no encaja en la sociedad.

Aunque no soy quién para hablar.

—Quítate los zapatos, Rainbow.

De a poco bajo, me tomo mi tiempo, acaricio las tiras con los dedos por encima del tobillo antes de desabrocharlos. Deslizo mi pie para sacarlo de la sandalia y separo los dedos como si me arreglara para la cámara.

—Acércate más. ¿Puedes acercarte más, por favor?

Muevo los pies descalzos más cerca de la pantalla, moviendo los dedos.

—¿Qué te gustaría que hiciera con estos pies si estuviéramos juntos? ¿Pisarte el rostro?

—Los llenaré de aceite, —dice—. Con aceite de masajes. Para el mejor masaje de tu vida.

—¿Ah, sí? ¿Cómo me frotarías los pies?

—Me metería entre cada uno de esos deditos. Se lo haría a cada uno con los dedos y el aceite.

—Aján. ¿Qué más?

—Me los llevaría a la boca. Los succionaría tan fuerte.

—Mmm, me gusta eso. Eso me encantaría, —ronroneo—. Me gustaría acariciarte todo el rostro con los dedos. Se sentiría tan bien.

La sesión continúa y la termino justo a los treinta minutos, a pesar de que se ofrece a pagarme por otros treinta.

No es trabajo duro, pero igual me agota.

—¿Cuánto por los zapatos? —me ruega cuando estoy a punto de apagar el chat del video.

—Los subastaré en mi sitio.

—¡No! Los quiero. Los compraré. Necesito los zapatos.

Me está asustando la desesperación en su voz.

—Estarán disponibles en la subasta. ¡Te veo la próxima! —Toco el botón de finalizar y suspiro.

Hora de preparar la cena. Escondo los zapatos en el armario y me pongo unos pantalones cortos; luego empiezo a subir el primero video a mi página. Toma mucho tiempo porque mi computadora es tan vieja, así que la dejo cargando mientras voy a la cocina.

Con Wilde en la casa, cocino pura carne. Caliento la parrilla. Hay un paquete de doce hamburguesas congeladas que saqué del congelador esta mañana. Las saco del refrigerador ahora y las separo para ponerlas en un plato. Les pongo sal condimentada y salsa Worcestershire y saco los condimentos y los panes para hacer una gran ensalada, de la que tiene queso cheddar en hebras por encima.

Las arterias tapadas nunca serán un problema en esta casa.

Ni bien escucho que llega el coche, saco el plato de hamburguesas afuera y las pongo en la parrilla, como una buena niña.

La cena está lista cuando los padres llegan a casa. Me estoy ganando mi lugar.

Mi mamá no viene a darme un beso, lo que me molesta un poco, pero termino y entro la pila de carne caliente.

Pero no eran mi mamá y Logan los que habían llegado.

Era Wilde. Y ha estado en mi habitación.

De hecho, está parado en la cocina con mi portátil en la mano.

—*¿Te molestaría explicarlo?*

* * *

Wilde

No estoy seguro de creer lo que veo en la portátil de Rayne.

¿Porno de pies?

Creo que eso fue. Un video de Rayne caminando y frotando las piernas. Acariciándose sus propios pies.

Vi por momentos su trasero con bragas que me pusieron la verga muy dura y me hicieron querer aplastar la computadora ahí mismo para que nadie más viera ese video.

La enana ahora se pone pálida; sus ojos azules enormes en su rostro con forma de corazón.

—¿Qué estás haciendo con eso? —me dice de mala manera. Ella intenta tomarla, pero la levanto y la hago saltar.

A pesar de su coraje, siento el pánico.

La muevo hacia abajo, arriba, detrás de mi espalda. Soy más rápido que ella y mido treinta centímetros más. Ella nunca me quitará esta portátil. Hago que mi voz sea más casual que nunca.

—Necesitaba cambiarme la ropa y como está en mi habitación, entré.

—Tu ropa no está allí. Está en canastos en el garaje. —Ella habla rápido, todavía se lanza hacia la izquierda y derecha para tomar la portátil.

—¿Estás haciendo porno de pies, Rayne?

—No. Es, eh, un video para una clase. Clase de arte. Sobre perspectiva.

Me río.

—Esa mentira ni siquiera es creíble.

—La verdad es más extraña que la ficción.

—Dime o explícaselo a mi papá cuando llegue.

Ella deja de intentar buscarla atrás de mi espalda, y se queda quieta. Le falta el aliento con mucho enrojecimiento en sus mejillas. El hecho de que sé de qué color son las bragas que tiene puestas debajo de esos pantalones cortos hace que sea difícil no desvestirla en mi mente.

Puedo ver por qué sería buena para el porno de pies si de eso se trata esto. Tiene piernas estilizadas. Pies pequeños de geisha. Ahora están desnudos, y los miro con una nueva perspectiva. Sí, son lindos. Definitivamente se veía muy ardiente caminando por mi habitación con tacones.

—Explícamelo, Rayne.

El coche de mi papá llega a la entrada. La mirada de pánico de Rayne se dirige hacia el garaje.

—Se te está acabando el tiempo.

Otra mirada.

—Bueno, bien. —Ella empieza a hablar rápido—. Es

porno de pies. Me pagan muy bien y estoy ahorrando para la universidad. Sino no tendría forma de pagarla, incluso con una beca parcial. —Ella estira la mano—. Ahora pásamela.

La puerta del garaje se abre.

Por favor, gesticula, con ojos grandes y desesperados.

La hago sufrir por otros tres segundos y luego finalmente le paso la portátil. Ella suspira con alivio mientras me la saca y corre a la habitación.

—Hola, cariño, —dice alegre Leslie, la mamá de Rayne, cuando entran—. Oh, hola, Wilde. ¿Cómo estuvo tu día?

Mi papá me mira mal como de costumbre.

Sigo castigado para él. A menos que encuentre la forma de regresar al equipo de fútbol de Duke o a la NFL, es probable que siga así hasta el día que muera.

—Bien. Conseguí trabajo en el taller y ayudaré al entrenador Jamison con el equipo.

—¡Eso es genial! —Dice Leslie. Tengo que admitir que ella no está tan mal. Su presencia es amable, similar a la de Rayne. No detesto que viva aquí con mi papá. Él necesita alguien como ella que suavice sus bordes ásperos.

Rayne sale de su habitación y se mueve por la casa, saca platos de la alacena y los pone sobre la mesa.

Es como un pequeño ratón que corre en silencio, con miedo a causar molestias.

Me encanta y lo detesto. Me gusta que sea así para mí. No me gusta que se encoja con mi papá. Quiero que él le responda como lo hace conmigo, aunque faltarle el respeto a los mayores no es parte de nuestra cultura. Hay un orden en la manada, y los adultos son alfa hasta que se los desafíe.

Recuerdo muy bien lo difícil que fue para Cole cuando su papá se volvió un idiota abusivo, y finalmente tuvo que decidir cambiar el orden. Pero gracias al cielo lo hizo porque su papá mejoró. Ahora hasta tiene trabajo en la nueva cervecería. No su antiguo trabajo, pero algo que paga las cuentas.

—No necesitas ser Asistente de entrenador. Tienes que mantenerte en gran forma para Duke.

—Papá, soy un lobo en un equipo de humanos. No pierdo la forma. Pero sí, entrenaré con el equipo. Estoy haciendo lo que me pediste.

—Creo que es genial. Tienes mucho que ofrecerles a esos chicos ahora que has jugado al fútbol en la universidad, —dice Leslie.

¿Será así? De algún modo me siento más como el perdedor que entristece a todos, pero sus palabras me hacen pensar acerca de lo que aprendí en Duke. Sí, tal vez un par de estrategias interesantes.

Mi papá asiente con amargura y se sienta a la mesa.

—Rayne, gracias por cocinar las hamburguesas. Intentaré no comérmelas todas. —A pesar de sus palabras, él apila tres hamburguesas para Leslie. Juraría que por un momento su mirada se suaviza cuando la ve.

Me sorprende. Definitivamente pensaba que este matrimonio era producto de una obligación, no de afecto. Pero Leslie se sonroja y le dedica una sonrisa especial cuando él le da el plato, y de pronto no estoy seguro de qué sucede entre ellos.

No son una pareja destinada. Evidentemente. Si lo fueran, se habrían puesto en pareja ni bien se olieron en la pubertad. Ambos pertenecen a esta manada. Sólo hay un pequeño porcentaje de transformistas que realmente encuentran a su pareja destinada. Quizás un quince por ciento de los transformistas del mundo.

Cole tuvo la fortuna suficiente, aunque Bailey es humana, así que quizás desafortunado sea una mejor elección de palabra. Pero está feliz, y supongo que eso es todo lo que importa.

No, parece que mi papá y Leslie han encontrado la razón más humana para casarse: amor.

Mi papá toma tres hamburguesas y yo, cuatro. Eso deja dos para Rayne, lo que parece adecuado porque es una enana. Pero ella se las devora bastante rápido. La veo chuparse la punta de los dedos con el rabillo del ojo, y eso hace que mi verga se agrande contra mi bragueta.

—Guau. Hoy tienes hambre, —nota Leslie como si fuera inusual que Rayne se comiera dos hamburguesas.

Tomo mi última hamburguesa, le sostengo la mirada mientras como como para establecer dominancia. El orden de la manada aquí es: Yo como primero. Pero cuando mis dientes se hunden en la carne, se pone rancia en mi boca.

—Sí. Creo que tus hormonas también me están afectando, —dice Rayne.

—No creo que funcione así, —acota mi papá.

Bajo mi hamburguesa. Mierda.

¿Y si es tan pequeña porque nunca tuvo suficiente comida? Sé que eso no es lógico. Seguro que su madre la alimentó mientras crecía, pero un extraño instinto protector crece en mí y me encuentro tomando el cuchillo para partir mi hamburguesa a la mitad. Tomo la parte no mordida y la apoyo sobre su plato.

—Come, enana. Quizá realmente crezcas algún día.

—Quizá realmente encuentres una personalidad, —me responde mientras la toma y luego parece recordar que le tiene miedo a mi papá y baja la cabeza de inmediato, sonrojada.

Tanto mi papá como Leslie eligen ignorar el intercambio, lo que es bueno porque Rayne espera hasta que pasa el momento antes de comerse la hamburguesa y que esté allí sin que la coma enloquece a mi lobo. No porque la quiera de regreso.

Es porque quiero darle de comer.

Y eso no tiene sentido.

Y sin embargo no puedo dejar de pensar en ella con esos tacones. Una avalancha de pensamientos sucios pasa por mi mente. Como obligarla a ponérselos para mí y a darme todo un espectáculo.

Y entonces es cuando realmente me doy cuenta.

Puedo hacerlo.

Básicamente, ahora soy el dueño de la enana. Si no quiere que les cuente a nuestros padres lo que ha estado haciendo en esa habitación, tendrá que hacer todo lo que le ordene.

Cada. Cosa. Que ordene.

Capítulo diez

R *ayne*

Mi mamá y Logan se van a la cama temprano. Y sí, a pesar de la música que ponen para acallar sus actividades, podemos oírlos.

Qué asco.

Hago la tarea en mi habitación y voy a lavarme los dientes, totalmente vestida.

No puedo creer que Wilde viera lo que había en mi portátil.

Tampoco termino de creer que no me delatara. Además, me dio la mitad de su hamburguesa, lo que me pareció extremadamente extraño viniendo de él. No sé qué pensar. ¿Está simplemente muy agradecido de que lo ayudara a pensar qué decirle al entrenador Jamison para que le diera el puesto de Asistente de entrenador? En parte odio que su padre no le diera una oportunidad.

O sea, entiendo que no ha personado a Wilde por vender droga, o lo que sea que haya sucedido en Carolina del Sur, y también pienso que Wilde puede ser un idiota con todas las letras, pero realmente está haciendo todo lo que le pidió su papá. Me lleva al colegio. Me enseña a conducir. Entrena con el equipo de fútbol de WR.

El diamante falso que uso a un lado de la nariz me está molestando. Últimamente, el arito se siente atascado. Demasiado apretado. Tengo que girarlo todo el tiempo para intentar hacer que esté suelto.

Después de lavarme los dientes, decido quitármelo. Mi mamá me lo pidió hace seis semanas cuando Logan olió el hecho de que estaba embarazada de cuatro meses y empezó a venir a la casa. Cuando ella me presionaba a cambiar mi apariencia y básicamente volverme más presentable para Logan.

En ese entonces, me negué. Era bastante cambiar mi cabello y dejar de usar delineador grueso. El arito de la nariz se sentía parte de mi identidad emo.

Pero ahora me pica y me pincha y me está enloqueciendo. Así que lo haré por mí, no por Logan. O por mi mamá.

Me cuesta quitármelo, como si la piel no quisiera soltar el pequeño aro. Me lleva unos buenos cinco minutos. Me lo llevo a la habitación donde encuentro... *oh destino.*

Wilde está estirado en mi cama, con las piernas cruzadas, las manos atrás de la cabeza.

—¿Qué carajos crees que estás haciendo? —Exijo saber mientras mantengo la voz baja porque no quiero que escuchen los padres.

La sonrisa de Wilde es lenta y peligrosa. Definitivamente salvaje.

—¿Qué parece, enana?

—Parece que te equivocaste de habitación. Esta es mía ahora, ¿recuerdas?

¿Qué te parece eso para ocupar lugar, idiota?

—Mi habitación, enana. Estoy cansado de dormir en el

sofá. Y considerando lo que sé ahora acerca de tus actividades extracurriculares, soy tu dueño. —Él saca una de las almohadas de atrás de su cabeza—. Esta noche dormirás en el suelo, Rayne-bow. Y si dices algo, les contaré a todos, y me refiero a *todos*, cómo has estado ganando dinero.

Mi pecho se hunde entre mis hombros, colapsa junto a mi determinación de pelear.

Nunca jamás sobreviviría si se filtrara ese secreto.

Rechino los dientes y entrecierro los ojos.

—Te odio, Wilde Woodward.

—Ódiame todo lo que quieras, bebé. Sigo siendo tu dueño.

Em... *¿bebé?* No lo creo.

Definitivamente no soy su bebé.

Me quejo y camino hasta la cómoda, de donde saco un pijama. Me lo llevo al baño para cambiarme.

Cuando regreso, la luz está apagada. Cierro la puerta y me quedo parada allí un momento. No sólo espero a que se ajusten mis ojos. Estoy enfadada. Espero a que se me ocurra una idea mejor que dormir en una superficie dura.

Pero no sucede.

Wilde tiene razón. Ahora es mi dueño. Todo lo que tiene que hacer es mover esta mierda sobre mi cabeza, y haré lo que sea que diga.

Lo único que terminaría con esto es...

Ah. Mi mejor idea hasta ahora. Necesito pensar en cómo lograr que Wilde vuelva a Carolina del norte.

Camino hacia el área general en donde dejó una almohada y siento en la oscuridad hasta encontrarla. No hay manta. No hay amortiguación.

Me estiro hacia la cama y tomo acolchado que tapa a Wilde. Él lo agarra y tironeamos por un minuto hasta que escucho que se rompe y lo suelto. Es obvio que nunca ganaré una pelea de fuerza o de velocidad contra este tipo, así que intento ser dulce.

—¿Por favor, Wilde? El piso está duro y no soy transformista.

Funciona. Él suelta la manta. La doblo en tercios verticales y me acuesto encima. Qué bueno que tenga calor últimamente porque no tengo con qué cubrirme. Pero eso también significa que te tendré calor con estos pantalones cortos de pijama. Porque no puedo dormir en mi ropa interior como lo haría si no hubiera un gran lobo en mi habitación.

Me acuesto de costado, mirando hacia la cama, e intento calmar mi pulso acelerado. Bajar el calor afiebrado que me recorre desde que entré a la habitación. Aprieto las piernas, quiero que el latido lento y firme entre ellas se detenga.

No me gusta el aroma de Wilde. ¿Por qué me gustaría?

Sólo tener a un hombre de mi edad en la misma habitación me provoca ideas extrañas.

No... no están en mi mente. Definitivamente mi cuerpo está reaccionando. Olas de calor me recorren. La piel entre mis piernas se tensa.

Por alguna razón, empiezo a pensar en la verga de Wilde.

Juraría por destino que nunca antes pensé en una verga en la vida. Ni la de Wilde, ni la de ningún tipo. Como dije, he sido bastante asexual.

Pero de repente, me imagino de rodillas, dándole placer.

Lo que es una locura. Nunca lo haría. ¿Por qué siquiera imaginaría eso? ¿Por qué estaría pensando en cómo sería sentarme en su regazo y hundirme en ese mástil?

Oh, destino.

Las llamas se mueven por la superficie de mi piel. Se enroscan en mi centro.

Aprieto los ojos para cerrarlos bien y empiezo a contar hacia atrás desde el 100.

99...98...97...96...Wilde sin camiseta...95...Wilde tocándose en la ducha...94...93...Wilde poniéndome sobre su regazo y dándome nalgadas...92...Wilde encima mío sobre este piso.

Espera, *¿lo hace?*

Capítulo once

Wilde

Tuve que hacerlo masturbarme en la ducha de esta mañana. A juzgar por el sonido de su respiración y la forma en la que se movía nerviosa en el suelo, Rayne no durmió mucho anoche. Yo tampoco. Su aroma primaveral me tenía agitado, y juraría sentir olas de calor que emanaba su cuerpo.

A pesar de la tortura, estoy más que satisfecho conmigo mismo. Con la nueva situación. Dormir en la misma habitación que Rayne me pone la verga más dura que una piedra.

No es que quiera hacerlo con ella. Es mi *hermanastra*. Sólo me gusta la dominancia. Hacer que duerma en el suelo. Tenerla cerca, a mis pies.

Esta noche, ni bien los padres se van a su parte de la casa, dejo de trabajar en un ensayo que tengo que entregar para entrar de nuevo.

Rayne está sentada de piernas cruzadas sobre la cama, haciendo tarea con un top y pantalones cortos de pijama. Su cabello está apartado de su cuello en una coleta.

—¿Qué onda, enana? —Murmullo.

Ella pone los ojos en blanco.

—Ni siquiera es hora de dormir, idiota.

—Oh, la boca, enana. No me hagas darte nalgadas en ese pequeño trasero que tienes.

Me encanta cómo se sonrojan sus mejillas y su cuello. Cuando siento el aroma de su excitación, tengo que voltear para esconder mi erección. Me cubro haciendo que miro sus cosas.

Sobre la cómoda hay una pila de libros y ensayos. Tomo uno de los anuncios escolares de la pila y lo leo.

—Espera. ¿Qué carajos es esto? —Volteo para mostrárselo. El anuncio es una lista de los nominados para la realeza del Baile de Bienvenida, y de alguna forma, incomprensible, Rayne está en la votación.

Su mandíbula forma una línea terca.

—Ese es Abe Oakley haciéndose el gracioso.

Vuelvo a mirar la lista.

—¿Quién es Lauren?

—Una humana. La gemela de Lincoln.

—Ah. No entiendo el chiste.

Rayne se encoje de hombros.

—No lo sé. ¿Supongo que es sólo para que toda la escuela pueda reírse sobre lo ridículo que es que estemos en la lista? Yo tampoco entiendo qué es tan divertido.

Siento un olor a dolor que viene de Rayne y me provoca algo de picazón en la piel.

Aplasto el papel en la mano y lo arrojo al tacho de basura.

—Sí, es estúpido. —No estoy seguro qué me hace estar de acuerdo con Rayne acerca de Abe. Sobre todo en voz alta.

Sigo buscando entre sus cosas, abro los cajones. Miro

entre sus bragas. Me detengo cuando encuentro una pequeña caja de plástico con pastillas.

Mi cuerpo reacciona con un sacudón de electricidad que me quema y congela al mismo tiempo. Abro el contenedor de las pastillas.

Sip. Anticonceptivos.

Un nivel nuclear de ira recorre mi cuerpo.

—*¿Con quién estás haciéndolo?* —Le pregunto de mala manera, apenas recuerdo mantener una voz baja para que los padres no nos escuchen.

Si es ese humano, lo haré puré contra el piso. Le romperé cada costilla de su pecho.

Rayne deja caer su bolígrafo y me mira fijo, una mezcla de asombro e indignación en su expresión.

—*¿Disculpa?* —Su pecho y cuello están enrojecidos y la ira sale disparada de esos ojos azules.

Camino hasta la cama y muevo el paquete de pastillas frente a su rostro, con cuidado de no tocarla realmente cuando estoy tan enojado.

—Con quién. Carajo. Lo estás. Haciendo.

Ella intenta sacarme las pastillas, pero las mantengo fuera de su alcance.

—¿Con *quién*, Rayne?

Ella probablemente se esté dando cuenta de que no puede ganar una pelea física quitándome las pastillas, así que se pone atrevida.

—Con tu papi, Wilde.

Casi exploto, aunque sé que no es verdad. Pero la idea me hace querer destruir toda la casa.

—¿Con quién?

—¿Realmente eres idiota, verdad?

Soy el idiota que matará a quien sea que haya tocado a Rayne.

—Dime, Rayne, y no se lo contaré a los padres.

Ella me descoloca cuando se mueven sus labios.

—Adelante. Por favor. Desde luego, ve a contárselos. Mi mamá ya sabe que *tomo anticonceptivos para mis dolores menstruales*, pero les encantará saber que entraste aquí y revisaste el cajón de mi ropa interior.

Me lleva un segundo procesar las palabras entre la niebla de ira que me rodea. *Tomo anticonceptivos por mis dolores menstruales.*

Está tomando anticonceptivos por sus dolores menstruales.

Ah por el amor de Dios.

—Tienes dolor, —repito como un completo idiota.

—Ya no. —Ella cruza los brazos por encima de sus tetas y hace que se levanten y se abulten contra el escote de su top. Quiero meter la verga justo entre ellas.

Porque sigo siendo un completo idiota, dejo caer las pastillas sobre la cama y agarro sus rodillas. Ella las cierra rápido.

—¿Nadie ha estado entre estos muslos, Rayne-bow?

Mierda, no sé por qué me importa tanto, pero es así. No soporto la idea de que alguien más la toque.

Lo que no ayuda para nada en este momento es el aroma a su excitación, que de pronto inunda mis fosas nasales. Como si tocarla de forma irrespetuosa la mojara.

Ella intenta sin éxito quitarse una de mis manos de encima.

—No es de tu incumbencia, Wilde.

Llevo mi rostro más cerca del suyo, inhalo su aroma a creosota y enebro, junto con el dulce olor a su excitación.

—Dilo, enana. Necesito saber si alguien tomó tu flor.

Su excitación llega con más intensidad a mis fosas nasales. La habitación empieza a girar.

Ella toma mis muñecas, me clava las uñas en la piel mientras intenta sacarme de sus rodillas.

—Dime la verdad y te dejaré dormir en la cama esta noche.

—¡No! Soy... —Su rostro tiene un tono magenta oscuro.

Gracias al cielo. Sigue siendo virgen. No tengo que matar a nadie esta noche.

—¿Quién en esta ciudad tendría sexo conmigo de todos modos?

Entrecierro los ojos.

—Muchos idiotas, Rayne. Pero ninguno lo hará. ¿Me entiendes? No si quieren seguir con vida.

Ella me mira confundida; sus ojos azules brillan con lágrimas no derramadas.

Suelto sus rodillas; mis manos tocan mi cinturón.

Su mirada sigue mis movimientos.

Muevo las cejas.

—Dilo, enana. Necesito saber que entiendes esto.

Capítulo doce

Wilde

En vez de llevar a Rayne a sacar su licencia de conducir el sábado, me dirijo a Tempe para ver a Bo y a Cole jugar al fútbol para ASU. Mi plan es conducir hasta Tucson y de ahí hablar con Amber Green, la esposa humana de Garrett Green, que es abogada. Ella estuvo de acuerdo en hablar sobre mi caso.

Le dije a Rayne que no podía llevarla como si fuera su castigo tener que esperar para conseguir su licencia, aunque yo soy el que le insistió que lo haga.

Supongo que me gusta tenerla en deuda conmigo por llevarla más de lo que quiero estar aliviado de la carga de hacerlo. Me gusta tener la oportunidad de molestarla a la mañana cuando la llevo a la escuela, recordarle que estoy a cargo. Que no quiero que hable con esos humanos. Que quiero que me espere en el Jeep hasta que termine la práctica.

Ella nunca lo hace, pero igual lo exijo.

Me encanta que me desafíe. La forma en la que me

miraba mal cuando me dijo que entendía que mataría a cualquier tipo que tuviera sexo con ella.

Estoy algo aliviado, algo nervioso por estar lejos de Wolf Ridge. Lejos de la enana que es mi hermanastra. A pesar de mi brillante idea de llevarla a mi cama, que ahora huele mucho a Rayne, no pude dormir en toda la semana.

Pasé cada noche escuchando a Rayne girar y suspirar.

Si tuviera siquiera un poquito de decencia, le devolvería la cama. Es claro que no puede descansar para nada en el suelo.

Pero cada vez que considero la idea de liberarla de mi plan malvado, todo en mí se resiste. No saldré de esa habitación, aunque signifique no volver a dormir nunca.

Aunque signifique tener que masturbarme en el baño cuatro veces al día.

No quiero hacerlo con mi hermanastra. Eso estaría mal. Sobre todo no quiero hacerlo Rayne, la enana. ¿Por qué me sentiría atraído por alguien defectuoso?

Pero algo acerca de dormir con tanta proximidad a una mujer me tiene alterado. Un poco fuera de control. Así que sí, masturbarme en el baño ha sido extremadamente necesario.

También he tenido que salir a correr todas las mañanas. En mi forma humana porque estoy intentando mostrarle a mi papá que sigo entrenando. Tengo que levantarme temprano de todos modos para que los padres no se enteren de que no estoy durmiendo en el sofá.

Llego a Tempe en unos cuarenta y cinco minutos y voy al departamento que comparten Bailey, Cole, Sloane, Bo y Austin para buscar mi entrada del partido.

Las novias de Cole y Bo, ambas humanas, fueron admitidas en Barret, una universidad de honor, así que el año pasado estaban en un dormitorio especial con Austin, quien también es un cerebrito, separadas de donde vivían Bo y Cole. Creo que eso fue sobre todo para satisfacer a los padres humanos. Este año, lograron vivir juntos.

Los chicos me enviaron un mensaje antes diciéndome que ya estaban en el estadio, pero Bailey y Sloane me esperarían para darme una entrada. Bailey baja a la calle cuando envío el mensaje. Su cabello oscuro está en una coleta alta; la franja rosa del frente a la izquierda cuelga enmarcando su rostro. No sonríe.

Me pasa la entrada por la ventana, pero apoya los antebrazos en el marco de la puerta, así que no puedo irme. Hay alguien detrás de mí, aunque no me molesta para nada ser el que los haga dar la vuelta.

—Escuché que estás siendo un pendejo con Rayne.

Por alguna razón, eso me molesta. Si fuera otro quien lo dice, me limaría las uñas con orgullo. Por supuesto, lo estoy haciendo difícil para la enana. Es mi trabajo como su hermanastro. Pero Bailey es la mejor amiga de Rayne.

Su *única* amiga, realmente, a menos que cuenten al idiota del humano que ahora es su tutor, y yo no lo cuento.

Así que lo que sea que sepa Bailey, lo sabe de la misma Rayne. Lo que significa que genuinamente lastimé a la enana. No me gusta el retorcijón incómodo que se mueve en mi barriga al pensar eso.

—¿Qué te dijeron?

No es mucha respuesta, pero genuinamente quiero saberlo. ¿Ella le contó que la estoy haciendo dormir en el suelo? ¿Que le di nalgadas? ¿Que la masturbé con la punta de los dedos?

Pero Bailey niega con la cabeza, y sospecho que eso significa que no sabe ningún detalle.

Es una mezcla de alivio y triunfo lo que me recorre ante esa deducción. Alivio de que Bailey no sepa lo malvado que soy en realidad. Y triunfo porque lo que pasa entre Rayne y yo se ha quedado entre nosotros.

Yo, evidentemente, tampoco he compartido ninguna de nuestras interacciones. Tampoco planeo hacerlo. Se sienten privadas. Sólo entre nosotros dos. Como si hubiera un secreto que compartimos. No mantenemos. Mantenerlo implicaría que ambos conocemos el secreto.

No es así.

Todavía está en desarrollo. Descifrándose y desplegándose. Un tira y afloje, un nudo de hilos entre nosotros. Y entonces me doy cuenta de cuán posesivo me siento con Rayne.

Como si me perteneciera y nadie más pudiera ver qué sucede entre nosotros.

O sea, supongo que eso es verdad.

Ella es mi hermanastra. Mi familia, ahora. Sí me pertenece. Es lo que he afirmado desde el principio. Pero hay ferocidad detrás de mi reclamo mental por ella. Como si fuera a destruir a cualquiera que intentara mantenerme alejado de ella.

Hmm. Extraño.

—Rayne está a salvo conmigo, —me encuentro diciéndole a Bailey.

Ni siquiera sé si es verdad. A duras penas está a salvo físicamente. Me he permitido tocarla cuando sea que quisiera. Ni siquiera creo que esté a salvo emocionalmente, excepto por esas lágrimas suyas que me hacen mover montañas.

Pero creo en lo que estoy diciendo, sin embargo.

No dejaré que nadie lastime a Rayne mientras yo esté, incluidos nuestros padres. Y puede que quiera que crea que soy un peligro para ella, pero no la lastimaría en serio.

Aunque Bailey no lo cree. Ella se mofa.

—Eres un Dios en esa ciudad. Podrías cambiar la forma en la que tratan a Rayne. Pero no querrías que sufra tu preciosa reputación por una desadaptada genética, ¿verdad?

—Adiós, Bailey. —Saco el pie del freno y dejo que el Jeep se mueva despacio hacia adelante. Ella da un paso atrás y me muestra el dedo mientras me alejo.

Cuando conduzco hacia el estadio, intento evitar que sus palabras me perforen la mente.

Podrías cambiar la forma en la que tratan a Rayne.

¿Pero quiero hacerlo?

¿O quiero mantenerla débil, indefensa y *toda para mí*?

Todo lo que sé es que cuando mi papá me escribe para decirme que llevará a Leslie a una pequeña luna de miel, y que necesito regresar a casa esta noche por si Rayne necesita algo, mi verga se pone dura como una piedra.

A la mierda lo de ir a Tucson para trabajar en mis problemas legales.

La enana y yo solos en casa por el fin de semana.

Que empiece. El juego.

* * *

Rayne

Me duele la espalda por dormir en el piso toda la semana. Realmente odio a hermanastro.

No podría estar más feliz cuando Logan decide llevar a mi mamá a una luna de miel atrasada y espontánea. No me di cuenta de que yo era la razón por la que no la había llevado antes, pero cuando me dijo que le había pedido a Wilde que volviera esta noche para que no estuviera sola, le escribí de inmediato yo misma.

No vuelvas por mí. No necesito un niñero.

Me responde de inmediato. *Oh, pero sí lo necesitas.*

No me doy cuenta de si realmente está regresando o si sólo está siendo un pendejo. Es difícil adivinar sus motivos para hacer algo.

Creo que es porque en realidad no sabe dónde está en su propia mente.

Ni siquiera estoy segura de que sepa cómo terminó volviendo a Wolf Ridge. Es como si sólo le hubiera ocurrido. Parece sentir poca responsabilidad o remordimiento al respecto. Incluso con la amenaza inminente de que lo echaran de la manada, no parece estar tan motivado por solucionar sus problemas.

Pero, al mismo tiempo, está haciendo todo lo que le pide su papá, como un buen lobito.

No lo entiendo.

Realmente no entiendo.

Sobre todo qué le sucede conmigo. ¿Me odia? ¿Lo atraigo? ¿Todo esto es un extraño juego de dominancia para él? ¿Algo que tiene que hacer un lobo alfa que todavía no tiene poder cuando está rodeado por los miembros más débiles de la manada?

Disfruto la tarde sola y uso el tiempo para pintarme las uñas de los pies y tomarme un montón de videos de pies. Cuando termino, programo que se publiquen en mi cuenta de Patreon, y luego abro la programación de los privados.

Una vez más, Amantedepies352 se agenda.

Pero no disfruto las sesiones. Son algo que tengo que soportar, eso es todo. Pagan muy bien, y necesito todo el dinero que pueda generar. Ya tengo ochenta y cinco billetes de cien ahorrados. Si sigo así, tendré todo lo suficiente para la habitación y lo que quede de la cuota para el año que viene.

Planeo seguir con este trabajo en la universidad para poder pagarla. Ey, algunas mujeres se desnudan para pagar la universidad. Algunas de nosotras tenemos pequeños pies lindos y hacemos porno de pies. Sigue siendo un día normal de trabajo, sin importar cuánto lo juzguen los demás.

Después de cenar, estaba realmente hambrienta otra vez, empiezo la sesión con Amantedepies352. Llevo los Manolo que me compró. Y uso una lista de deseos en línea que no les da mi dirección real a mis seguidores. Los zapatos se envían directo a la casa, lo que está bien, pero yo soy la que está aquí para recibir el correo.

Camino y hablo sucio con Amantedepies352. Le doy exactamente treinta minutos.

—Bueno, terminó el tiempo.

—Aún no, —dice rápido—. Pagaré por otra sesión.

Ah. Debería tomar el dinero. Definitivamente lo necesito. Dudo por un momento y luego acepto. Quién sabe cuándo volveré a tener tiempo a solas. Necesito utilizarlo mientras puedo.

—Bueno. —Pongo el reloj por otros treinta minutos.

—Te daré quinientos dólares si me envías esos zapatos, —ofrece.

Hago una mueca.

—Pero entonces me quedaría sin mis zapatos de quinientos dólares. No es una buena oferta, ¿verdad?

—Mil, —se apresura a decir—. Te daré mil dólares. Por adelantado. Los transferiré ahora. Quiero los zapatos. *Esos zapatos*. Los que te pones para *mí*.

No puedo rechazar mil dólares, ¿verdad?

—Transfiere el dinero, —le digo. Espero a escuchar el sonido de la confirmación en mi teléfono antes de seguir con la sesión.

Hago mis típicos movimientos caminando por la habitación y bailo con mis pies y gemelos. Intento hacer un movimiento estilo Tango a solas, girando y llevando un pie hacia el costado, luego vuelvo a caminar.

—Más cerca, Rayne, —dice Amantedepies.

Me estoy acercando cuando me doy cuenta.

—¿Cómo me llamaste?

—Rainbow. ¿No es tu nombre? —Se ríe nervioso. Este tipo es tan raro—. ¿Por qué? ¿Cómo quieres que te llame?

—Rainbow.

—Supongo que tal vez lo escuché mal.

—Acércate más. Quítate los zapatos.

Hago lo que quiere. Le doy algo de tiempo con los pies descalzos.

—Párate con los pies separados, mirando para el otro lado. Ahora agáchate y baja las manos por tus gemelos.

Agh. Ahora se pone exigente. Tengo que ser cuidadosa de no mostrar el rostro en la pantalla.

Cuando empecé a filmar videos y hacer las sesiones privadas, usaba una máscara, en caso de que mi rostro se mostrara en la pantalla por accidente, pero ahora me he vuelto vaga. Creo saber con exactitud dónde empieza el marco y dónde termina y que no voy a equivocarme.

Pero ahora, mientras bajo las manos por la parte trasera de mis muslos, desearía llevar la máscara, sólo para estar segura.

Cuando mi cabeza baja más que mi pelvis y puedo ver entre mis piernas, reviso la pantalla.

¡Mierda!

Definitivamente vio un poco de mi rostro. No hay dudas de que vio mi cabello.

A la mierda con esto. Me cansé.

—Terminó el tiempo, —digo, aunque todavía le quedan otros cinco minutos.

—Aún no, —se queja.

—Perdón, amigo. Hoy te daré un poco menos. Te estás poniendo muy necesitado.

—Yo... eres...

Termino el vivo antes de poder escuchar qué dirá.

Mi corazón late más rápido que el de un colibrí, y tengo una extraña sensación de violación, aunque yo soy la que me estoy vendiendo.

Cierro la portátil de golpe y regreso a la cocina en bragas. Sí, tengo hambre otra vez. Suficiente hambre como para comer todo un cuarto de helado mientras miro la televisión en la sala de estar, algo que nunca puedo hacer cuando hay gente en la casa.

Es tarde y estoy tirada mirando Emily in Paris en Netflix cuando escucho el Jeep de Wilde en la entrada.

¡Mierda!

Corro a mi habitación y me meto en la cama, debajo de las frazadas. No me importa lo que diga Wilde, no dormiré en el suelo esta noche. Esperaba que se quedara en Tempe con sus amigos alfa-diotas. De todos modos, estoy harta del suelo.

Él puede dormir en la cama de Logan esta noche. O lo que sea. Estaba esperando tener la habitación para mí sola esta noche, y no la cederé.

Escucho los grandes pies de Wilde por el pasillo.

Trabé la puerta de la habitación, pero usa su uña para abrirla.

—No creas que no te vi correr a la habitación en bragas, enana. ¿Ahora finges estar dormida?

—Vete, Wilde. Dormiré en mi propia cama esta noche.

Él se ríe, pero para mi alivio, se aleja.

Lo escucho prepararse un bocadillo en la cocina, luego lavarse los dientes, algo que me gustaría haberme tomado el tiempo de hacer.

Pienso en levantarme para ponerme unos pantalones cortos de pijama, pero estoy demasiado comprometida con reclamar la cama.

A mi pesar, Wilde vuelve a la habitación, se quita los zapatos, se saca los vaqueros, y se mete en la cama.

—Al suelo, enana. —Me toma por la cintura y mueve mi cuerpo sobre el suyo hacia el borde de la cama, haciéndome colgar para que, si me suelta, me caiga.

Estiro los brazos para frenar mi caiga, pero no me suelta.

—No dormiré en el suelo, —aseguro.

—¿Te olvidas de lo que sé sobre ti, enana?

Opto por la verdad.

—Me duele la espalda. No soy transformista. Mi cuerpo no puede soportar ese maltrato y recuperarse de inmediato. Dormir en el suelo apesta.

Wilde está callado, como si realmente pensara en mi argumento.

—Bueno, entonces ve a dormir al sofá.

—No, yo estaba aquí primero. Dormiré en la cama. —Sí, estoy actuando como si tuviera cinco años. Demándenme.

—Dormiré en mi cama, Rayne.

—Bueno, yo también. Así que haz lugar. —No sé qué me lleva a decir eso.

Debo estar realmente desquiciada. En realidad, no quiero pasar la noche en la misma cama que Wilde.

Ya es bastante malo dormir en la misma habitación. ¡Apenas dormí en toda la semana!

—¿Ah, sí? ¿Qué crees que pasará si tengo que dormir a tu lado? —Hay una amenaza en la voz de Wilde que no entiendo.

¿Se refiere a que es tan asqueroso? O...

Un segundo después, me lleva de nuevo hacia la cama y me pone boca abajo. Su gran forma está sobre mi y...

Oh.

Em, guau.

No me da asco.

No... Wilde tiene una erección del tamaño de un torpedo, y *está justo entre mis piernas.*

—¿Crees, —murmura, justo contra mi oído—, que una probadita de una chica como tú sea seguro para un gran lobo malvado?

No me muevo. Mi respiración está agitada. Mis piernas se abren. No como invitación, por supuesto que no. Sólo para hacerle lugar a su gran verga. Para evitar que me toque.

Pero, por supuesto, eso no está funcionando. Porque a través de sus bóxeres y mis bragas, siento su mástil presionando justo contra mi centro.

—¿Cres que puedes meterte en mi cama en bragas y que no haré esto? —Su mano se estira hasta mis caderas para tomar mi monte descaradamente.

Un escalofrío me recorre y me mojo de inmediato, empapando el refuerzo de mis bragas. Sé que puede sentirlo. Quiero con desesperación que me toque más y eso me enoja. No me gusta ser necesitada con él.

Mueve los dedos mientras mece las caderas para frotarse contra mi trasero.

—Puede que te desflore en mis sueños, enana. Pero no... —él levanta la cadera y se mueve unos centímetros, presionando su verga contra la raya de mi trasero y moviendo los dedos entre mis piernas—. Creo que guardaré tu virginidad y sólo tomaré este lindo trasero pequeño. Porque por allí lo toman las enanas, ¿verdad, Rayne-bow? ¿Por el culo?

Debería pelear. Debería aullar y volverme loca. Rasguñarlo y morderlo y hacer lo que sea que pueda para escapar de abajo de él.

Pero en vez de eso, mi cuerpo queda inerte y sumiso.

Quiero más de sus caricias obscenas. De sus palabras sucias. Hasta de su crueldad. Lo quiero todo.

Me quejo un poco.

* * *

Wilde

El aroma de la excitación de Rayne se mete por mis fosas nasales y de repente mi lobo enloquece.

Nunca antes perdí el control con una mujer, ni loba ni humana, pero algo acerca de tener a Rayne debajo de mí y saber que está excitada me provoca.

La pongo boca arriba y levanto su camiseta para revelar las tetas más perfectas que he visto. Es pequeña, pero sus senos no lo son. Son redondos y grandes. Proporcionales, pero realmente espectaculares.

Lo que no noto en mi arrebato es que he asustado muchísimo a Rayne.

Ella lucha contra mí, me golpea en el rostro y libera una pierna para patearme.

La cachetada pone a mi lobo de nuevo bajo control, pero porque sigo siendo un idiota, sostengo sus muñecas junto a su cabeza.

Y entonces sucede: Los ojos de Rayne se vuelven plateados.

No es un brillo de plata. No es un reflejo de la luz.

Cambian de azules a plateados.

Rayne no es defectuosa.

Ella tiene una loba adentro que espera salir.

Me quedo quieto.

Está luchando frenéticamente debajo de mí; su loba quiere escapar y salvarla.

Estoy tan captivado por ver un poco de su loba que no

me muevo por un momento, sólo la sostengo y la veo luchar y transpirar.

Y entonces me siento eufórico.

—Ven aquí. —Me bajo de la cama y la tomo por la cintura, levantándola en el aire—. Tienes que verte. —La llevo, pateando y luchando, hasta el espejo de cuerpo completo que está detrás de la puerta. Cuando intento hacer que se pare, no lo hace; está demasiado ocupada pataleando.

—Párate, Rayne. —La apoyo frente a mí, una mano alrededor de su garganta, la obligo a mirarse en el espejo.

Pero los ojos plateados se han ido.

Cierro los dedos alrededor de su garganta para asustarla y uso mi mano libre para levantarle la camiseta y hacerla enojar.

Ahora sus ojos cambian.

—Ahora mira eso. —La sacudo hasta que mira.

Sus ojos se agrandan con sorpresa, y ella inhala sin poder creerlo.

Capítulo trece

R *ayne*

—Mírate, Rayne. Tenías una loba en ti todo este tiempo.

Empiezo a llorar cuando veo mi reflejo en el espejo.

Una loba. *Soy una loba.* Tengo una loba dentro de mí.

Increíble.

Esperé y deseé toda mi niñez que eventualmente fuera a desarrollarme como una transformista normal, pero nada me indicaba eso.

No tenía las habilidades de sanación de otros cachorros. No podía ver en la oscuridad. Escuchaba mal. Mi nariz no servía mucho.

Pero de todos modos, cuando me llegó el período y me crecieron los senos, esperaba y deseaba y le rogaba al destino que también pudiera aprender a transformarme como las otras chicas de la manada.

Pero en fin. Parecía no ser para mí. Finalmente acepté lo que todos habían sospechado desde el comienzo: era defectuosa.

Pero ahora, parada y retenida por mi hermanastro, el bravucón que no me deja sola, ella finalmente sale a la luz.

Y es hermosa. Al menos sus ojos lo son. Plateados, como la luna que adoramos.

Me quedo inerte con otro llanto. Si Wilde no me estuviera sosteniendo, caería de rodillas y lloraría como un bebé.

—Ojos plateados, —canta en mi oído. Hay algo de sorpresa en su voz, como si también pensara que mi loba es hermosa.

Como si reconociera la magia y el poder que está presente en la habitación. El brillo y el resplandor a mi alrededor.

Pero todo lo que puedo hacer es llorar.

—Ey. —Wilde me baja la camiseta para cubrir mis pechos desnudos, y la mano en mi garganta baja para sostenerme por la cintura—. Estás bien.

—¡Lo sé! —lloro—. Soy una loba.

Wilde por fin me suelta y sonríe. Nuestras miradas se encuentran en el espejo.

—Claro que lo eres.

Volteo y lo empujo fuerte, lo que no lo hace moverse ni un centímetro.

—¿Qué me estabas haciendo? —Mi voz suena ahogada por las lágrimas.

Estoy muy confundida por toda la revuelta de sensaciones en mi cuerpo. El calor latiente entre mis piernas. El hecho de que mi hermanastro posiblemente intentó violarme.

Saber que en parte quería que lo hiciera.

Por una vez, Wilde parece ofrecerme una respuesta sincera. Él me muestra las manos.

—No lo sé. Creo... que mi lobo la sintió allí dentro. Sintió tu aroma y me enloqueció un poco. No quise intentar

desnudarte. Lo lamento. Pero luego vi tus ojos... —él sonríe
—. Así que lo hice de nuevo frente al espejo para mostrarte
lo que vi.

Dejo salir un suspiro tembloroso.

—Quizás... quizás esta es la razón por la que he tenido
tanto calor por la noche. Y tengo hambre todo el tiempo.

La garganta de Wilde se esfuerza por tragar.

Me doy cuenta de que puedo verlo a la perfección en la
oscuridad.

—Quizás es la razón por la que no te puedo dejar sola.

Estoy sorprendida por esa admisión.

Y entusiasmada. *Muy* entusiasmada. Pero estoy demasiado vulnerable como para preguntarle más. Ahora mismo
tengo la ventaja. Wilde está siendo semi respetuoso para
variar.

—Wilde. —Levanto el mentón y apunto hacia la puerta
—. Sal. —Estoy temblando por completo. Me caigo de rodillas frente al espejo y me quedo mirando mi reflejo, quiero
que vuelva la loba de ojos plateados, pero se ha ido.

Parece que sólo Wilde puede llamarla.

Capítulo catorce

W*ilde*

Tengo que transformarme para evitar volver a entrar a la habitación de Rayne. A mi lobo no le gusta que lo rechacen, y parece que pensó que iba a tener algo de acción. Después de no poder dormir en el sofá, me levanto y preparo dos platos gigantes de panqueques. Del tipo que solía hacerme mi papá el día de un gran partido, con polvo proteico y nueces, y una pila de pedazos de tocino canadiense para completarlos.

Rayne necesitará proteína si está por transformarse. Recuerdo pasar por la pubertad; nunca era suficiente comida. Tenía hambre y malhumor y estaba excitado todo el tiempo.

Cuando Rayne todavía no sale para las 10 am, entro a su habitación.

No, no me molesto en llamar. Todavía soy su dueño, aunque la dejara dormir en mi cama anoche.

Está despierta, apoyada contra las almohadas, trabajando en su portátil antigua. Veo rápido la imagen de sus pies en la pantalla.

Ella intenta cerrar la portátil, pero la tomo antes de que pueda hacerlo. Es lo mismo que vi antes, su cuenta de Patreon en donde publica fotos y videos. Parece que también tiene una de Onlyfans. Se ve que tiene una gran mente comercial.

Leo los comentarios.

Maldición, estos tipos realmente están calientes con ella.

—¿Esto es seguro, enana?

—Por supuesto que lo es.

—¿Nadie sabe tu nombre real o dónde vives?

—No soy idiota, Wilde.

—¿Y todo lo que muestras son tus pies, verdad?

Eso es todo lo que vi antes. Es la única razón por la que no me volví completamente loco cuando lo encontré. O sea, los pies no son pornográficos para mí. Entiendo que son para sus patrones, pero no siento que tenga que matar a nadie por haberlos visto. Si estuvieran mirándole el trasero, cazaría hasta el último hijo de perra.

Incluso yo tengo que admitir que sus pies son lindos, maldición. En algunas fotos lleva unos anillos adorables y cambia el color de las uñas a varios tonos vibrantes.

—Sí, sólo mis pies. No es que sea de tu incumbencia.

—Te equivocas. Todo acerca de ti es de mi incumbencia.

—Wilde, ¿no deberías preocuparte sobre tu caso judicial? ¿Y pensar cómo hacer para que desestimen los cargos, así puedes regresar a la universidad?

Hay amabilidad en su tono, y una curiosidad genuina, y esa es la única razón por la que no la rechazo de inmediato.

—No quiero regresar.

Listo. Se lo admití. Lo que todavía no me he admitido a mí mismo.

Estoy un poco sorprendido cuando veo la compasión en

su mirada. Ella se arrodilla en la cama y eso me pone la verga dura.

—Sí, pero te sacarán de la manada si no lo resuelves. Es una situación perder-perder para ti.

—Dejo la portátil en la cama y me paso la mano por el cabello.

—¿Tú también lo notaste, eh?

—¿Admitiste algo cuando te llevaron detenido?

Niego con la cabeza.

—No dije nada.

—¿Siquiera eran tus drogas?

La miro fijo, sorprendido de que de todas las personas que se lo podrían haber preguntado, ella sea la única que realmente lo hizo.

—¿Qué te hace preguntarlo?

—¿Por qué estás esquivando la pregunta?

Chica inteligente.

De pronto no puedo no tocarla. Envuelvo sus brazos con mis manos y la levanto en el aire para que cuelgue por un momento antes de bajarla con suavidad para que quede de pie.

—Preocúpate por tu propia mierda, Rayne. —Le pego en trasero—. Hice panqueques.

—¿Para mí? —Ella gira a mirarme por encima del hombro. Suena sorprendida.

Me mofo.

—¿Qué, pensaste que los había hecho todos para mí y me los había comido?

—Bueno... sí.

Vuelvo a pegarle ligeramente en el trasero. Puede que me esté obsesionando un poco la idea de darle nalgadas.

De estar a cargo de ella. De enseñarle otra lección.

De cuidarla durante su transición.

Ella pasa por la puerta, directo hacia la cocina, lo que complace mucho a mi lobo.

—Ahora mismo necesitas muchas proteínas. Transformarse lleva muchas calorías, sobre todo al principio cuando tu cuerpo está cambiando. —Saco una silla de la mesa de la cocina y pongo uno de esos grandes platos de comida frente a ella con un tenedor.

—Em, gracias. —Sus grandes ojos azules me siguen mientras tomo otro plato y me siento a su lado a comer.

Ella come en silencio por unos minutos, llevándose comida a la boca como si muriera de hambre.

—¿En serio crees que pueda transformarme? —pregunta.

—Ah, te transformarás, —digo pero no estoy seguro de que sea verdad.

Ahora que ella me plantó la duda, puedo ver por qué se podría preocupar. Sólo porque haya un lobo allí adentro en algún sitio, no significa que sabrá sacarlo.

Probablemente debería llevarla con el Alfa Green, así puede usar una orden alfa con ella para hacer que se transforme, pero por alguna razón, me siento a cargo de la transformación de Rayne. Como si nadie más pudiera saberlo excepto yo. O al menos, no hasta que la haya entrenado. Quiero ser el que le enseñe a transformarse. Quien la ayude con la transición.

Y no, definitivamente no es por devoción fraterna.

Mi lobo desea a Rayne. No sé qué significa eso. Si sólo es una reacción por vivir en la misma casa que una mujer que está transicionando o si es algo más.

Todo lo que sé es que ella se siente mía.

Y la única forma en la que esto puede salir a la luz es sacando esa loba de adentro de Rayne.

Porque no seré el perdedor que lo hace con su hermanastra defectuosa.

—¿Y si no puedo? —me pregunta.

—Puedes. Vi a tu loba. Está ahí adentro, y quiere salir. Así que olvida las clases de conducción. Hoy tendrás clases de transformación. Y seguiremos teniéndolas hasta que vea a esa perra de ojos plateados.

Rayne esconde el rostro detrás de su cabello, baja la cabeza sobre sus panqueques. Después de comerse varios más, me pregunta,

—¿Crees que sea gris?

—Tal vez. O podría ser blanca. Eso sería lindo, ¿no?

Sobre todo considerando que mi lobo es negro. Seríamos el ying y el yang. Grande y pequeña. Negro y blanca.

No sé por qué estoy pensando en un *nosotros*. Eso es extraño.

Rayne no logra terminarse más de la mitad del plato que le preparé, pero era muchísima comida, así que estoy satisfecho. Levanto la mesa, cubro su plato con un envoltorio plástico y lo guardo en el refrigerador para más tarde.

—Muy bien. Encuéntrame en el deck de atrás en cinco.

—Yo... —Rayne luce como si fuera a protestar pero luego parece cambiar de opinión—. Bueno.

Me encuentra en el deck trasero con unos vaqueros y una camiseta.

Levanto una ceja.

—Quítate la ropa, enana, o la romperás.

—No me quitaré la ropa para ti, Wilde.

Todo lo que escucha mi verga es *me quitaré la ropa para ti, Wilde.*

Sonrío y me quito la camiseta por encima de la cabeza.

—Aquí. —Se la paso—. Ve a ponerte esto. Es lo suficientemente grande como para no romperla cuando te transformes. A menos que tu loba sea gigante, lo que sería gracioso.

Su mirada viaja a mi pecho desnudo y su cuello se sonroja.

—Bueno. —Ella toma la camiseta.

—¡Sin bragas! —Le grito cuando desaparece adentro. Me río cuando la escucho murmura algo como, *que el destino me ayude.*

Me quito los vaqueros y me estiro bajo el sol de la última parte de la mañana. Estoy mucho más a gusto de lo que debería cuando Rayne vuelve con nada más que mi camiseta También muero por levantarla y ver todo lo que hay debajo.

Pero me obligo a sentarme en el borde del deck. Toco el lugar a mi lado.

—Ven aquí, enana.

Ella sienta su trasero desnudo a mi lado.

—Cierra los ojos. Imagina una loba. O sea, no la imagines, sino que imagínate tú como una. O sea, siente tu cuerpo en forma de loba.

Rayne abre un poco un ojo.

—Eso es bastante complicado de hacer cuando nunca antes he sido loba.

—Sólo cállate e inténtalo.

Ella vuelve a cerrar los ojos.

Cierro los míos y creo una orden nivel alfa.

—*Transfórmate.* —Lleno mi voz con la potencia de un alfa.

No sucede nada.

Rayne de nuevo abre un poco los ojos y niega con la cabeza.

—Wilde, no sé si esto funcio...

—Transfórmate, —le vuelvo a ordenar.

Nada.

—Imagina que estás en forma de loba.

—¡No sé cómo se siente! —protesta.

—Finge que lo sabes. —Intento ordenárselo varias veces más, pero cada vez parece tener un efecto menor en ella. Como si se estuviera rindiendo.

Me paro y me quito los bóxeres.

Rayne se tapa los ojos.

—Una pequeña advertencia estaría bien, —murmura.

Me transformo en lobo y le choco las rodillas con mi cuerpo gigante.

Ella me toca y entierra los dedos en mi pelaje. Dejo que me acaricie. No sé por qué, se siente bien, supongo.

No estoy seguro de qué espero lograr mostrándole mi forma de lobo. Supongo que quizás quiera que él llame a la suya.

Pero ella se pone de pie.

—Bueno, no creo que esto vaya a funcionar, Wilde.

Entonces intento intimidarla. Si su loba cree que necesita protección, podría salir. Le gruño a Rayne, salto a su lado para bloquearle el camino a la puerta. Le muestro los dientes y gruño mientras avanzo.

Rayne no está impresionada.

—Ya sé lo que haces, Woodward. No tengo miedo. Pero buen intento.

Me abalanzo sobre ella. Ella se mueve hacia atrás, más rápido que una humana. Sus reflejos se están volviendo más rápidos. Me pregunto si sanará más rápido.

Probablemente debería haberlo pensado más antes de actuar, pero no lo hago. Sólo me lanzo hacia adelante y le muerdo el gemelo.

Ella grita. Ahora siente miedo real. Me doy cuenta por su aroma. Por el brillo plateado de sus ojos. Escucho que suenan sus articulaciones como si estuviera a punto de transformarse, pero no sucede nada.

La libero de mi mandíbula e intento lamer la herida para cerrarla, pero ella ya se apura en entrar.

—¡Me mordiste! —Suena increíblemente ofendida.

Mierda.

Si no tiene súper habilidades de sanación, mi papá me echará de una vez por todas de la casa.

La sigo pegado a sus talones hasta la casa; la esquivo cuando intenta cerrarme la puerta en la cara.

—¡Aléjate de mí! No puedo creer que hicieras eso. ¡Estoy sangrando!

Intento lamerle la herida otra vez, pero ella me patea la cara.

—¡Dije aléjate! ¡Estás realmente loco! —Corre hasta la puerta principal y toma las llaves de mi Jeep en el camino.

Me vuelvo a transformar en humano y me tomo unos preciados segundos para correr a tomar mis bóxeres del deck trasero.

Y entonces escucho el arañazo y el golpe de metal con metal.

—¡*Rayne*! —Grito mientras corro por la casa y salgo por la puerta principal.

* * *

Rayne

Ohdestinoohdestinoohdestinoohdestino.

¿Qué he hecho?

Acabo de arruinar el Jeep de Wilde. Ni siquiera sé qué o a quién golpeé porque mi rostro se choca contra el volante por el impacto.

Destrocé el Jeep de Wilde. Ni siquiera tengo permiso de conducir. Lo tomé sin su permiso.

Estoy tan muerta.

Un momento después, se abre rápido la puerta y Wilde saca mi cuerpo; lucha con el cinturón hasta liberarme.

—¡Lo siento! —Chillo, pensando que está furioso—. Lo lamento tanto. No debería haber tomado tu Jeep. Por favor no me mates.

—Rayne. *Mierda.* ¿Estás bien? Mírame. —Wilde me ayudó a pararme, me inclinó contra el Jeep y sus manos me recorren, buscando heridas.

Estiro el cuello para mirar a mi alrededor y saber qué golpeé.

Oh Dios. El buzón. Retrocedí el Jeep a toda velocidad justo sobre el macetero de concreto y contra el buzón de metal. El parachoques del Jeep está totalmente envuelto alrededor del poste inclinado.

Ahora me froto la frente moreteada. Dolió un montón en el momento, pero el dolor ya ha disminuido, lo que me parece extraño.

Estoy mucho más preocupada ahora mismo por lo que hará Wilde cuando vea la gravedad del daño. O peor, oh destino, lo que dirá o hará Logan.

Estoy tan jodida.

Realmente tan jodida.

Inspiro entre sollozos y rompo en llanto.

—Lo siento. Lo siento tanto por dañar tu Jeep. Pagaré el arreglo. Te daré el dinero de la universidad. Por favor, no le digas a tu papá. —Intento concentrarme en el rostro de Wilde a través de las lágrimas—. ¿Por favor? ¿Podemos llegar a un acuerdo?

Wilde parece haberse calmado.

—Bueno, Rayne. Entra a la casa. Déjame sacar el Jeep del macetero antes de que alguien vea lo que ocurrió.

Aliviada porque Wilde al menos sepa qué hacer, obedezco; camino sobre piernas temblorosas hacia la casa, donde me hundo en el sofá. Creo que estoy en shock porque no hay ningún pensamiento en mi mente. No noto el paso del tiempo.

No estoy consciente de nada hasta que Wilde regresa a la casa y cierra la puerta.

Entonces las lágrimas comienzan a salir automáticamente otra vez.

—Lo lamento tanto. Lo pagaré. Por favor, no le digas a tu papá. Por favor...

Wilde levanta una mano y me detengo, a mitad del ruego.

—Puedes quedarte con el dinero para la universidad, Rayne.

Lo miro, sorprendida. ¿Cuándo ha sido Wilde tan generoso?

—Es probable que pueda hacer el arreglo en el taller. Y sí, podemos mantener esto entre nosotros dos. —Él inclina la cabeza y sonríe de forma engreída—. Justo después de que te deje el trasero rojo. —Él se sienta a mi lado y yo me paro rápido. Wilde me toma por la cintura—. O puedes lidiar con la ira de Logan. Tal vez hayas notado que puede ser bastante estricto.

Me quedo quieta y pienso en su propuesta.

Su mano derecha baja por mi cintura por la parte externa de mi muslo para tomar mi gemelo.

—Mira, Rayne, —dice con calma.

Miro hacia abajo y me quedo sin aliento. El lugar donde me mordió ya se ha cerrado. Sigue doliendo. Veo marcas de dientes, pero parecen de hace una semana. ¡Ahora tengo super habilidades de sanación!

Cuando lo miro, encuentro algo desconocido en sus ojos. ¿Aprecio? ¿Asombro? Casi como admiración. No por mí, sino por la loba en mi interior.

—Ven aquí. —Me lleva gentilmente más cerca de él—. Tu trasero es demasiado golpeable como para no resolver las cosas así.

Ah. Odio que me excite tanto que me humille de esta forma. Odio no tener bragas puestas y...

Él me inclina sobre sus rodillas robustas. La camiseta que llevaba se desliza hacia arriba por mi espalda. Aprieto los muslos.

—Sí. —Escucho satisfacción en su voz—. Así quiero resolverlo.

Mi estómago cosquillea. Levanto un talón en el aire y luego comienza. Me da nalgadas fuertes, pegándole a una nalga, luego a la otra y calentando la parte inferior de mi trasero con palmas firmes. Va hacia la parte trasera de mis piernas, luego regresa a mi trasero y se concentra en el lugar donde me siento.

No duele. O sea, duele, pero no se registra como dolor. Todo lo que siento es calor. Cosquilleo. Un poco de quemadura. Emoción. Un frenesí afiebrado de energía que se mueve en mi pelvis. Que late entre mis piernas.

Wilde se detiene para frotar el cosquilleo. Como la primera vez que me dio nalgadas, sus dedos se mueven entre mis piernas. Sólo que esta vez estoy desnuda. Puede sentir la humedad de mi excitación. La hinchazón de mis partes femeninas.

—No lo hagas. —Cruzo las piernas para evitar que entre y él aleja los dedos.

—¿Te duele allí abajo, Rayne-bow?

Dejo salir un sonido inentendible.

—¿Quieres que te haga sentir mejor?

—No. —Sueno malhumorada. Creo que estoy enfadada porque no dejaré que haga acabar. Porque estoy un poco desesperada por la necesidad. Pero no quiero darte ese poder sobre mí.

Wilde frota un par de círculos más alrededor de mi trasero y luego comienza a darme más nalgadas. Estoy aliviada porque necesitaba algo, más caricias, más estimulación. Pero eso no es lo que quiero. Lo que quería eran sus dedos entre mis piernas, no esto.

Wilde me inclina hacia adelante de forma abrupta.

—¿Qué?

—Te quiero allí. —Me levanta con las dos manos envolviendo mi cintura y me lleva a la punta del sofá. Luego me quita la camiseta.

Me cubro los pechos con el antebrazo.

—¿Qué estás haciendo?

Él me gira y empuja mi torso hacia abajo sobre el brazo del sofá.

—Te quiero desnuda para tus nalgadas, Rayne-bow.

Oh, Destino.

Ohhhhhhhh, destino.

¿Qué está pasando ahora?

Wilde me separa bien los pies y empieza a darme nalgadas otra vez. Es diez veces más erótico en esta posición. No sé por qué, supongo que porque puede hacérmelo fácil desde atrás. O quizá porque mis piernas abiertas significan que puede ver mi vagina desnuda asomándose entre mis piernas. O sólo por lo obvio, que ahora estoy completamente desnuda.

Por la razón que sea, un calor insoportable empieza a

moverse por mi cuerpo. Estoy gimiendo. Llorando. Quejéndome y lloriqueando. Me siento mareada.

Wilde me golpea entre las piernas. Golpes ligeros que me vuelven más loca. Envuelve los dedos en mi cabello y me levanta la cabeza. Su rostro baja hacia el mío y me observa.

—Veo a tu loba, —murmura.

Pestañeo. Sus ojos brillan de color verde.

—Yo veo al tuyo, —le respondo susurrando.

—Necesito probarte. —Me gira, me levanta y apoya mi trasero sobre el brazo del sofá. Cuando levanta una rodilla, caigo hacia atrás, pero su brazo está justo detrás de mis hombros. Gentilmente baja mi espalda alta hacia el asiento del sofá, así estoy arqueada sobre el brazo, con una rodilla levantada para exponer mi centro—. Déjame hacerte sentir bien ahora, Rayne-bow. —-Me sostiene la mirada.

Oh.

Está esperando una respuesta. Permiso.

—Sí, —susurro.

Ni bien le doy luz verde, se vuelve salvaje, baja la cabeza entre mis piernas y me lame.

Es tan intenso y alocado. Grito e intento alejarlo. No porque no me guste. Me gusta. Sólo que me encanta demasiado.

—Disfrútalo, Rayne-bow. —Él succiona mis labios, pone la boca sobre toda mi vagina. Su lengua está en todos lados; se mete entre mis labios inferiores, me penetra, gira cuando me muerde.

Mis muslos internos tiemblan.

—¿Necesitas acabar?

—S-sí, —trino.

—Mierda, —maldice Wilde, como si apenas pudiera

contenerse. Escuchar su voz áspera por el deseo me hace enloquecer aún más.

—¡*Ahora*, Wilde! —Me estoy poniendo mandona.

Regresa la boca a mi centro al mismo tiempo que empieza a meter un dedo dentro de mí.

Me quejo. No entra. Definitivamente no se siente bien. No es tan bueno como su lengua.

—No.

Él desliza la punta del dedo para volverlo a sacar.

—Estás tan cerrada, Rayne-bow. ¿Sí guardaste esta flor para mí, no?

Em, ¿qué? Mi mente da vueltas, confundida. ¿Esa fue la razón por la que Wilde se enojó tanto cuando encontró mis anticonceptivos? ¿Quería ser el que tomara mi virginidad?

Esto es... una locura.

Realmente una locura.

También me hace sentir segura de alguna forma básica. Como si los vientos turbulentos de la tormenta que era Wilde de pronto hubieran formado un patrón que entiendo. Toda su maldad. Su agresión.

Estaba fundada en deseo.

Quizás estaba enojado por lo que deseaba, sobre todo porque yo debería estar prohibida como su hermanastra, pero igual me quería.

—Usaré mi dedo chico.

Las lágrimas inundan mis ojos. Porque ahora lo entiendo. Porque Wilde quiere darme satisfacción. Se está ocupando de mí. Me doy cuenta de que no estaba enojado cuando me sacó del Jeep; estaba preocupado. Pensó que me había lastimado.

Wilde debe sentir el olor de mis lágrimas porque levanta la cabeza alarmado.

—¿Te duele?

Pestañeo y niego con la cabeza, intento tragar el nudo en mi garganta.

—No, —susurro—. Sigue.

Él sigue comiéndome, casi me dan sacudones cada vez que su lengua se acerca a mi clítoris. Luego pone los labios sobre el botón pulsante al mismo tiempo que desliza un dedo en mi interior. Debe ser el dedo chico porque encaja un poco mejor, aunque igual me estira y arde un poco.

—¿Estás bien?

—Aján.

—Ven aquí, bebé. —Él saca el dedo y siento la falta en mi centro. Aprieto el vacío.

Pero Wilde tiene otra idea. Tira de mis muñecas para sentarme; luego me levanta por la cintura y me levanta en el aire.

—Piernas sobre mis hombros.

¿Qué? Oh. Em, guau.

Levanto las piernas para descansarlas sobre sus hombros, lo que deja mi vagina al nivel de su rostro. Él toma mi trasero y me sostiene firme mientras su lengua recorre mis pliegues.

Me pego a su cabeza, gritando y riendo mientras camina hacia la habitación, succiona y me lame.

—Te caerás, —me río—. Ni siquiera puedes ver.

—No necesito ver, —responde.

En la habitación, me baja a la cama y se sube entre mis piernas. Luego vuelve a trabajar, tomando mis flujos mientras mete un dedo en mi interior.

Me levanto sobre mis codos para ver. Usó el dedo índice esta vez. Levanta la cabeza y sonríe; sus labios están brillantes con mi néctar.

—Te desfloraré, Rayne-bow. —Lo dice orgulloso como si estuviera por ganar un juego importante de fútbol.

Si alguna vez me hubieran preguntado quién querría que me desflorara, o cómo, nunca hubiera deseado esto en un millón de años. Y sin embargo…

Es mejor que cualquier cosa que pudiera haber imaginado.

Wilde Woodward me está adorando entre mis piernas. Se está ocupando de mí. Desbloqueando mis secretos. Los que ni siquiera yo conocía de mí misma o de mi cuerpo.

Empieza a mover ese dedo adentro de mí de a poco, un poco adentro, un poco afuera. Luego hace círculos. Estira mi entrada estrecha, la lubrica. Presiona hasta el fondo y me acaricia.

Mis piernas se sacuden como respuesta como si fuera una marioneta, y él acabara de tirar de los hilos.

—¿Sí? ¿Te gusta eso, Rayne-bow? ¿Encontré tu codiciado punto G?

Oh. Destino.

Debe haberlo hecho porque cada vez que frota ahí, siento que estoy por explotar como una bengala.

—Acaba para mí, caramelito.

Caramelito. Es un apodo mucho más lindo que *Enana.* Cariñoso. Lindo.

Vuelve a tomar mi interior y me quiebro, exploto en un millón de direcciones. Una bomba de brillos de energía que detona en mi cuerpo. En mi habitación. En toda la atmósfera sobre Wolf Ridge.

Lloro y tiemblo y me tenso y me sacudo; mis piernas patean, mis músculos se tensan mucho y aprietan alrededor de su dedo.

Wilde maldice por lo bajo. Saca el dedo lentamente y

besa mi vagina con suavidad. Con cariño. Una capa de besos de arriba a abajo que me hacen sentir cuidada.

Hasta amada.

Ni bien termina, me pongo boca abajo y escondo la cabeza en una almohada.

Capítulo quince

W*ilde*

Rayne esconde la cara de mí después de acabar.

Por un momento, estoy horrorizado. ¿Hice algo que ella no quería? ¿Tomé algo que no me dieron?

Pero no. Ella me lo pidió. Me dijo que quería más.

Así que sólo se siente avergonzada ahora. O vulnerable. Bueno, eso no sorprende considerando que tenemos cero confianza entre nosotros.

Así que no le doy lugar porque temo que si lo hago, me alejará por siempre. En vez de eso, paso la mano por su trasero enrojecido. Lo tomo y aprieto con fuerza. Me subo encima de ella.

—Luces linda cuando te doy nalgadas, —murmuro provocativamente en su oído. Mi verga está gruesa y pesada por ella, pero no intentaré nada más. Rayne es virgen. Ya la he presionado bastante.

Se mantiene boca abajo.

Le muerdo el hombro. Succiono su lóbulo. Acaricio

subiendo y bajando la mano por su espalda esbelta. Cuando no gira, masajeo la parte de atrás de su cabeza.

—¿Te duele?

Ella niega con la cabeza, con el rostro todavía en la almohada.

—No, tus habilidades de sanación comenzaron con todo, ¿verdad? Déjame ver ese golpe en la cabeza—. La doy vuelta con gentileza.

Hay tanta incertidumbre en su expresión y quiero golpearme mi propia cara por causarla. Sigo la ligeramente la forma del moretón que se hizo en el accidente de coche.

—Ya está mejor. —Presiono los labios contra él.

No he besado a esta chica en los labios. Recién acabo en mis dedos, pero no he probado su boca.

Tomo su mandíbula.

—¿Puedo besarte, Rayne? —Listo. Finalmente, el respeto que el entrenador Jamison nos taladró hacia las superficies de las mujeres.

Ella traga saliva, sus ojos azules puestos en mí, su frente arrugada como si buscara una trampa.

Estoy tan aliviado cuando asiente levemente, maldición. Voy lento, bajo la boca hasta la suya, me mantengo cerca de su cuerpo para que no sienta la gran erección que tengo por ella. Al principio ella no se mueve. Recibe mi beso pero no me lo devuelve. Muevo los labios sobre los suyos en una dirección, luego en la contraria. Presiono la lengua contra su boca, se lo hago con ella, todavía lento. No es un beso casto, de ninguna manera, pero tampoco es agresivo. Sólo es atrevido y exploratorio.

Unos momentos después, ella empieza a devolverme el beso; su lengua se entrelaza con la mía, sus labios se mueven. Ella se queja.

Está completamente desnuda debajo de mí; sus pezones

forman puntas duras, sus caderas empiezan a moverse. El aroma de su excitación todavía llena la habitación. Empapa mis dedos. Está enloqueciendo a mi lobo. Si no me alejo pronto, perderé el control.

Me obligo a alejarme de ella.

—¿Tienes hambre, Rayne-bow?

Ella se ríe.

—Sí.

De mala gana, me bajo de encima de ella.

—Necesitas muchas proteínas ahora mismo. Prepararé el almuerzo.

Rayne tira del borde de una manta para cubrirse. Odio que necesite esconderse de mí. Quiero volver, quitarle esa manta, y decirle que no tiene permitido cubrir nunca lo que es mío.

Pero eso es una locura.

Ella no es mía. No puede ser mía.

Excepto que la idea se ha asentado. Y si...

¿Y si *Rayne* fuera la razón por la que me sentí tan decidido a volver a Wolf Ridge? O sea, no tiene sentido en realidad. Mi elección de regresar no tiene lógica, pero *tenía* que hacerlo. Estar en Durham me estaba matando literalmente.

Pero si... *¡mierda!* ¿Y si es mi pareja destinada, y mi lobo me trajo de regreso aquí para su transición?

Rayne la enana, *¡mi pareja!*

No he tenido la necesidad de marcarla, pero ella aún no se ha transformado. Su nuevo aroma todavía no se ha asentado.

Necesito saberlo con seguridad. Necesito pensar cómo hacer que se transforme.

Y no, todavía no estoy dispuesto a conseguir ayuda externa. Rayne es mi proyecto. Me la quedaré toda para mí.

Nadie más puede saber sobre la transformación que está experimentando.

Camino a la cocina y saco un paquete de tocino, pedazos de pavo, un pan, mostaza, y mayonesa. Nos preparo a cada uno un par de sándwiches de pavo, tocino, y palta.

Rayne regresa con... un vestido. Es un vestido casual, hecho con algodón negro, con una falda corta y acampanada y mangas largas que también son anchas y pasan por encima de sus muñecas.

Supongo que es uno de los de su época gótica, pero también es divertido y provocador. Estoy realmente captivado.

—¿Te pusiste eso para mí, Rayne-bow?

Ella ignora la pregunta y toma el plato de comida; lo lleva frente a la ventana para mirar hacia afuera.

—¿Qué tan mal está?

—Todavía está preocupada por el accidente.

—Yo me ocupo del Jeep —Pongo una voz firme—. Come tu sándwich y luego iremos a conducir.

Ella se queja.

—No quiero conducir más.

—Por eso iremos. No quiero que ahora te asustes por esto. Lo que sucedió en la entrada no fue tu culpa. Te mordí y te asustaste. No estabas prestando atención a lo que hacías. No volverá a suceder.

—¿Esa es una especie de disculpa?

Sonrío, pero niego con la cabeza.

—No lo lamento en absoluto, enana. —Me doy cuenta, lo sé, demasiado tarde, de que el apodo *enana* es cruel, y hago una nota mental de no volver a llamarla así.

Ella mueve la cadera. Sigue sosteniendo el plato de sándwiches sin comerlos, lo que molesta a mi lobo. Quiere alimentarla.

—¿No lo lamentas?

—Ni siquiera un poco. Para empezar, casi te hago transformarte, así que eso es una victoria. Además, activó tus habilidades de sanación. Y sobre todo, pude darte nalgadas en tu lindo trasero hasta dejártelo rojo y luego hacerte acabar en mi dedo y rostro.

El aroma de la excitación de Rayne invade la habitación.

Niego lento con la cabeza.

—Tendrás que dejas de mojarte así, o te llevaré de nuevo a tu habitación para una segunda ronda.

Un sonido ahogado sale de la boca de Rayne y sus rodillas se aflojan, lo que hace que se tambalee como si acabara de moverse el suelo.

—Ahora siéntate y cómete esos sándwiches. —Cuando todavía no se mueve, sólo me mira fijo con esos grandes ojos azules, pongo una orden alfa en mi voz—. *Ahora*, caramelito.

—Bueno, bueno. —Ella se sienta en el sofá y se come el plato allí. Satisfecho, llevo el mío y me uno.

—No estás a cargo de mí, Wilde Woodward, —afirma mientras se come su sándwich.

—Sigue diciéndote eso, Rayne-bow. Veremos quién te vuelve hacer gritar esta noche.

Las rodillas de Rayne se cierran y un escalofrío recorre su cuerpo.

Me inclino y le muerdo el cuello.

—Me encanta hacer que te mojes, —murmuro contra su cabello.

Rayne se aleja de mí.

—No soy tu juguete, Wilde.

Mis párpados están pesados.

—Oh, pero sí lo eres, Rayne-bow. Y entre antes te rindas, más podemos divertirnos.

* * *

Rayne

Nunca antes estuve tan descolocada en la vida.

No sé qué pensar sobre esto.

Wilde realmente está mostrando amabilidad. Atracción por mí; *¡qué sorpresa!*

Pero, por supuesto, sigue siendo un alfa-diota engreído en el fondo, así que todo lo que sale de su boca sigue siendo lo que dice su verga. Que, tristemente, hace que su atención sea aún más adictiva.

Me encantaría ser la chica que le muestra el dedo y dice, *vete a la mierda. Me has tratado como un pendejo desde el comienzo y no cederé porque me diste un mísero orgasmo.*

Pero no soy esa chica fuerte y confiada.

Soy Rayne, la enana. Una rechazada a la que la manada ha rechazado toda su vida.

Y uno de los miembros de la realeza de la manada de pronto muestra interés por mí. La aceptación de Wilde por mí podría cambiar toda mi existencia.

Parte de mí sigue buscando la trampa.

Como Abe poniendo mi nombre en la votación para la Reina del Baile de Bienvenida, siento que Wilde debe estar tomándome el pelo. Haciendo que me enamore de él, sólo para que toda la escuela se ría de mí.

O quizás es para castigar a su papá por casarse con mi mamá.

Como una venganza de *hacerlo con tu hermanastra.* O incluso un fetiche de *hacerlo con tu hermanastra.*

Y sin embargo, hasta con ese terrible peligro colgando encima de mí, no soy lo suficientemente fuerte como para decirle que no.

Anhelo su atención como necesito respirar. Me está

haciendo sentir especial. Que valgo la pena, por primera vez en la vida.

Sentimientos peligrosos, estoy segura.

Devastadores, es probable. Pero qué valen el riesgo. No puedo rechazar su oferta.

Wilde ocupándose de mí. Haciéndome sándwiches. Comprándome pasteles de cumpleaños. Besándome. Haciéndome acabar. Reclamando de alguna forma mi cuerpo.

Me encanta demasiado.

Termino ambos sánguches y me lamo los dedos. Wilde ya se devoró su comida y ahora me mira y se estira para tomar mi muñeca. Se lleva mis dedos a la boca y succiona cada uno.

Cada vez que lo hace, mi piso pélvico se levanta y aprieta.

Estoy indefensa con este tipo. Mi cuerpo responde sin importar lo que hace.

Él toma el plato de mi mano.

—Hora de conducir, caramelito. ¿Por qué no vamos a visitar a tu amigo humano?

—¿A quién, Lincoln?

La mueca que hace Wilde me hace alejarme.

—Bailey, —me gruñe—. Pensé que Lincoln era sólo tu tutor.

Oh.

Oh.

Todo este tiempo pensé que Wilde no quería que saliera con un humano porque eso afectaría su reputación. De pronto, una nueva idea entra en mi mente.

Está celoso.

Por eso se puso como loco también con los anticonceptivos. Wilde no soporta la idea de que esté con otro tipo.

La idea me deja sin aliento.

—No estoy interesada en Lincoln, —le aseguro. No es que merezca que lo tranquilice.. Es más bien por la seguridad de Lincoln—. Somos amigos. Lincoln tampoco está interesado en mí.

—¿Qué te hace pensar eso?

Me encojo de hombros.

—Simplemente no me da esa vibra. Estamos firmes en la zona de amistad. Nada más.

—Mataré a ese niño si te toca.

Me reiría por lo ridícula que es la posesividad de Wilde, pero no es broma. Los lobos pueden ponerse muy territoriales.

Así que me inclino hacia adelante y lo miro de una forma muy desafiante.

—Lo tratarás bien porque él y Lauren son mis únicos amigos.

Sorprendentemente, funciona.

Wilde se acomoda. Pestañea un par de veces. Parece registrar mi pedido.

—Bueno. —Se levanta del sofá—. Siempre que no te toque. Ahora ponte los zapatos. Iremos a conducir.

Me pongo los zapatos y salimos al Jeep. Estoy totalmente devastada por lo que le hice al parachoques, pero Wilde no me deja detenerme a examinarlo.

—Me encargaré de eso, —dice firmemente mientras toma mi codo y me lleva al asiento del conductor. Me levanta hasta él, me pone el cinturón, y cierra la puerta.

Me quejo un poco. Pero no logro ofenderme mucho por su comportamiento controlador. Se basa más en placer esta vez. Ahora que lo entiendo mejor, empieza a encantarme la obsesión que tiene Wilde conmigo.

Pero eso no cambia mi estrés postraumático por conducir. Me tiemblan las manos cuando arranco el Jeep, el ruido de metal aplastado sigue fresco en mis oídos.

—Tú puedes. Sólo conduce, Rayne.

Retrocedo y salgo al camino.

—¿Iremos a Tempe? —Estoy nerviosa. El tráfico de la autopista me intimida.

—De hecho, hagamos una llamada. —Wilde saca el celular y marca un número—. ¿Garrett? Wilde Woodward. Sí, perdón por no haber ido ayer. Tuve que regresar a casa a cuidar de mi hermanastra. —Me mira de una forma más traviesa que malvada, y eso me acelera el pulso—. De todos modos, ¿me preguntaba si estaría bien que fuéramos allí ahora? ¿Sí? Genial. Bueno, te veo allí. Gracias. —Wilde corta la llamada y me mira—. Iremos a Tucson.

—Em... —no quiero decir que no porque me doy cuenta de que la reunión es importante. Si no soluciona sus problemas legales, lo echarán de la manada. Pero Tucson está a dos horas y media, y luego regresaremos conduciendo de noche.

Wilde parece leerme la mente.

—Tú puedes, En-caramelito. Conduciré de regreso.

Respiro profundo y despacio.

—Bueno, pero no sé adónde ir.

—Te guiaré. Tú sólo relájate y conduce. Esto será buena práctica para ti.

Asiento, pero tengo los hombros a la altura de las orejas con la tensión. Aunque no haga un desastre otra vez, agotaré mi sistema nervioso con todas las hormonas de huir o pelear en mi sistema.

Pero entonces Wilde pone su gran pata sobre mi cuello y aprieta.

—Rayne, —murmura—. Tú puedes.

* * *

Wilde

La enana (ya no debería llamarla así) conduce decentemente. Está nerviosa y un poco alterada por los cambios de carril y por navegar con mucho tráfico, pero se calma.

Encontramos a Garrett y a Amber en el Club nocturno Eclipse de Garrett que está sobre la calle Congress en el centro de Tucson. Nunca antes estuve allí.

Me doy la mano con Garrett.

—Garrett. ¿Conoces a Rayne?

—No. —Él extiende una mano y la mira. Parece observarla realmente. No hay rastros de esa mirada despectiva que tiene la manada de Wolf Ridge con ella. Sus fosas nasales se agrandan cuando siente su aroma—. ¿Estás en la manada de mi padre?

—Em, sí. Algo así. —Rayne se encoje de hombros sin darle importancia y sus ojos miran a otra parte.

Garrett produce un sonido de mm o am con su garganta que suena a que entiende lo que ella quiere decir y no lo aprueba necesariamente. Por supuesto, él y su padre no están de acuerdo en muchas cosas. El liderazgo de la manada puede ser una de ellas.

—Ella es mi pareja, Amber.

Nos damos la mano con la humana. Amber es una humana esbelta. No es pequeña como Rayne, pero definitivamente me parece frágil. No sé cómo puede vivir Garrett sabiendo que su pareja es humana y podría morir en cualquier momento en una gran cantidad de formas horribles.

Rayne puede ser pequeña, pero tiene sangre de transformista. Tiene una loba en su interior que la hace poderosa. Una loba que quiero sacar a la luz.

Porque tengo que saber si es mía.

Nos sentamos en el bar y Amber me pregunta exactamente qué pasó en mi arresto.

Le doy el papeleo y la versión corta y sucia.

—Hubo una fiesta en mi habitación de hotel y las drogas estaban a la vista. Mi compañero de habitación salió a buscar cerveza. Mi lobo se puso nervioso, así que miré por la ventana y vi dos patrulleros afuera. Les dije a todos que se fueran. La policía llegó cuando los últimos se estaban yendo. Vieron las drogas y me esposaron. No dije nada en el momento y me declaré inocente al otro día. Eso es todo.

—¿Y hablamos de cocaína?

—Sí, señora.

—Puedes llamarme Amber. ¿Qué cantidad se encontró?

—No lo sé. Más de diez gramos, supongo. Eso lo hace un cargo de tráfico.

—¿La encontraron en tu persona o en la habitación?

—En la habitación.

—¿Te hicieron una prueba de drogas?

—Sí. Estaba limpio.

—Bueno. Suena circunstancial para mí. Podría ser posible lograr que te quiten los cargos. Depende de qué otra evidencia haya recolectado en el momento. Puedo llamar a tu defensor público y pedirle ser admitida como su consejera *pro hac vice*.

La miro sin entender.

—No tengo licencia para ejercer en Carolina del sur, pero pueden admitirme como parte de tu equipo. Pero es muy probable que tu defensor pueda encargarse de esto. Él o ella conocerá a los jueces y a los oficiales del arresto.

Inclino la cabeza.

—Gracias. Yo, em, no tengo dinero para pagarte ahora mismo, pero...

Amber mueve una mano.

—Está bien. Me alegra ayudarte.

Miro a Garrett.

—¿Podrías ponerme en la próxima pelea del club de pelea de transformistas?

Garrett dejó que Bo peleara hace un par de años por dinero cuando él y su novia Sloane estaban en problemas.

—No. Eso no es necesario. Hagamos que puedas volver a la universidad.

Claro.

Volver a la universidad.

Esa sensación enfermiza que tenía en la boca del estómago todo el año y pico que estuve en Duke vuelve con toda la fuerza.

—Sí. Yo, eh... no me apuraré en regresar. —Siento la mirada de grandes ojos azules de Rayne en mí y me pone incómodo.

—Pero lo echarán de la manda si no resuelve el tema de los cargos.

Me enternece su interés por el caso. No sabía que siquiera prestara atención a mi situación.

Los ojos de Garrett se entrecierran.

—Entonces te echarán si no lo resuelves, pero en realidad no te importa regresar.

No respondo. Esto es lo mismo que percibió su padre en mí que lo hizo enojar.

—Bueno, ¿qué quieres, Wilde? Porque no haré que Amber pierda el tiempo contigo si sabotearás los resultados.

Por un momento, no puedo respirar.

—Te sentías fuera de lugar allí, —adivina Rayne.

Garrett espera que yo hable.

En realidad, no sé qué decir.

Rayne tiene razón, por supuesto. *Odiaba* vivir entre humanos, maldición. Fingir ser uno. Extrañaba mi hogar todos los días de mi vida allí. No podía correr como un lobo. Nunca me transformaba. Mierda, tenía miedo de olvidar cómo hacerlo.

Me aclaro la garganta.

—No lo sabotearé. No quiero que me echen. Eso es verdad.

—Bueno, puedes venir conmigo si eso sucede. Estoy seguro de que lo sabes.

Mi pecho se tensa y asiento.

—Sí. Gracias, Garrett.

Garrett mira a Rayne.

—Tú también. Tenemos de todo tipo aquí. Recuerdo que la manada de Tucson no sólo es de lobos. Hay osos y zorros e incluso algunos inadaptados. Defectuosos, pero no como Rayne. Algunas criaturas de laboratorio, escuché.

Ella se pone pálida.

—Ah. Em... gracias.

Pongo mi mano alrededor de su nuca.

—Rayne se desarrolló tarde, eso es todo. Tiene una loba de ojos plateados que está a punto de salir.

Rayne me mira de una forma indescifrable.

—Sin importar eso, —dice Garrett con firmeza—. Ambos son bienvenidos en mi manada.

—Gracias, Alfa, —dice Rayne suavemente.

—No soy tu alfa. Pero la puerta está abierta. —Garrett se levanta de la banqueta y nos indica que la reunión terminó—. ¿Ustedes conducirán de regreso esta noche?

—Sip. Rayne tiene escuela por la mañana.

—Estaré en contacto, Wilde, —dice Amber cuando hacemos otra ronda de estrechar manos.

—Muchísimas gracias. Realmente aprecio tu ayuda.

—Me alegra ayudarte.

Salimos al Jeep y en vez de abrir el lado del acompañante para Rayne, la pongo contra él, mirándome, y muevo su cabello para apartarlo de sus ojos.

—¿Eso te ofendió?

Se sonroja.

—No. O sea... —Ella niega con la cabeza—. No. Yo... me pregunto cómo es su manada. Parecían geniales.

—¿Verdad?

El estómago de Rayne hace ruido.

Me alejo de ella.

—Busquemos algo más de carne para que comas. Esa loba tiene que ser alimentada. —-Mientras la levanto hasta el Jeep, ella mira para otro lado. No sé qué la preocupa, pero lo averiguaré.

Ahora.

Capítulo dieciséis

Me ducho cuando regresamos a casa. Mi estómago está anudado aunque no puedo entender bien qué me pone ansiosa. Es algo acerca de Wilde y mi loba.

¿Sólo le gusto ahora que sabe que tengo una loba? ¿Y su afecto es condicional a que saque a la loba?

Porque creo que es completamente posible que nunca me transforme. Sólo porque mis ojos cambiaron de color, eso no significa que me transformaré en realidad. Y, para ser honesta, considerando lo débiles que son mis genes de transformista, estoy aterrada de transformarme. ¿Y si sólo me transformo parcialmente? ¿O si me transformo y no puedo volver a cambiar? En ambos casos, tendrían que matarme con una bala de plata.

Quizás esté siendo cobarde, pero casi siento que sería mejor no intentarlo. He vivido todo este tiempo como una Defectuosa. Bien podría seguir así. No es que vaya a tener menos amigos.

Pero Wilde necesita que sea presentable como su hermanastra.

O su pareja.

Eso aparece como un pequeño susurro en mi oído. Una idea que ni siquiera me animo a pensar.

Wilde definitivamente no quiere ser mi pareja. Eso es una locura.

Sólo se siente atraído a mí por alguna razón. Supongo que porque ambos estamos bajo el mismo techo o algo.

Supongo que algunos de los nudos de mi barriga son por lo que sucederá esta noche. Los padres todavía no regresan. ¿Wilde estará en mi habitación cuando salga de la ducha?

De algún modo, estoy segura de que será así.

Cierro el agua y me seco con la toalla. Tuve cuidado de traer mis pijamas al baño conmigo esta vez, así no tendré que cambiarme en el armario si está allí.

No es que no me haya visto completamente desnuda. Sólo que... toda esta confusión que crece dentro de mí me tiene nerviosa.

Oh, destino.

Me ha visto *totalmente* desnuda. Hace sólo doce horas.

Entro a la habitación, no sorprendida de encontrarlo recostado en mi cama con mi portátil abierta. Está mirando mis videos de fetiche de pies.

—¡Wilde! ¿Puedes dejarlo?

—¿Qué? —Me muestra una sonrisa de chico malo. Una sonrisa relajada, engreída, y hermosa que me pone nerviosa y me afloja las rodillas—. Me gusta verte caminar con tus tacones. No soy un tipo de pies, pero tus piernas son realmente ardientes.

Lo miro boquiabierta.

¿Cree que mis piernas son ardientes? Em... guau.

Él cierra la portátil y me sienta en la cama.

—Ven aquí, Rayne-bow. —Me señala con el dedo.

Dudo. ¿Esto es lo que quiero? Hacer esto, lo que sea que estemos haciendo, con Wilde abrirá mi corazón a que lo destrocen.

Una cosa es vivir con la fricción constante con mi hermanastro. Algo totalmente diferente es meterme a la cama con él, dejar que tome todas las decisiones, que empiece a gustarme, y luego que él decida que ya se aburrió de mí.

Aunque no hiciera eso, está destinado a regresar a Duke.

Sí, pero no quiere hacerlo.

Esa es la vocecita traviesa que quiere algo más. Que quiere explorar esto con él.

—Tenías razón, —dice, serio de repente.

—¿Sobre qué?

—Odio Duke porque no encajo. O sea, lo finjo totalmente. Tengo toda una fraternidad y un equipo que piensan que soy el mejor tipo del mundo, pero nadie sabe quién soy en realidad. No puedo transformarme allí. No puedo correr. Tengo que ser cuidadoso con no enojarme o ponerme caliente y mostrar mi lobo. No me gusta vivir con humanos.

Me encuentro acercándome a él, olvidando todas mis dudas. Apoyo una mano suavemente sobre su brazo. —Eso apesta.

Él toma mi mano y entrelaza sus dedos con los míos.

—Ven aquí, Rayne-bow. —Él me da vuelta, así nuestras manos unidas ahora están envolviendo mi cintura y estoy sentada sobre su regazo—. Preferiría quedarme aquí y torturarte. —Sus palabras son suaves en mi oído.

—¿Y qu-qué si no quiero que me torturen? —Mi voz tiembla un poco.

—Oh, creo que sí lo quieres. —Él me muerde el hombro, lo que envía un cosquilleo fuerte que me recorre.

Los lobos marcan a sus parejas con una mordida en el cuello, así que se siente más que íntimo. Muy personal.

—Qui-quizá podrías transferirte a ASU. ¿Jugar a la pelota con Bo y Cole?

—Sí, —dice Wilde suave—. Daría lo que fuera por eso.

Me giro para mirarlo, sorprendida de escuchar algún tipo de claridad de su parte sobre lo que quiere.

—Entonces haz que suceda.

Su expresión se vuelve sombría y él mira en dirección a la habitación de su padre.

Claro. Está viviendo el sueño de Logan ahora mismo. Probablemente no tuvo elección sobre si ir a Duke para empezar.

No me responde. En vez de eso, dice,

—Dormiré en tu cama esta noche, caramelito. ¿Irás al suelo o te arriesgarás conmigo?

Me late fuerte el corazón. Wilde me está preguntando algo en vez de dando órdenes.

—No dormiré en el suelo, —me encuentro diciendo de forma desafiante antes de siquiera tener una oportunidad de pensarlo bien. Antes de que mi yo más inteligente pueda poner un freno.

No estoy lista para dormir junto a Wilde Woodward. Sobre todo no después de lo que pasó anoche.

Excepto que eso debe ser mentira porque la idea de dormir, o siquiera de estar acostada, junto a él de nuevo hace temblar de emoción a toda mi columna y extremidades.

Wilde me suelta y me pone de pie con gentileza; luego se levanta y va al baño. Uso el tiempo sola para apagar la luz y meterme debajo de las cobijas. Ni bien lo hago, mi cuerpo se acalora con fiebre. Mis piernas patalean y se estiran debajo de las sábanas. Estoy muriendo de calor. Literalmente. Muriendo.

Me quito las mantas para tener algo de aire fresco en la piel. Quiero quitarme el pijama, pero eso es evidentemente un mensaje equivocado que enviarle a Wilde.

¿O ya le envíe ese mensaje cuando estuve de acuerdo con meterme en esta cama con él?

¿Por qué hice eso? ¿O quiero repetir lo de anoche?

Oh, ¿a quién engaño? Definitivamente lo quiero. Puede que tenga un pequeño fetiche de hermanastro aquí. Ese alfa-diota prohibido e inalcanzable haciéndome cosas sucias en mi propia cama.

Wilde regresa a la habitación y se desnuda hasta estar en bóxer. Puedo verlo en la oscuridad, creo que mi visión nocturna está mejorando, y su cuerpo es perfecto.

También hay algo completamente diferente sobre él ahora mismo. Su arrogancia se ha ido. Sólo es... Wilde.

Un tipo que se mete a la cama conmigo.

Oh, Destino. *¡Se está metiendo a la cama conmigo!*

Tiro de la manta para volver a subirla hasta mi mentón al mismo tiempo que Wilde toma la otra punta para subirse. Su pierna roza contra la mía.

—Mierda, estás ardiendo. —Baja las cobijas hasta nuestros pies—. Es la transición. —Él mira hacia la ventana—. Y la luna está creciente.

—Ah. Supongo que eso tiene sentido. Pensé que estaba teniendo una reacción empática al embarazo de mi mamá.

Wilde se mofa.

—Nop. El calor es parte de esto. Y el hambre. Y la calentura. —De pronto está encima de mí, sostiene mis muñecas como lo hizo anoche—. ¿Me mostrarás a esa loba de nuevo, caramelito?

Esta vez no peleo contra él. En vez de eso, mis rodillas se doblan como si hiciera lugar para él.

Él las baja, servicialmente, moviendo lento sus caderas antes de volver a levantarse.

—Hmm. Parece que ya no me tienes miedo. Eso podría ser un problema.

—¿Un problema para quién?

Él me sostiene la mirada mientras mueve una de sus manos lenta y deliberadamente de mi muñeca hasta estar alrededor de mi garganta.

—¿Dónde está? —murmura justo antes de empezar a apretar.

Pero tiene razón.

No tengo miedo. No sé por completo cuál es la idea de Wilde, pero sé más que antes. Sé que me desea. Y quizá su odio hacia mí se ha visto mitigado por el hecho de que vio una loba dentro de mí. De que puede que no sea tan defectuosa como cree la gente.

Y aunque es un alivio no enfrentarme con todo su resentimiento ahora, odio el hecho de que su aprobación sea condicional. No le importo yo, la verdadera yo. La yo que soy ahora. Sólo está interesado en la loba que cree que puedo ser.

Él me corta la respiración y me mira, atento. Le sostengo la mirada, desafiante. Me niego a jugar este juego. No me asustará para que pelee con él.

Mi decisión dura hasta que mi cabeza se pone nublada y la oscuridad se apodera. Luego ya no puedo evitarlo. Empiezo a retorcerme debajo de Wilde; mis pies se enganchan con sus caderas para empujarlo.

—Allí está, —susurra Wilde. Él suelta mi garganta y yo respiro.

Inhalo profundo muchas veces más y ni bien puedo hablar, grito,

—¡Vete a la mierda, Wilde!

Él se ríe.

—Será un placer, Rayne-bow.

Lo vuelvo a patear, tan fuerte como puedo; el talón de mi pie choca contra sus abdominales duros.

—No es gracioso. —Las lágrimas se forman en mis ojos y se derraman sobre mis pestañas.

Él toma mi tobillo y lo sostiene.

—Shh. —Acaricia mi gemelo—. Tienes razón. Lo siento. Fui demasiado lejos. —Sigue acariciando con su gran mano subiendo y bajando por mi gemelo, calmándome—. Estás bien, bebé.

De algún modo, me sorprenden sus disculpas. Incluso más que su uso del término *bebé*.

—Estás bien. —Murmura de nuevo. Deja de tocar mi tobillo y pasa a masajearme la suela del pie—.

—Esa fue una buena patada, Rayne-bow. —Suena como admiración genuina—. Tenías bastante poder detrás de ella. —Asiente como si supiera algo—. Poder de transformista.

—Vete a la mierda, —vuelvo a gruñir. Me niego a ser admirada por cualquier cosa relacionada con ser transformista.

Él usa ambos pulgares para masajearme el pie ahora, y empiezo a derretirme a pesar de mi enojo.

—¿A *ti* te gustan los pies, Rayne?

Se me escapa una carcajada de sorpresa.

—No. Sólo es una forma de ganar dinero.

—Bueno, supongo que lo entiendo en parte. *Sí* tienes los pies más lindos. —Levanta mi pie y se lo lleva a la boca, succiona mi dedo gordo.

Intento alejarme, sorprendida por el calor de su lengua,

la sensualidad inesperada de esto, pero por supuesto, me sostiene con fuerza.

Me quejo cuando su lengua se mueve entre mis dedos, y succiona el dedo que sigue en su boca.

Esto no debería ser erótico. O sea, entiendo que lo sea para mis clientes, pero no tenía idea de lo increíble que se sentiría. Siento mi excitación al mismo tiempo que se agrandan las fosas nasales de Wilde, percibiéndolo.

Sus ojos toman un brillo verdoso en la oscuridad mientras toma mi tercer dedo en su boca y le da el mismo tratamiento. Al mismo tiempo, me acaricia subiendo por mi pierna hasta mi ápice. Entre más se acerca a mis partes femeninas, más tiemblan mis muslos internos. Mi estómago cosquillea. La anticipación de sus caricias en ese lugar hace que cada terminación nerviosa esté activa y viva.

Empieza con sólo un roce, la parte de atrás de sus dedos se desliza sobre la entrepierna de mis pantalones cortos de pijama.

Mis caderas se levantan de la cama. Él toma mi cuarto dedo en su boca. Su siguiente movimiento sobre mi entrepierna es más firme, y persigo la caricia, sigo su mano con mis caderas para sentir más.

Él sigue con mi dedo chiquito, moviendo la lengua entre mis dedos.

—Es tan pequeño, bebé. Tan lindo, maldición.

Ahí.

Su pulgar presiona contra mi clítoris y gimo en voz alta. Él succiona mi dedo en su boca y acaricia con firmeza sobre mi vagina, justo donde lo necesito.

—Entonces tienes que decirme. —Su voz es gruesa y áspera como si estuviera tan excitado por esto como yo—. ¿Prefieres mi lengua en tus dedos o entre tus piernas?

Me quejo. Estoy concediendo que Wilde tendrá todo lo

que quiera de mí. Lo que sea que me pida. Sus caricias son demasiado embriagadoras como para negarse.

—¿Hmm, bebé?

—En-entre mis piernas... por favor.

En un segundo, Wilde suelta mi pie y me baja los pantalones cortos y bragas; los arroja por encima de su hombro. Sus ojos son un verde brillante y resplandeciente ahora, hermosos y aterradores. Desliza las manos debajo de mi trasero; luego levanta toda mi pelvis hacia su boca en vez de bajarse hacia mí.

—Wilde. —Hay una nota de preocupación en mi voz cuando digo su nombre, aunque no estoy segura de qué tengo miedo. ¿De la intensidad del placer que está a punto de darme?

—Mmm hmm. Así, bebé. Quiero que digas mi nombre cuando meta la lengua dentro de ti. —Él me lame, no con caricias delicadas y matizadas, sino salvajes y húmedas. Agresivas y ásperas. Succiona mis labios y toma toda mi vagina en su boca al mismo tiempo. Me atraviesa con la lengua, me penetra.

—P-por favor. —Estoy jadeando. Rogando. Necesitada.

Wilde baja mis caderas a la cama.

—¿Tomarás mis dedos como una chica buena, Raynebow?

No tengo idea de a qué se refiere. Ni siquiera estoy segura de qué dijo. Todo lo que sé es que mis caderas se levantan y se bajan, desesperadas porque me toque más.

Él mete un dedo en mi apertura estrecha.

—Sigues realmente cerrada, bebé. ¿Te duele?

Gimo y niego con la cabeza cuando va más profundo.

—¿No? ¿Estás bien?

—Sí, —jadeo—. Estoy bien.

—Eso es lo que quiero escuchar. —Mete un segundo

dedo dentro de mí. Me retuerzo y me quejo un poco por el grosor—. Tómalos, Rayne. Como una buena chica.

No sé a qué se refiere, pero las palabras me excitan. Sus dedos me estiran, y arde, se siente como si chocara contra un bloqueo.

Él baja encima de mí y reclama mi boca con un beso ardiente. Su lengua pasa entre mis labios con un movimiento lento y largo, y al mismo tiempo, empuja sus dedos a través de la barrera.

Me sacudo y me quedo sin aliento.

Wilde sonríe contra mis labios.

—Acabo de tomar tu flor, Rayne. —Parece estar orgulloso de sí mismo—. Se sentirá mejor en un minuto, bebé. Lo prometo. —Él empieza a empujar lento sus dedos dentro de mí y tiene razón. Se siente increíble. Sobre todo cuando empieza a acariciar mi pared interna.

Dejo salir un sonido. Un grito de placer. De necesidad.

—Sí.

—¿Es ahí, bebé? ¿Justo ahí? —Wilde sigue empujando; las puntas de sus dedos chocan contra el lugar que me hace retorcerme y chillar y tocar el cabezal de la cama.

—Wilde, sí. ¡Por favor! Wilde, oh destino... oh destino... oh, *¡oh!* —Mis paredes internas se aprietan. Mis pies se ponen de punta como los de una bailarina. Mi cerebro entra en cortocircuito. El tiempo podría estar pasando. O podría haberse detenido. No estoy segura.

Wilde saca sus dedos de adentro de mí y frota mi clítoris, y acabo de nuevo, otro espasmo de mis paredes internas, aprietan y se tensan en el aire.

Dejo salir un quejido satisfecho.

—¿Mejor, bebé? —Él acaricia lento mi vagina.

No sé bien qué me está preguntando. Mi cerebro todavía no ha regresado a la habitación.

Me pone de costado y se acomoda detrás de mí; su cuerpo mucho más largo le hace cucharita al mío.

—¿Ves? Ahora se ha ido la fiebre. —Él nos cubre con las mantas—. Te lo haré antes de dormir todas las noches si eso necesitas.

Registro su promesa oscura justo en mi centro, en donde causa que se apriete y cosquillee y tiemble.

—Hasta las noches que no.

Otro apretón.

Me muerde el cuello.

—Quizás tener una hermanastra no es lo peor del mundo.

Muevo el codo hacia atrás para darle en las costillas.

—Vete a la mierda, Woodward.

Sus dientes se hunden tan profundo en mi hombro que casi rompen la piel, pero apenas noto el dolor. Su verga endurecida presiona contra mi trasero y me hace quedar helada.

Ahora qué...

Capítulo diecisiete

ilde

Soplo el silbato y muevo la mano con una señal predeterminada y los jugadores de la secundaria Wolf Ridge se dividen y se unen justo como se les instruyó. Es extraño pero no poco satisfactorio mirar al equipo en vez de jugar.

El sol de otoño es cálido pero no quema; la mayoría de los rayos están bloqueado por la montaña a esta hora. Miro hacia el estacionamiento y recibo una dosis de placer cuando veo a Rayne sentada en mi Jeep.

Ella me envió un mensaje después del colegio para decirme que iría a la biblioteca a que Lincoln fuera su tutor y que me esperaría en el Jeep después.

Si te toca, es un hombre muerto, le respondí.

Ella me envió el emoji de los ojos en blanco y me hizo sonreír.

Esta mañana, me aseguré de que Rayne comiera un gran desayuno de los panqueques que quedaban y de tocino canadiense de ayer; luego abrí una ventana en la habitación y saqué las sábanas de la cama. Nuestros padres volverán hoy en algún momento y definitivamente sentirían lo que sucedió entre la enana, digo Rayne, y yo.

Puse las sábanas en la lavadora y la encendí antes de llevarla a la escuela; luego llevé el Jeep averiado al taller para ver qué diría Greg sobre repararlo. Como lo sospeché, me ayudará a repararlo por un muy bajo costo. Sólo tengo que ir al deshuesadero y encontrar un guardabarros, y él me ayudará a reparar la abolladura y reemplazarlo.

Le doy tres soplidos a mi silbato y el equipo cambia a la próxima jugada.

Me encanta ayudar al entrenador Jamison. Quizá sea patético, pero siento que el campo de la secundaria Wolf Ridge es adonde pertenezco. Donde me convertí en lobo. Donde me convertí en hombre. Donde aprendí sobre la hermandad de la manada y la gloria de la juventud.

El entrenador me pidió que le enseñara al equipo algo nuevo que haya aprendido en Duke, así que enseñé algunas formaciones y jugadas primero en el pizarrón, y luego salimos a practicarlas.

Sólo le llevó al equipo una hora aprender lo que al equipo humano de Duke le llevó meses perfeccionar.

—¿Qué piensas? —Me pregunta Jamison.

—Lucen geniales.

—Estoy de acuerdo. Haz que practiquen fuerza y agilidad y luego que estiren antes de irse. —Se aleja y me deja completamente a cargo.

Es una sensación extraña que confíe así en mí. Saber que piensa que soy capaz de liderar un equipo del que sólo me fui hace un año y algo.

Desaparece y le muestra al equipo su fe en mí; sólo vuelve cuando terminó todo.

—Es evidente que no me verán mucho de esto en el campo este fin de semana, —advierte el entrenador—. Pero estas habilidades definitivamente serán útiles cuando tengan la edad suficiente para los juegos de transformistas. Se refiere a las competencias regionales que sirven como funciones de unión de parejas. Una oportunidad para que todos los transformistas de la región se unen y se huelan entre sí. Vean si pueden encontrar a su pareja destinada. Este fin de semana, quiero verlos lucirse en perder hasta el último cuarto. Ese es el juego. Luzcan bien mientras meten la pata. Hagan que todo parezca mala suerte. Luego arrasen al final. ¿Entendido?

Así juegan los futbolistas de Wolf Ridge. No podemos parecer demasiado buenos, así que hacemos que los juegos sean equivocarse y recuperarse. Parecer humanos.

—Sí, entrenador, —responde el equipo.

—Bueno, vayan a ducharse. La práctica terminó.

Me dirijo a las duchas para también limpiarme rápido y entonces encuentro a Abe. He estado pensando en lo que me dijo Bailey sobre cambiar el estatus de Rayne aquí y decidí que tiene razón.

—Oakley, ¿qué es esto? —Muevo la votación del Baile de Bienvenida en su cara.

Él me mira engreído.

—¿Qué?

—Pusiste a Rayne en la votación. ¿Por qué?

Su sonrisa crece aún más.

—No sé. Pensé que sería gracioso que hubiera una humana y la ena-, —deja de hablar cuando ve que mi labio superior se levanta en un gruñido—. Perdón, hermano. —Levanta las manos como señal de rendición.

Tomo su camiseta y lo aplasto contra uno de los casilleros del gimnasio. Todos los tipos aquí ya estaban escuchando, pero ahora están completamente en silencio.

—Bueno, tú la pusiste en esa votación, será mejor que te asegures de que gane.

Las cejas de Abe se levantan con sorpresa.

—¿Qué?

—Haz. Que sea. Reina.

Abe se ríe sorprendido.

—¿Por qué? —Se aleja cuando ve algo en mi rostro. No sé, quizá mis ojos cambiaron de color—. Bueno. Bueno, amigo. Absolutamente. —Hace lo posible por estirar el cuello y mirar a su alrededor a los otros tipos, lo que es difícil porque todavía lo tengo contra el metal—. ¿Escucharon eso todos? Rayne la–Rayne será la reina del Baile de bienvenida.

Lo suelto lento y asiento.

—Bien. Si vuelves a meterte con ella, *acabaré contigo.*

—Lo siento, Wilde, —dice Abe de inmediato. Puede que sea el alfa de la secundaria Wolf Ridge, pero sabe que soy muy superior a él. Su lobo responde al mío.

—Bien. Espero escuchar que la tratan con respeto. —Con eso, salgo de los casilleros; mi lobo ya está entusiasmado por subirse a ese Jeep asolado. Será una auténtica caja caliente de aroma a Rayne.

Y sí, su aroma está desbloqueando nuevas notas cada día. Notas que hacen que mi pulso se acelere y mi verga se ponga dura.

No puedo esperar a que aprenda a transformarse, maldición.

Me meto en el Jeep y me acomodo el rostro para mirarla mal.

—¿Te tocó?

Rayne me ignora, mira directo hacia adelante y niega con la cabeza con exasperación.

—No seas ridículo.

Sonrío y enciendo el Jeep.

—Será mejor que no lo haya hecho.

—Wilde. Te lo dije. No es un problema. ¿Bueno? Relájate.

No sé por qué, pero realmente me encantan sus reafirmaciones. Que crea que las merezco. Ambos sabemos que no es así. No tengo ningún derecho de reclamar a Reclamarla, pero por supuesto, lo he hecho. Y ahora está respondiendo como si aceptara ese reclamo. Así que estoy disfrutando la victoria.

Conducimos a casa para encontrar la camioneta de mi papá en el garaje.

—Oh, —dice Rayne como si estuviera tan decepcionada como yo de que regresaran.

—Sí. Entramos por la puerta lateral. —Las sábanas todavía necesitan ir a la secadora—, murmuro porque evidentemente luciría extraño que yo me encargara de ellas.

—Bueno, —murmura.

Toco su espalda ligeramente cuando nos separamos. Un último secreto sobre lo que compartimos. Formamos y nos volvimos algo clandestino y nuevo. Algo sólo entre nosotros dos. Sólo *para* nosotros dos.

Pero, por supuesto, el placer compartido en secreto no puede durar.

—¿Qué carajos le hiciste al Jeep? —me grita mi papá desde la sala de estar.

Rayne me mira horrorizada.

Niego con la cabeza mirándola y la alejo para que se vaya a su habitación. Le dije que me haría cargo de eso y lo haré.

—Me estoy encargando de eso, —digo con voz aburrida mientras entro a la sala de estar para saludar a mi papá—. Greg me ayudará a repararla sin costos.

—*¿Qué hiciste?*

—Estaba conduciendo y enviando un mensaje. Le pegué al buzón. También arreglaré eso. Esta noche. —Me estoy queriendo golpear por no arreglarlo ayer. Mi error, por supuesto.

Mi papá luce como si su cabeza fuera a darse vuelta y salir volando. Me mira entrecerrando los ojos.

—Tú, —mueve las manos en el aire—. ¿Le pegaste al buzón? ¿Qué tan rápido estabas yendo para hacer tanto daño?

Asiento.

—Probablemente muy rápido.

—¿Te parece?

Mantengo la garganta expuesta en señal de sumisión de mi lobo.

—¿Hubo drogas y alcohol involucrados?

—No, señor.

—¿Entonces por qué estabas retrocediendo tan rápido?

Mentirle a un transformista es complicado. Si algo cambia en tu aroma, si hay alguna señal de miedo, lo notarán. Así que opto por lo más cercano a la verdad. La razón por la que Rayne estaba retrocediendo tan rápido.

—Estaba enfadado.

—Estabas enfadado, —repite con un tono de condena—. ¿Por qué?

—Por tener que regresar a ser niñero de Rayne.

Espera. Mierda. Un muy grave error.

Los ojos de mi papá brillan dorados y su labio superior se levanta en un gruñido.

—Me cansé de ti. *Busca tu mierda y lárgate de esta casa.*

* * *

Rayne

No.

Destino, no. ¿Qué he hecho? Mi cobardía podría costarle todo a Wilde.

Salgo volando de la habitación al mismo tiempo que mi mamá sale de la suite principal. Dos puntos para la escucha transformista.

—Logan, —dice mi mamá.

—No. —Logan levanta las manos en el aire. Sus ojos brillan de color ámbar—. Si Wilde no puede mostrar un respeto básico por su nueva familia, no merece vivir bajo mi techo.

—¡Esto es tan estúpido! —Grito y me olvido de mi miedo a ese hombre. Me olvido de ser respetuosa.

Wilde niega con la cabeza mirándome con advertencia.

—Rayne.

—No. *Yo* destrocé ese Jeep. ¿Bueno?

—Me estoy ocupando de eso, —me interrumpe Wilde, con voz firme.

—¡Cállate! —Estoy cerca de las lágrimas. Giro hacia Logan con las manos cerradas en puños—. Wilde sólo está haciéndose cargo por mí. Lo mismo que hizo por quien sea que compraba y vendía drogas en su equipo.

La sorpresa atraviesa a Wilde de forma visible ante mis palabras.

—Cómo supiste...

Levanto las manos con exasperación.

—¡Porque te conozco! —Mirando de nuevo a Logan, digo— y tú también deberías conocerlo. Si eres tan ciego que no puedes ver al héroe que es tu hijo o el hecho de que estaba sufriendo viviendo a medio país de distancia, completamente separado de toda la cultura de lobos, no mereces disfrutar de su éxito.

—Suficiente, Rayne, —interrumpe mi mamá de forma cortante.

—No, es verdad. Eso es lo que está haciendo. No le importa lo que quiera Wilde. O su felicidad.

—¿Eso es verdad? —La voz de Logan se ha calmado. Sus ojos volvieron a la normalidad.

—¡Por supuesto que es verdad! —Exclamo.

—Rayne. —Mi mamá se mueve hacia mí, pero Wilde se para frente a ella y le bloquea el camino.

Sus cejas se levantan, pero no con enojo. Más bien con sorpresa.

—Eh, —dice pensando y luego me mira.

Todavía estoy desesperada por arreglar mi desastre.

—*Yo* conduje el Jeep de Wilde. Estaba enfadada con él por ser tan mandón y arranqué muy rápido. Le pegué al buzón. Wilde vino corriendo a rescatarme. Él estuvo... —muevo una mano en el aire— más preocupado por mi seguridad que porque destrozara su Jeep. —Las lágrimas caen por mis mejillas.

Wilde produce un pequeño sonido de gruñido con la garganta; sus fosas nasales se agrandan como si sintiera un aroma. Estira un brazo hacia mí. Supongo que no fingiremos que hay distancia entre nosotros. Me paro por debajo y dejo que me lleve a su lado, protectoramente.

Mi mamá y Logan ambos nos miran como si nos vieran por primera vez. Reescriben en sus mentes lo que sea que pensaran de nuestra relación antes.

—¿Podemos olvidarnos del Jeep? —Hay cansancio en la voz de Wilde—. Fue un accidente y me encargaré de él.

Logan se frota el rostro con una mano.

—Sí —su mirada pasa hacia mí y le muestro la garganta como gesto de sumisión de lobo—. Evidentemente hubiera preferido que ambos fueran honestos conmigo, pero supongo que tengo una imagen clara de lo que pasó. —Hace una pausa y luego agrega—, gracias Wilde por responsabilizarte.

Wilde traga saliva y asiente.

—¿Ahora quieres decirme qué sucedió realmente en Carolina del sur?

—Rayne, —dice mi mamá—. Vamos. Démosles algo de privacidad.

Wilde me aprieta el hombro antes de soltarme, y sigo a mi mamá hasta salir de la casa y subir a su coche.

—¿Adónde vamos?

—A buscar comida chatarra para la cena. Estoy muriendo de hambre como para esperar que terminen para preparar algo.

Una sensación fantástica de la realidad se asienta. Se mueven y se reacomodan los patrones de nuestras vidas. Como si me acabara de dar cuenta de que esta es nuestra nueva existencia. Mi mamá y yo vivimos con Logan y Wilde, por el tiempo que él y yo estemos aquí. Realmente somos una nueva familia, como dijo Logan. Una familia extraña y retorcida, pero quizá semifuncional.

O sea, hasta que descubran que Wilde y yo hemos estado haciendo cosas en nuestra habitación.

—¿Cómo estuvo tu luna de miel? —Pregunto; mis pensamientos finalmente se alejan del drama que acabamos de dejar atrás.

Mi mamá sonríe. Ella luce hermosa embarazada. Parte de la razón es que ahora se está ocupando de ella misma. Solía lucir cansada y desmejorada. Antes de embarazarse, estaba demasiado flaca y fumaba como una chimenea porque los cigarrillos no lastiman a un transformista. Pero ni bien se embarazó del cachorro de Logan, dejó de fumar.

Empezó a interesarse por su apariencia. Todos sus bordes filosos se suavizaron junto con su cuerpo.

—Fue maravilloso.

—¿Adónde fueron?

Ella sonríe.

—A un resort en Scottsdale. No salimos de la habitación todo el...

—Iugh, mamá. Por favor. Sin tanta información.

Ambos reímos.

Me doy cuenta de que mi mamá y yo no hemos tenido una conversación sólo entre nosotras desde que llegó Wilde. La he extrañado. Pero también me encanta esta nueva versión de ella.

Creía que había trabajado en su apariencia y se había vuelto algo que no era para complacer a Logan, para volverse digna, pero de pronto se me ocurre algo diferente. Quizá los cambios sean el resultado de que la cuiden. De que la amen.

Tenía un rechazo intenso por Logan al principio, pero debo admitir que es bastante dulce con mi mamá. La estoy viendo cobrar vida con él.

Me sentí abandonada y a veces celosa por perder su atención, pero al menos luce feliz. No puedo resentirla por eso, ¿verdad?

Quizá mi mamá sólo estaba necesitando atención y amabilidad de su comunidad. Todo lo que necesitaba era un poquito de cariño para florecer.

—Rayne, —dice suavemente mi mamá—. Sé que esta ha sido una transición difícil.

—Está bien, mamá. —Intento cambiar de tema.

—Déjame hablar, cariño. Es un gran cambio para ti. Para todos nosotros. Y has sido una campeona total. Lo aprecio, y lamento no haber estado allí para...

—*Mamá*. Está bien.

Los ojos de mi mamá se llenan de lágrimas.

—Todavía no puedo creer que olvidé tu cumpleaños, —se ahoga.

Ahora mi visión también se pone borrosa. Maldición. Bajo la cabeza y contengo un sollozo.

—Corazón. —Mi mamá gira la Subaru al costado del camino y me abraza. Las dos lloramos juntas por un minuto.

—Está bien, mamá, —le prometo—. Te amo.

—Yo también te amo tanto, bebé. Y este nuevo cachorro nunca tomará tu lu...

—Mamá. Tengo dieciocho. Me iré el año que viene. Eso espero. No estoy celosa de un cachorro.

—Dulzura, no sé si podemos pagar tu universidad.

—Lo sé. —Me alejo y trago—. Pero obtendré becas. Encontraré la manera.

—Bueno, no tienes que hacerlo. O sea, necesitaré tu ayuda con el cachorro. Podrías quedarte y...

—No. —La interrumpo antes de darme cuenta lo cortante que sueno.

Puede que le haya dicho a mi mamá que no estoy celosa de un cachorro y eso puede ser verdad, pero tampoco soy lo suficientemente fuerte como para quedarme en una ciudad en donde me repudiaron toda mi vida y criar al cachorro perfecto y no defectuoso de mi mamá. Porque estoy segura de que este será especial. Los genes de Logan son la reserva perfecta de alfas.

Nop. No, gracias.

—Sólo quise decir...

—Está bien. Lo entiendo. —La decepción de mi mamá me golpea justo en el vientre—. Hubiera sido lindo que al cachorro lo cuidara la familia, ¿sabes? Pero está bien. Encontraremos una niñera o algo.

—¿No crees que puedas quedarte en casa con el bebé? O sea, Logan gana lo suficiente, ¿verdad?

Mi mamá se muerde el labio.

—No lo sé. Todavía no hemos hablado de eso. O sea, hablamos acerca de que te quedaras...

Agh. Choco la cabeza hacia atrás contra el respaldo. Nuevas lágrimas invaden mis ojos.

—No importa, dulzura. Pensaremos en algo. Sólo creímos que sería una buena idea.

Por supuesto que Logan querría que fuera yo quien se quedara en casa y cuidara a su cachorro. Eso es todo lo que una defectuosa como yo puede hacer, ¿verdad? No hay becas de Duke para mí.

Por supuesto, esa boca en particular no fue un regalo, sino una maldición para Wilde...

Como si mi mamá adivinara mis pensamientos, ella cambia de tema.

—¿Qué sucede contigo y Wilde?

Contengo la respiración.

No puedo contarle lo que sucede. Realmente no puedo. Wilde es mi *hermanastro*.

Lo que hemos hecho es inapropiado en el mejor de los casos.

—Em... es una situación de amor-odio, —admito—. Él es un idiota, y luego es bueno, y yo realmente no estoy segura de qué hacer con eso.

—Ah, —dice mi mamá por segunda vez esta noche—. Bueno, él está teniendo muchos problemas ahora. Casi me pregunto si todo esto del arresto no fue su forma de responder a que Logan se casara conmigo.

Esa idea tiene una parte incómoda de verdad. Casi parecía que Wilde había venido a casa a empezar una guerra.

Conmigo.

Sé que odiar la escuela y tomar una por el equipo también fue gran parte de eso, pero mi mamá podría tener razón.

Una vez más, mi mera existencia le molesta a la gente.

—Por mí, quieres decir, —respondo.

—*No* por ti, —dice mi mamá con firmeza—. Por el divorcio reciente de sus padres. Puede que resienta que Logan haya seguido con su vida.

Mi estómago hace un ruido audible.

Mi mamá me mira con una sonrisa empática.

—Yo también muero de hambre. Vayamos a buscar comida.

Estoy de acuerdo y aliviada por dejar el tema de Wilde. O de Logan. O de que me vuelva una niñera permanente.

Recogemos una docena de hamburguesas y papas fritas de Wendy y regresamos a la casa.

—Llegamos a casa con la cena, —dice mi mamá cuando entramos, pero los chicos no están en ninguna parte.

—Mamá. —Señalo dos pilas de ropa tiradas junto a la puerta trasera.

—Destino. —Mi mamá frunce el ceño—. Esperemos que eso signifique que están uniéndose como lobos.

—¿O qué?

—O que Wilde haya decidido desafiar a su papá por la dominancia de la manada.

Me quedo sin aliento y me cubro la boca con la mano.

—Destino. ¿No crees que...?

* * *

Wilde

Espero hasta después de las diez y a que la música está

encendida en la suite principal y me meto a la habitación de Rayne.

No puedo creer que se haya expuesto por mí. *Contra mi papá.* A quien estoy seguro que teme. Sé que los alfa-diotas me apoyan, pero fue diferente viniendo de Rayne.

La pequeña renacuajo con la que no he sido más que malvado.

La chica no me debe absolutamente nada más que unas rápidas patadas en las bolas.

Esa pequeña enana adorable con la que no puedo esperar a pasar la noche.

Tiene una pierna afuera de las mantas como si estuviera teniendo otro episodio de fiebre.

—Ey, Rayne-bow. —Me meto junto a ella y se corre contra la pared—. ¿Adónde vas? —La busco y la traigo contra mí.

—A ninguna parte, —dice suavemente.

—Gracias por defenderme, caramelito.

—Lo siento, Wilde. —Ella voltea a verme. Con mi visión nocturna, noto que su frente está arrugada con preocupación—. No quería causar tantos problemas.

—A la mierda con eso, —murmuro—. Eso no fue tu problema. Era sólo mi papá siendo un pendejo.

—Cuando mi mamá y yo volvimos y vimos su ropa junto a la puerta trasera, temíamos que hubieras desafiado su autoridad. —Rayne se apoya en un codo. Sus senos se mueven debajo de su top corto y hacen que mi verga se mueva contra mis bóxeres.

Me mofo levemente.

—Probablemente ganaría. —Froto la parte de atrás de mis nudillos sobre uno de sus pezones. Se pone duro debajo de la tela de su top.

—Pero sigues siendo un buen hijo, —dice Rayne.

—Apenas.

—Lo eres. ¿Qué sucedió con tu papá?

—Eh. Le dije lo mucho que odio Duke. Él sostuvo que estaba en mis mejores intereses regresar. En realidad, no llegamos a ninguna conclusión. Quiere que mañana llame al entrenador Granview y le diga que soy inocente.

—¿Lo harás?

—No sé.

—¿Entonces cómo terminaste en cuatro patas?

—Mi papá sugirió que fuéramos a correr. Esa es su forma de pasar tiempo conmigo.

—¿Se disculpó?

Me mofo.

—Por supuesto que no. Nunca lo hace, lo que es gran parte de la razón por la que mi mamá se marchó ni bien me fui a la universidad. —Escucho si hay algún tipo de dolor o herida por su partida, pero no encuentro nada—. Ambos son más felices ahora. Eso es todo lo que importa. Sólo lamento que se hayan quedado juntos tanto tiempo por mí.

—Ah. Me lo preguntaba.

—Sí. Demasiados sucesos sin perdonar deben haberse dado entre ellos. ¿Quién sabe? Mi papá puede ser un verdadero idiota a veces.

—Mmm, —concuerda Rayne.

—Pero supongo que de tal palo tal astilla, ¿verdad, caramelito? —Le retuerzo el pezón.

Ella se retuerce y el aroma de su excitación todavía llena la habitación.

Dejo salir un gruñido grave.

—No produzcas ese néctar dulce entre tus piernas. No creo que puedas escaparte de que lama tu vagina sin hacer demasiado ruido.

Rayne hace un sonido ahogado y se aleja de mí, dándome la espalda.

Me río.

—Pensándolo mejor, quizá pueda pensar en una manera. —La vuelvo a arrastrar hacia mí y paso el brazo por debajo de su cabeza para taparle la boca. Con mi otro brazo, toco su monte—. Esto debería funcionar. ¿Verdad, Rayne-bow?

Ella gime contra mi palma.

—Shh. —Deslizo la mano debajo de sus pantalones cortos de pijama para llegar a su vagina desnuda. Mis dedos pasan por sus pliegues resbaladizos hacia el valle que está por debajo. Me tomo mi tiempo, exploro con suavidad, aprendo todos los pequeños recovecos y las curvas de su vagina dulce—. Me gusta tocarte, Rayne, —murmuro contra su nuca.

Gustar se queda corto. Hay bombas de energía que explotan desde mi centro hacia afuera, olas de lujuria y placer sólo por tener su cuerpito metido debajo de mí, por ser dueño de sus orgasmos.

La acaricio hasta que está empapada, luego meto mi dedo del medio dentro de ella.

Ella mueve las piernas alrededor de mi mano; sus quejidos ahogados se vuelven más insistentes.

—¿Te gusta eso, Rayne-bow?

Ella asiente.

—Mmmh hmmph.

Me encanta controlar su boca. Mantengo esos gemidos y quejidos tan restringidos como a su pequeño cuerpo.

Se lo hago con el dedo, presionando lento y saliendo, dejando que crezca su necesidad, llevándola a la locura desenfrenada. Cuando sus caderas se sacuden y ella rasguña mi muñeca entre sus piernas, acelero y empujo más rápido. Ella frota su monte contra la palma de mi mano y estimula su clítoris.

—Eso es, caramelito. —Sigo tocándola. Ella se retuerce y ronronea—. Acaba para mí.

Un par de movimientos más de su cadera y ella jadea y se tensa alrededor de mi dedo en el latido más dulce y apretado que haya sentido.

Mi verga está por explotar, pero muevo la cadera hacia atrás, lejos de su jugoso trasero, con miedo de que realmente intente algo.

Necesito asegurarme de que Rayne esté lista antes de intentar satisfacerme a mí mismo. Esto se trata de darle alivio. De ayudarla en su transición.

Eso es lo que me digo a mí mismo, de todos modos.

Es la justificación en mi mente para lo que estoy haciendo, que en el interior sé que es realmente reprochable. Pero todo mi comportamiento hacia Rayne ha sido reprochable.

Y por alguna razón, cada interacción que tengo con ella sólo me hace querer más.

Ella terminará dándomelo todo, cada centímetro de ese cuerpo, mente y alma. Pronto.

Capítulo dieciocho

R*ayne*

J.J, el presidente de la clase del último año, está parado frente a mi clase de literatura.

—Pasaré las votaciones para la realeza del Baile de bienvenida. Marquen a su rey y su reina preferidos y devuélvanlos.

Genial. La votación tiene mi nombre. Sólo otro día de humillación para mí en la secundaria Wolf Ridge.

Para empeorar las cosas, Casey Muchmore está en esta clase. Ha estado notablemente ausente de mi club de fans desde que pude ver su clóset legendario. Si sólo conociera los secretos de todos los alfadiotas de esta escuela. Me encojo en mi asiento. Pero igual tiemblo al pensar qué podría hacerme como venganza porque mi nombre se atreva a estar en la misma votación que el suyo.

Sip. Todos me están mirando mientras toman las votaciones. Como si se preguntaran si me pateará el trasero.

Tomo mi votación y marco el nombre de Lauren con descaro; luego me abstengo de votar a un rey. Abe no necesita más votos. Estos tipos creen que son tan graciosos. Realmente me reiría fuerte si Lauren ganara como reina y Abe tuviera que compartir el primer baile del Baile de bienvenida con una humana.

Apuesto a que nada lo irritaría más.

Pero estas cosas son tan estúpidas. ¿Por qué tenemos que votar para probar lo que todos en la manada ya saben?

¿Para que puedan usar una corona? Dudo en parte que a Casey Muchmore le importe una estúpida corona de princesa. Ella ya sabe que es alfa.

Sonrío al recordar que Bailey bromeaba con que se robaría la corona del Baile de bienvenida y me la daría después de que Cole y su aterradora ex ganaran el último año. Supongo que ella también estaba amargada por todo el tonto proceso.

Casey me mira mientras entrega su votación y mueve las cejas.

Mi estómago se retuerce en un gran nudo. No tengo idea de qué quiere decir esa mirada. Es probable que algo como *Sigue soñando, perra.* O quizás, *Eres carne muerta, enana.*

Después de la escuela, Lincoln me encuentra en mi casillero para una tutoría. Hemos estado reuniéndonos después de la escuela en la biblioteca casi todos los días de esta semana. No sé si realmente sigo necesitando su ayuda con matemáticas. Revisamos los problemas y hacemos la tarea juntos, pero sobre todo se vuelve una reunión social. Funciona para mí porque a Wilde le gusta que lo espere en su Jeep cuando sale de la práctica, así que es algo que hacer.

Wilde... mi hermanastro tan ardiente y pervertido. El tipo que me hace sentir sus dedos todas las noches en la cama.

Digo *me hace* muy vagamente porque soy una participante más que voluntaria.

Debo decir que me siento como una persona diferente. Los orgasmos nocturnos me están cambiando. Aunque nada ha cambiado en la escuela, estoy más relajada. Confiada. Me siento más linda. No me tanto lo que todos piensen de mí.

Lincoln lleva su hombro contra el casillero a mi lado.

—Ey, ¿quieres ir al Baile de bienvenida conmigo? ¿Sólo como amigos?

Dudo.

Mierda.

Wilde mataría a Lincoln. O sea, realmente; temo por su seguridad.

Pero no es como si *él* pudiera llevarme. O que me *llevaría*. Y nunca he ido a un baile escolar. Ni a uno. Nadie me lo ha pedido. Ni siquiera tenía un grupo de amigos con quién ir.

Lincoln me muestra una sonrisa cuando no respondo.

—¿No? Eso está bien. Lo entiendo. Tengo una mala reputación en esta escuela.

—No es eso. —Me estiro para tocar su camiseta y evitar que se aleje. Regresa con esa forma casual suya. Este tipo tiene muchísima confianza. Me encanta lo despreocupado que está por mi aparente rechazo.

—¿Bueno? —me alienta cuando sigo sin encontrar las palabras—. Como dije, es sólo como amigos. No estoy buscando una cita real si eso es lo que te preocupa.

—Me encantaría, —digo de pronto, sorprendiéndome a mí misma.

Espera, *¿qué?*

¿Realmente haré esto? ¿Ir al Baile de bienvenida con un tipo? ¿Un tipo *humano*? ¿Un tipo que *no es Wilde*?

Agh. Esa es mi suerte. Abe, J.J., y Markley pasan justo cuando lo digo.

Abe se detiene.

—¿Qué es esto? ¿La enana y el chico nuevo irán al baile?

J.J. pone una mano sobre el hombro de Abe.

—*Abe.* —Lo dice como si fuera una advertencia, lo que no entiendo.

Abe pone toda su atención en Lincoln.

—¿Es una cita doble?

Lincoln y yo lo miramos confundidos.

—¿Quién llevará a tu hermana? —insiste.

Lincoln deja que su desprecio por Abe se muestre en su rostro.

—Su novio.

Mi propia sorpresa queda en segundo plato ante mi interés por la respuesta de Abe.

Pura rabia. Su cuello se pone rojo y sus dedos forman puños.

—¿Ah, sí? ¿Quién es ese?

—No es de tu incumbencia, Abe. —Cierro mi casillero de un golpe y tomo el brazo de Lincoln para alejarlo conmigo.

—Ten cuidado, ena... Rayne, —lo escucho murmurar detrás de mí. Por qué se corrigió con mi nombre, no puedo imaginármelo.

Todo lo que sé es que es probable que acabe de chocarme de frente con una pila de arena movediza. No sé cómo lograré ir al Baile de bienvenida con Lincoln sin que Wilde prenda fuego la escuela para evitarlo.

Pero supongo que eso me demostraría lo mal que está mi relación con Wilde. ¿Por qué desperdiciaría mi tiempo en pensar en alguien que puede mostrar interés por mí y *no lo quiere hacer*? No a menos que manifieste a una loba y le pruebe a la ciudad que después de todo no soy defectuosa.

Bueno, que se vaya a la mierda.

Me junto con Lincoln por una hora y luego voy al estacionamiento a esperar en la Jeep de Wilde.

Quizá los chicos no le hayan contado a Wilde acerca de Lincoln y nuestra no-cita para el baile. O sea, ¿por qué lo harían? Abe sólo me lo preguntó porque tiene algún problema con Lauren, por lo que noto.

Pero cuando veo a Wilde acercarse al Jeep, sé que lo sabe.

Sus ojos brillan verdes cuando se pone detrás del volante. No dice nada.

Absolutamente nada. Lo que no es su estilo. Está guardando su enojo. Es una mala señal.

Luego no me lleva a casa. Conduce hasta las montañas, pasando la meseta donde los chicos se juntan a beber los fines de semana.

—¿Adónde vamos? —Finalmente me atrevo a preguntar.

Él no me responde.

Por fin estaciona frente a una cabaña. Conozco este lugar. Bueno escuché de él. Es la cabaña de Abe y Austin. O de su papá. Un lugar que usan durante las corridas de luna llena. O para esconderse y tener sexo.

Mi corazón empieza a latir con fuerza.

—¿Qué estamos haciendo?

Wilde se baja del Jeep y se acerca a la cabaña. Lo sigo. Busca la llave encima del marco de la puerta y la abre.

—¿Wilde?

Él voltea a verme con ojos de lobo e inclina la cabeza en dirección a la puerta que mantiene abierta para mí.

—Entraremos. Te dejaré el trasero rosa mientras me explicas por qué Lincoln cree que te llevará al Baile de bienvenida.

* * *

Wilde

Mataré a ese niño. Estoy pensando seriamente en arrancarle la garganta al humano por pedirle a Rayne de ir al baile.

Sólo rezo que haya algún tipo de explicación aquí. Algo que no pueda ver tras el halo verde los celos alocados de mi lobo.

¿Por qué carajos aceptaría Rayne ir con él?

No espero a que entre. Pongo un brazo alrededor de su cintura y la llevo adentro, derecho al costado del sofá donde la pongo hacia abajo, sobre su barriga, con el trasero hacia afuera. Le estoy dando nalgadas antes de siquiera pensar.

—¡Auch! ¡Wilde! —Ella estira una mano hacia atrás para cubrirse el trasero. La muevo detrás de su espalda y sigo dándole nalgadas.

No estoy seguro de que haya muchas ideas entre mi mente y mi mano. Todo lo que sé es que me satisface el impacto. Estar a solas con ella aquí. Tenerla retenida, completamente bajo mi control. Mi miembro se choca contra la bragueta de mis vaqueros.

Necesito más. Quiero sentir su piel desnuda debajo de mi palma. Ver el enrojecimiento de mi palma en su trasero.

Me detengo y la suelto.

—Quítatela.

Ella voltea, con el rostro enrojecido, el pecho jadeante.

—¿Qué?

—Tu ropa. *Quítatela.* Sabes cómo te castigo.

—Muevo las cejas—. Desnuda.

En vez de pelearme o discutir, Rayne cae contra mi cuerpo, calma a mi lobo. Sus manos suben por mi pecho para ponerse alrededor de mi cuello. Mis brazos forman una banda alrededor de su espalda.

—*Cálmate.* —Ella me sostiene la mirada y me muestra que está aquí conmigo. Sólo somos nosotros dos.

No hay nadie más entre nosotros.

—¿Puedo explicarte? ¿Por favor?

Asiento rápido. No estoy seguro de siquiera ser capaz de hablar de alguna forma que no sean sólo gruñidos u órdenes. Debe ser que se acerca la luna llena y tengo un grave caso de bolas llenas por dormir al lado de Rayne cada noche.

Ni bien Abe me dijo que Lincoln le había pedido a Rayne ir al baile y que ella dijo que sí, me volví loco. No sé cómo terminé el resto de la práctica. Definitivamente tuve que darme una ducha helada en el vestuario.

Rayne se sube encima mío como a un árbol, envuelve sus piernas sensuales alrededor de mi cintura como un koala y pone su rostro en mi cuello. A pesar de que se ofrece a explicarme, no dice nada por un momento.

Aunque está bien. Tener su cuerpo amoldado al mío calma a mi lobo. Mis músculos comienzan a relajarse cuando siento su aroma a lluvia primaveral.

—Nunca he ido a un baile escolar. Jamás.

Me lleva un momento entender sus palabras en mi mente y descifrar qué quieren decir. Rayne no ha ido... ella quiere ir al baile escolar.

Mierda.

Por supuesto que quiere. Es su último año. Ella debería tener esa experiencia. Sobre todo porque será la reina del Baile de bienvenida.

—Lincoln me pidió ir como amiga. Lo dejó en claro, *dos veces*, que era sólo como amigos.

Mis manos se tensan cuando menciona a Lincoln. Mis labios forman un gruñido.

—Shh, —murmura contra mi oído—. Sólo. Amigos. Quiero ir al baile. Evidentemente no vas a llevarme.

La misiva me pega de lleno en el pecho.

No estoy seguro de cuál sea la parte *obvia*, ¿porque es mi hermanastra o porque es Rayne la enana, la chica con la que no hubiera querido que me asocien ni muerto antes de que se casaron nuestros padres? Una sensación enfermiza y culpable invade mi estómago ante esa idea.

De todos modos, tiene razón. No la llevaré al baile. Y ella merece ir.

¡Pero maldición!

No quiero que ningún tipo se le acerque.

Supongo que mi mente sigue sin funcionar bien porque me encuentro caminando hacia una de las habitaciones.

¿Adónde vas? —Pregunta Rayne.

Debería escuchar la nota nerviosa en su voz, pero no la registro. La arrojo en el centro de la cama y le arranco la camiseta por encima de la cabeza.

—¿Qué estás haciendo?

—Te lo haré, Rayne, —declaro como si no tuviera elección en el asunto. Como si esto se fuera a transformar en una violación realmente rápido.

Por supuesto, me alejaría si ella mostrara señales de no quererlo, pero la necesidad de reclamarla está tapando mis instintos más caballerosos ahora mismo.

Me quito los zapatos, luego le saco los suyos.

—Te lo haré, y lo tomarás. Y después podemos hablar sobre el maldito baile.

Ella se levanta rápido del colchón. Sus reflejos de loba definitivamente se están volviendo rápidos. Pero en vez de correr, viene hacia mí de nuevo. No estoy seguro de si sabe que entregarse a mí es la única solución en esto, pero lo hace.

Instinto de loba, supongo.

Ella se abalanza sobre mí y envuelve sus brazos alrededor de mi cuello.

—Wilde. Tengo miedo.

Eso es todo lo que necesitaba.

Mi lobo se calma de inmediato. Como si esas palabras contuvieran la misma esencia que sus lágrimas, algo lo suficientemente poderoso como para ponerle freno a un lobo enfadado y posesivo.

Mis manos la tocan de inmediato, recorren su espalda subiendo y bajando, aprietan su trasero.

—Bebé, está bien. Estás a salvo. No te lastimaré. —Levanto su camiseta y empiezo a besar la parte llana de su vientre—. Lamento haberte asustado. —Mi lengua se mete en su ombligo—. No quise ser un pendejo. —Desabrocho sus vaqueros y los bajo por sus caderas. Abro la mandíbula y tomo la mayor cantidad de vagina cubierta por bragas que puedo, deslizando los dientes sobre la tela, soplando aire caliente contra su centro—. Pero sí necesito entrar en esta vagina apretada, bebé. *Ahora mismo.* ¿Me dejarás hacerlo?

El deseo de ser su dueño por completo, de tener su cuerpito debajo de mí, de hacerla gritar con satisfacción me tiene arrancándome los vaqueros. Mis bolas se sienten pesadas y mi pene late dolorosamente. Le muerdo el muslo interno, luego la levanto y la dejo boca arriba para quitarle los vaqueros por los tobillos. Me subo encima de ella y me esfuerzo por calmar mi respiración.

—¿Todavía sigues asustada?

Ella niega con la cabeza.

Destino, es hermosa. Su cabello rubio arenoso cae sobre su rostro con forma de corazón. Lo muevo hacia atrás.

Reclamo su boca. Es un beso fuerte e insistente. El tipo que busca decirle que me pertenece. Que esos labios son míos para tomarlos. Empujo la lengua entre ellos. Sus caderas se mueven contra las mías.

Gracias al cielo. Su primera luz verde.

Estoy tan desesperado por meterme entre piernas.

—¿Tomarás mi verga como una chica buena, Raynebow? —Deslizo la mano en su sostén y le pellizco un pezón.

Ella gime despacio.

—¿Hmm? —Realmente necesito una luz verde aquí. Puede que esté medio loco, pero no tomaré algo que no me dan voluntariamente.

El aroma embriagador de su excitación envuelve mi cabeza y me lleva más adentro en su halo.

—Ve lento, —susurra.

Quiero simultáneamente levantar el puño, caer de rodillas y agradecerle al cielo.

—Lo haré, —prometo, rezando que sea verdad. Rezo poder contenerme.

Pienso tomarme mi tiempo. Pero de algún modo termino rompiendo sus bragas entre mis manos, y la lamo como si hubiera un fuego que apagar con su lengua.

Quizá lo haya. Está hirviendo; su piel quema contra mi piel. Pero no tengo deseo alguno de extinguir esas llamas. Nop. Pienso hacerlas subir aún más.

Me lleva menos de sesenta segundos darle su primer orgasmo. Uno sólo con mi lengua. Otros sesenta para sacarle uno con dos dedos dentro de ella.

—¿Estás lista, bebé?

Ella gime y se toma sus pechos, me vuelve loco de lujuria.

Termino rompiendo su sostén. La camisa se envuelve con su cuello. Succiono mucho uno de sus pezones, luego el otro.

—Necesito estar dentro de ti. —Mi voz sale con grave y baja. Me quito los vaqueros y los bóxeres.

La mirada de Rayne está en mi miembro, sus grandes ojos azules brillan de placer, sus pupilas están bien expandidas.

Me subo encima de ella y froto la cabeza de mi pene por su hendidura, dividiéndola.

—Tómame, bebé. —Presiono hacia adelante contra su entrada, sólo un poco.

Mueve sus caderas un poco para alentarme.

—¿Quieres eso? ¿Lo quieres más profundo?

Ella asiente levemente, su mirada fija en el lugar donde se unen nuestros cuerpos.

Entro despacio, centímetro a centímetro. Está realmente cerrada. Increíble. Delicioso. Puedo darme cuenta de que mis ojos han cambiado de color porque mi visión se oscurece y se agudiza. El animal dentro de mí se pone impaciente. El momento está cargado. Es como el espacio entre una inhalación y una exhalación. El punto cero. El momento justo después de que terminas una vida y estás por comenzar la siguiente.

De algún modo sé que todo está a punto de cambiar.

Sólo que no sé cómo.

—No... puedo... contener... más, —rechino los dientes.

—*Wilde.* —Rayne suena preocupada, pero es demasiado tarde. Estoy empujando.

Profundo.

Mierda. Ella es tan pequeña que probablemente la parte en dos.

Ella grita y me toca los hombros. Sus piernas rodean mi cintura, lo que evita que me mueva dentro de ella. Dejo que ella siga mis caderas hacia arriba y hacia abajo sin fricción. Me encanta, maldición. Tengo su calor húmedo y apretado que me toma como un puño y voy un poco más profundo cada vez que muevo las caderas contra ella.

—Wilde.

Me gusta que diga mi nombre con esa vocecita rasposa y asustada. Me gusta demasiado.

—¿A quién le perteneces?

—Wilde...

—Así es. Di mi nombre.

—Wilde, por favor.

De algún modo, me obligo a contener el poder de mis empujones.

—¿Estás bien, bebé?

—Estoy bien, —jadea—. Necesito...

—¿Qué necesitas? —Algo de la niebla desaparece de mi mente. Mi mujer necesita satisfacción y es mi trabajo dársela. Voy más lento.

—No, —se queja.

Llevo la yema de mi pulgar contra su clítoris y froto.

—¡Oh! —Sus caderas se levantan de la cama, empujan hacia arriba contra mi verga, que por supuesto me hace descontrolarme de nuevo.

Sosteniéndome con un brazo junto a su cabeza, me muevo y acaricio su hermoso rostro con la mano que tengo libre mientras destruyo su hermosa vagina pequeña.

Sus ojos se ponen en blanco. Ella arquea la espalda.

—Wilde... Wilde... por favor.

—Tómalo, bebé. Tómame todo.

—¡Sí... sí... oh! —Los músculos internos de Rayne se contraen alrededor de mi verga, como si ya no estuviera lo suficientemente apretada, y un gruñido inhumano sale de mi garganta.

El último hilo de cordura que me controla se rompe. Me muevo contra Rayne mientras la habitación da vueltas. Mis bolas se tensan. Estoy tan afiebrado que ella ahora está desesperada por la descarga.

—¡Mierda, Rayne, mierda! —Empujo profundo y acabo dentro de ella, la lleno de líquido y más líquido caliente de mi semilla.

La gratitud me invade y me hace acurrucarme contra Rayne, tomando su cuello y besando su sien, su frente, su nariz, finalmente aterrizo sobre sus labios, en donde muevo la boca lentamente contra la suya y salgo y entro despacio.

—¿Te duele, bebé?

—Mmm.

Levanto el rostro para observar el suyo.

—¿Hmm?

Su mirada está muy cansada.

—Me gusta cómo duele, —murmura.

Me muevo un poco más profundo.

—¿Sí?

Sus ojos cambian a plateado.

—Tu loba se está mostrando, —susurro.

Todo el cuerpo de Rayne se tensa.

Rayne

—¿Qué sucede? —Wilde sale lento de adentro mío—. ¿Muy dolorida?

Niego con la cabeza.

—Estoy bien. —Intento alejarme de él. El tema de mi loba es un punto muy sensible, pero no tengo ganas de hablar de eso ahora.

Wilde se levanta de la cama y vuelve con una toalla caliente que pasa entre mis piernas para limpiarme. La intimidad de esto es casi como nuestro acto sexual. Porque este es el Wilde gentil. El que sospecho que la mayoría nunca ve.

No es que me moleste la versión casi salvaje de Wilde. Fue increíble saber que lo afectaba de esa forma. Que sus celos y posesividad lo estaban llevando a reclamarme.

O sea, no *reclamarme*, reclamarme. No es una mordida de apareamiento. Pero igual fue una prueba definitiva de que le pertenezco.

Juraría que recibir su semen dentro de mí se sintió como un bautismo. Como si me hubiera cambiado de alguna forma.

Wilde se vuelve a subir sobre mí y me pone de costado, así puede moldear su cuerpo con el mío en cucharita. Adoro absolutamente la sensación.

Así dormimos anoche. El brazo gigante de Wilde pasando por la mitad de mi cuerpo, un peso del que nunca quiero escapar.

—Hablemos acerca de este baile, Rayne-bow. —Murmura las palabras contra mi oído, haciéndome sentir a salvo de sus bromas habituales. Hay afecto en su cuerpo y en su voz.

—Bueno.

—Puedo dejar que ese pequeño tarado te lleve, con tres condiciones.

—¿Cuáles son?

—Una: le cuentas sobre nosotros.

—¿Qué? —Volteo para mirarlo por encima del hombro, sorprendida.

Wilde asiente.

—Necesito que sepa a quién le perteneces. Y que te estoy dando permiso para que vayas.

Me río por la parte de *darte permiso*, pero en secreto me

emociona. Todo, que Wilde esté de acuerdo con que vaya. Y que quiera reclamarme en público. Por supuesto, decirle a un humano en realidad no cuenta como público en esta ciudad.

Y supongo que sabe que no me reclamará frente a otros hasta que transicione. *Si* transiciono. Esa es la parte que realmente duele.

—Hazlo ahora. —Wilde me aleja de él.

—Bueno, mandón.

Él me golpea el trasero cuando me levanto para probar mi punto.

Saco el teléfono del bolsillo y le envío un mensaje a Lincoln mientras Wilde mira por encima de mi hombro.

Tengo que decirte algo. La razón por la que dudé cuando me preguntaste de ir al baile hoy, escribo.

—Claro que sí, —murmura Wilde detrás de mí.

Fue porque en realidad pasa algo entre mi hermanastro y yo. Obviamente eso es un secreto. Pero quería que lo supieras. Y hablé con él y le parece bien que me lleves <emoji de sonrisa>

—¿Feliz? —Le pregunto a Wilde.

Él toma mi teléfono y me pone sobre él.

—No diría que feliz, —se queja. Sus manos me acarician mi cuerpo hacia arriba y abajo—. De hecho, me arrepiento. Estoy feliz.

Es verdad. Él luce feliz. Hay una sonrisa cansada en su rostro y la idea de que pueda ser por mí me hace latir fuerte el corazón.

—¿Cuáles son las otras dos condiciones?

—Dos: Después del baile te daré nalgadas hasta quitarte su olor.

—No estoy segura de que el olor funcione así.

Wilde levanta una ceja seria.

Me sonrojo. Este tipo realmente quiere darme nalgadas. Es un poco atrevido, un poco ardiente.

—Bueno. ¿Y la tercera?

—La tercera condición es que te lo haré antes y después de que vayas.

Me río un poco nerviosa.

—Estás loco.

—Estoy hablando muy en serio. ¿Tenemos un trato?

Asiento y sonrío.

—Trato.

Él besa el puente de mi nariz. Es un movimiento sorpresivamente tierno y me da escalofríos.

—Deberíamos regresar. Tengo que preparar la cena.

Wilde se queja.

—No quiero lavarme tu aroma.

Me doy cuenta, con un giro de mi estómago, de que yo tampoco quiero eso. Su aroma me calma. Me hace aterrizar. Me siento cambiada.

No estoy segura de si alguna vez creí en que una mujer cambiaba cuando perdía su virginidad. O sea, eso sólo es una mierda patriarcal que busca asegurarse la transferencia de propiedad a los herederos. Pero sí me siento diferente.

Más fuerte. Revitalizada. Animada.

¿Quizás eso no tenga nada que ver con la virginidad y todo con los orgasmos?

No, espera. He tenido orgasmos antes, sola y con Wilde. Sólo que fue mi primer sexo con P en la V.

¿Podría ser... su semen?

—Vamos, caramelito. —Wilde me levanta en el aire al mismo tiempo que se baja de la cama. Me lleva al baño, donde me baja y abre la ducha.

—Será mejor que deje mi cabello seco. —Me corro el cabello de la nuca y lo sostengo por encima de mis hombros mientras entro—. Sería difícil explicar por qué está húmedo.

Wilde me pasa el jabón, luego me saca de la ducha mientras se enjuaga rápido.

—Busquemos unos pollos asados, —sugiere mientras ambos nos cambiamos—. Además, odio que estés a cargo de preparar la cena. ¿De qué carajos se trata eso? ¿Eres algún tipo de Cenicienta o algo así?

Me esfuerzo para no sonreír; me complace absurdamente su análisis.

—Intento ayudar en la casa.

El rostro de Wilde se contorsiona en una mirada de desdén.

—A la mierda con eso, Rayne. Ocupa lugar.

Empujo su gran cuerpo inamovible.

—Es difícil cuando literalmente siempre hay un lobo gigante cerca de mí. En mi habitación, en mi cama...

—*Mi* cama. —Me toma por la cintura, me levanta, y me pega en el trasero—. Pero no me molesta compartir. —Me vuelve a bajar—. Vamos, caramelito.

Afuera, la luna casi llena se eleva desde atrás de las cumbres. Ambos paramos a honrarla con asombro.

—Luna de cazadores, —murmura Wilde con aprecio. Hasta los jugadores tiene reverencia por el poder y la belleza de la diosa pálida en el cielo.

Juraría sentir su energía entrando en mí. Una carga de electricidad recorre mi columna, hace que cosquilleen todas mis terminaciones nerviosas. Se siente como... reconocimiento. Como si fuera parte de algo mucho, mucho más grande de lo que alguna vez imaginé. Del destino, la naturaleza, y el tapiz de nuestras especies como un todo.

Por un pequeño momento, soy capaz de acceder a algún tipo de sabiduría más profunda.

Y con ello, sé que algo significativo me acaba de suceder allí adentro. Algo que va mucho más allá de perder mi virginidad.

Capítulo diecinueve

Wilde

Me levanto de malhumor después de pasar una noche en el sofá. Ahora que he tenido a Rayne, no creo poder volver a dormir en la misma cama por la noche y no hacérselo hasta perder la razón y nuestros padres ciertamente sentirían el aroma o escucharían los movimientos.

Le dije a Rayne anoche por qué me mantendría alejado, pero ella también parece estar de malhumor conmigo.

Quizá mi dulce hermanastra me necesite.

Esa idea me pone más duro que una piedra.

—¿Podemos pasar por el correo de camino a la escuela? —Rayne tiene una caja de zapatos envuelta en papel madera con una dirección impresa pegada en el frente, metida bajo el brazo cuando se sube al Jeep.

—¿Qué es eso?

—No es de tu incumbencia.

Hay un cosquilleo en mi nuca. Mis sentidos de lobo me están diciendo algo. Una ira irracional se eleva bajo la superficie.

—Vuelve a intentarlo. —Me niego a encender el vehículo.

Ella resopla y pone los ojos en blanco.

—Bien. Son zapatos. Zapatos usados. Me darán mil dólares por ellos.

—Eh. Guau. Eso es mucho dinero.

—¿Lo ves? Este es un negocio lucrativo.

El cosquilleo de advertencia vuelve.

—Igual no me gusta. ¿Tu nombre y dirección están en la caja?

—Wilde. No soy idiota. Usé una dirección postal falsa.

—Pero sabrá en qué estado vives. Incluso en qué ciudad.

—Sí, y vivo en una ciudad llena de transformistas. ¿Crees que un extraño que busca problemas sobreviviría cinco minutos en esta ciudad?

Es un punto válido. Aquí no nos gustan los extraños y sí tenemos un registro de cualquiera que llega y parece fuera de lugar.

—La próxima vez, envíalo desde Phoenix, —concedo.

—¿Me llevarás?

La miro, sorprendido.

—Tienes mucha actitud esta mañana, caramelito. ¿Estás buscando un castigo?

—Cállate y conduce, Wilde, o llegaré tarde.

Reviso la hora en mi teléfono. Tiene razón. Enciendo el Jeep y salgo.

—Enviaré el paquete después de dejarte.

Ella voltea a verme con sorpresa.

—Gracias. —Su mirada se suaviza viendo mi rostro y me da una ola de satisfacción tan fuerte que casi quiero transformarme.

Quizá sea la luna, que estará llena este fin de semana

para el Baile de bienvenida. O quizá sea algo acerca del aroma de Rayne. Está cambiando. La siento más loba. Y entre más siento, más la deseo.

Tengo que lograr que se transforme. Me siento de seguro de que si lo hace, descubriré si es mi pareja.

¿Y si no lo es?

Bueno, entonces estamos jodidos. O debería decir, estoy jodido. Porque que sea mi pareja es la única excusa que podría ofrecer por arruinar las cosas con mi nueva hermanastra.

¿Si alguien descubre que tomé su virginidad sin esa excusa?

Me echarán de una vez por todas de la manada.

La dejo frente a la escuela y ella hace lo típico de salir rápido del Jeep, como si no quisiera que nadie la viera. Puedo haberlo apreciado al principio porque no me gustaba que me asociaran con ella, pero ahora realmente lo detesto.

—Rayne. —La detengo cuando cierra la puerta.

—¿Sí?

—Que tengas un buen día.

Una sonrisa lenta florece en su rostro y me quita el aliento. Ella es hermosa con la luz del sol de la mañana. Hasta radiante. Y la forma en la que me está mirando me hace sentir como un rey.

—Tú también, Wilde. Te veo después de la escuela.

Una liviandad extraña se apodera de mí mientras conduzco hacia el correo antes de ir al taller. Es algo parecido a la felicidad, pero de un tipo que no he experimentado antes. Una sensación extraña y vital. Como si todo fuera nuevo y diferente.

Como si yo fuera alguien nuevo y diferente.

No el Wilde atrapado, el que arruina todo y no es bueno

para nada al que arrestaron con cargos de drogas y desaprobará en Duke. No el Wilde enojado que vive la vida de su padre y su manada en vez de pensar qué carajos quiere hacer él mismo.

No el Wilde pez fuera del agua que vive al otro lado del país con humanos con los que no se halla.

Me siento más como yo mismo, excepto que es un yo que apenas conozco.

Mierda, sé que eso no tiene sentido, pero es la sensación.

En el correo, espero en el mostrador para enviar los zapatos de Rayne. Irán al buzón de alguien más. Sin nombre, sólo unas iniciales, pero el buzón está en Chandler. Justo bajando la colina.

No me gusta. Algo acerca de esto me pone de punta los pelos de la nuca otra vez.

La lógica de Rayne es sólida; no veo cómo esto podría afectarla y estoy seguro de que no puedo ser el que evite que gane mil dólares, pero algo se siente mal en esto.

Aunque ayudarla se sintió bien y me encantó esa mirada de gratitud en su rostro, así que lo hago.

Cuando regreso al Jeep, me suena el teléfono.

Es el entrenador principal de Duke.

Tomo su llamada. Es momento de dejar de evitarlo.

—Woodward.

—Entrenador Granview.

—Hijo, te he estado llamando por tres semanas.

—Sí, señor.

—¿Por qué no me devolviste la llamada?

—¿Para ser honesto? —Paso los dedos por mi cabello—. No lo sé. Autosabotaje, supongo.

—Autosabotaje. —Él se ríe sin humor—. Sí, suena acertado.

—Sí. No tengo nada que decir, en realidad.

—Quince de ellos no pasaron la prueba de drogas que les di cuando regresaron.

—¿Otra prueba?

—Sí. Supongo que tus amigos pensaron que estaban a salvo porque los habían testeado hace poco.

No me molesto en responder.

—Pero escuché que tu prueba de drogas que te hizo la policía sí estaba limpia.

Estoy sorprendido. No de que mi prueba de drogas estuviera limpia, sino de que tuviera acceso a esa información.

—¿Cómo supiste?

—¡He estado trabajando para que te quiten los malditos cargos, hijo! ¿Por qué carajos pensabas que te estaba llamando?

—Ah.

Me siento humillado. Y sorprendido.

Una puñalada de culpa me atraviesa el pecho. Que el entrenador Granview me apoye es sorprendente.

O sea, mi propio papá no me creyó.

Si eres tan ciego que no puedes ver al héroe que es tu hijo...

La defensa apasionada de Rayne vuelve a mi mente y estoy humillado una segunda vez con el recuerdo.

—No hay evidencia de que las drogas te pertenecieran, más que el hecho de que estaban en tu habitación, donde hubo una gran fiesta, como puede atestiguar el personal del hotel que llamó a la policía y la envió a tu habitación. Intento descubrir si tus huellas estaban en la bolsa, pero sospecho que no lo estaban. ¿Tengo razón, hijo?

—Sí, señor.

—¿Sí estoy en lo correcto o sí lo estaban?

—Sí, estás en lo correcto.

—Bueno, Wilde, deberíamos poder quitarte los cargos. Quiero que regreses al equipo para el juego de la próxima semana si podemos lograrlo. Así que si llamo a este número, ¿me atenderás?

A mi lobo no le gusta.

Por alguna razón, no puede soportar la idea de regresar a Duke.

Lo entiendo. Allí nunca podía correr. Tenía que esconder lo que era.

Pero el aroma a creosota y enebro de Rayne es lo que sube por mis fosas nasales y me hace apretar tan fuerte el puño alrededor del teléfono que se parte la pantalla.

Mi lobo no quiere dejar a Rayne.

Tiene que ser mi pareja.

No hay otra opción.

Pero igual no puedo decir que no. No cuando me echarán de la manada si lo hago. No cuando el entrenador Granview y el equipo cuentan conmigo.

Pueden no ser mi manada, pero igual conocen la lealtad.

—Sí, señor.

—Bien. Estaré en contacto. —Corta la llamada.

Mierda.

Mierda. Mierda. Mierda.

Tengo que conseguir que Rayne se transforme durante la luna llena. Necesito saber que realmente es mía.

Dejarla ahora antes de resolver las cosas no sería justo para ella. No sería justo para mí. Algo a lo que probablemente debería empezar a prestarle más atención. Sigo diciéndole a Rayne que ocupe más espacio. Quizá sea hora de seguir mi propio consejo.

No me iré de Wolf Ridge hasta saber con seguridad si mi dulce hermanastra realmente me pertenece.

* * *

Rayne

El miércoles, Wilde me envía un mensaje durante el sexto período para decirme que lo encuentre justo después de la escuela en vez de después de la práctica.

No me dice por qué.

Sólo recibir un mensaje de él me da cosquillas en el estómago. Normalmente no me envía mensajes. Todo lo que tuve estos últimos días fueron los momentos a solas en el Jeep.

Wilde ha pasado todas las noches en el sofá esta semana, lo que probablemente sea bueno, pero estoy inquieta e irritable y bastante desesperada por descarga.

Usé el tiempo extra a solas en mi habitación para grabar un montón de videos de pies. Es sorprendente lo diferente que se siente ahora.

No creerías que tener sexo pudiera cambiar tanto a una persona, pero así es. No soy la misma mujer que era antes de que Wilde tomara mi virginidad.

Ahora me siento sensual. Sexual. Despierta. Cuando le hablo sucio a la cámara, de hecho lo digo algo en serio. Al menos estoy sacando de un pozo genuino, no sólo de cosas inventadas.

Les describo a mis espectadores cómo quiero que me succionen los pies, pensando en todo lo que hizo Wilde. Les digo cómo me toco a mí misma mientras lo hacen. Imagino que le hablo a Wilde, no es que yo sea la dominante en la relación. Pero igual imaginarme que él es quien me mira me da confianza.

Confío en que le parezco atractiva. No puedo esperar a poder ver sus ojos brillar verdes otra vez.

Al menos sé que tendremos sexo este fin de semana. *Dos veces*. Una antes del baile y otra después. Mi mamá y yo fuimos de compras por un vestido para el Baile de bienvenida. Logan hasta ofreció el dinero para pagarlo. Elegí uno plateado que combine con los ojos de mi loba. Un secreto que sólo sabemos Wilde y yo.

Sonrío cada vez que pienso en nuestra cita antes y después del Baile de bienvenida.

Creo que la luna llena que se acerca está empezando a afectarme.

Nunca antes me había sucedido eso. He observado su efecto en todos a mi alrededor, pero suelo permanecer cuerda. Sólo cambio poco cuando crece y mengua la diosa del cielo.

Pero esta es intensa.

Estoy afiebrada toda la noche, y es una locura, pero cuando vi a Wilde corriendo esta mañana, tuve la necesidad de unirme.

Carajo.

Yo no corro. No hago nada atlético. Pero de pronto entiendo por qué los lobos tienen esa necesidad de transformarse y correr. Descargar energía ahora tiene sentido.

Encuentro el Jeep de Wilde sentado en espera junto a la puerta por la que normalmente salgo, lo que me emociona en secreto. Ni siquiera sabía que él sabía qué clase tenía o de dónde salía.

Me meto en el Jeep y él arranca de inmediato. Esto no es diferente de cualquier otra vez que me haya llevado a o traído de la escuela. Lo entiendo; no es que pueda darme un beso cuando entro.

¿Pero ni siquiera una sonrisa" ¿O algún tipo de saludo?

Wilde no sólo finge no dormir con su hermanastra; todavía actúa como si no valiera la pena frente a otros.

Me encantaría decir que eso no duele. Que estoy acostumbrada a este comportamiento porque lo viví toda la vida.

Pero este tipo acaba de tomar mi virginidad y está poniendo reglas como si le perteneciera, así que supongo que quiero... más.

—¿Adónde vamos?

—A conseguir tu licencia de conducir.

Auch. Eso duele aún más.

Las fosas nasales de Wilde se agrandan y me mira.

—¿Cuál es el problema?

Me encojo de hombros.

—¿Por qué? Nada.

—No me mientas. Sentí el dolor.

—¿Te cansaste de llevarme a todos lados?

—Wilde me sorprende girando de forma brusca para estacionar.

—Ey. —Es algún tipo de orden.

Lo miro y él me sostiene la mirada.

—Rayne-bow, seguiré llevándote todos los malditos días. Es mi trabajo. En lo que me respecta, nadie necesita saber que tienes tu licencia. Sólo quiero que tengas todo el empoderamiento que necesitas. —Se encoje de hombros—. Deberías tener licencia. Y lamento todavía no haberte llevado.

Ah, maldición. Todo en mi pecho se vuelve suave y pegajoso.

Wilde está siendo dulce.

—Ah. Gracias.

Él me muestra una sonrisa.

—¿Estamos bien? —Espera a que asienta y luego retrocede el Jeep y vuelve al camino.

—¿Por qué hoy? ¿Te perderás la práctica por esto?

—Sí. Tengo planes para ti después.

—¿Qué planes?

—Tendrás que esperar para verlos.

Oh.

Mi interior se llena de pequeñas explosiones de emoción. Espero que sea sexo. Reamente necesito más sexo.

Wilde me lleva a la dirección vehicular y apruebo la prueba de conducción. Después me lleva a celebrar a un lugar de helado.

—¿Este era tu plan? —Le pregunto mientras me llevo la última cucharada del helado de doble chocolate amargo a la boca.

—Nop.

—¿Cuáles son?

—No preguntes, Rayne-bow. Vamos yendo.

—¿Iremos a la cabaña de Abe y Austin? —Insisto.

Por supuesto, no me responde. Nos lleva de regreso a Wolf Ridge y luego retrocede hacia las montañas. Estaciona junto a la carretera en el medio de la nada y abre la puerta.

—Vamos.

Lo sigo y miro a mi alrededor.

—No entiendo.

—Caminaremos un poco, —dice Wilde.

Sigo mirando a mi alrededor. Ni siquiera hay un camino. Estaremos golpeando arbustos en medio de la natu-raleza salvaje. No creo que la sorpresa sea sexo.

Qué triste para mí.

Sigo a Wilde entre las malezas por unos buenos veinte minutos. Estoy realmente confundida, pero no intento preguntarle más cosas porque es evidente que no me responderá.

Con el tiempo, llegamos al borde de un acantilado y entonces lo entiendo. Wilde conoce este lugar por sus corridas durante la luna llena. No suele estacionar el Jeep y caminar. Corre aquí en cuatro patas desde abajo.

O sea, es genial y todo eso. No sé si él piensa que es romántico. Definitivamente hubiera preferido repetir la experiencia de la cabaña.

—¿Qué es esto?

—Lo llamamos «la cornisa». Es un lugar de reunión para las corridas de luna llena.

Claro. Algo que nunca experimenté, ni nunca lo haré.

—Ah. —Todavía no lo entiendo. Para nada.

Wilde me quita la camiseta por encima de la cabeza.

Em... ¿bueno? ¿Por qué aquí? ¿Y cómo? O sea... hay cosas que pinchan alrededor. Y el suelo luce como piedras duras y filosas. No estoy segura de que esto me guste ahora mismo.

—Quítate los vaqueros, —me ordena.

—¿Por qué? —Exijo saber.

Él ignora la pregunta y me los desabrocha él mismo. Cedo a sus esfuerzos por quitarme los vaqueros, que por supuesto, requieren que me saque los zapatos y me ensucie los soquetes.

Y luego Wilde me levanta y me arroja en el aire.

Por el precipicio.

Grito todo el camino hasta abajo.

Wilde se lanza junto a mí, gritando,

—Transfórmate. Rayne, *¡transfórmate!*

La traición toma un segundo lugar ante el terror absoluto. Mi visión forma un túnel y se oscurece.

Me desmayo por completo antes de chocar contra el suelo.

* * *

Wilde

¡Mierda!

Falló.

Rayne no se transforma en el aire como esperaba, y no puedo arriesgarme a que choque con el suelo. Puede tener habilidades curativas, pero no sé si son completas.

Contorsiono mi cuerpo para aterrizar de pie y atraparla antes de que choque contra el suelo.

Está desmayada.

Bueno, realmente lo arruiné.

—Rayne, bebé. *Rayne.* Despierta, caramelito. Estás bien. —No respiro hasta que sus ojos se abren—. Estás bien, bebé. Lo siento. Pensé que te transformarías.

Rayne se mueve para salir de entre mis brazos.

La apoyo en el suelo y me empuja con más poder del que esperaría.

—Te odio, Wilde Woodward.

Me río. Es muy linda cuando se enoja.

—Lo siento. Realmente pensé que te transformarías. Pero te atrapé, bebé. No te causé ningún daño.

—No causaste... ¡mucho daño! —ella patalea con sus pies con medias—. ¿Cuál es tu problema, Wilde? ¿Simplemente no puedes aceptar que no pueda transformarme?

Me froto el rostro con la mano. Mierda. Esto no está saliendo bien.

—Casi hay luna llena. Tu aroma parece estar cambiando todos los días. Sólo pensé que...

—Quizá no *quiera* transformarme. —Sus ojos brillan plateados con ira, contradicen sus palabras.

—No es una cuestión de querer. Es quién eres. —Me estiro para tocarla, y ella se aleja, pero insisto. La tomo y la sostengo envuelta en mis brazos con fuerza, atrapando sus brazos a los costados—. Lamento haberte asustado. Quise hacerlo, pero fue por una buena razón.

Ella no deja de alejarse de mí, intenta soltarse. Lleva un conjunto de sostén y bragas celeste que combina con sus ojos y me pone la verga dura.

—Lamento haberte dañado. No quise arruinar las cosas contigo, Rayne. Realmente no fue así.

Ella se queda callada ante eso.

Le beso la sien.

—¿Me perdonas? —Le pregunto con suavidad.

—No. —Pero hay malhumor en su voz y eso me dice que nos estamos acercando.

La giro para que me mire y la levanto para que se siente en mi cintura.

—¿Qué hará falta para que me perdones? —Pregunto mientras volteo para empezar a caminar de salida, buscando su ropa.

—Haría falta que no fueras un pendejo.

Me río.

—Eso es difícil. Pendejo es mi segundo nombre.

—Primer y segundo nombre y apellido, —gruñe, pero escucho que su tono se vuelve más ligero.

Sé qué podría ayudar.

—Comienzo a correr por la colina inclinada porque mi idea repentina me da una explotación superhumana de energía; tomo la ropa de Rayne sin bajarla y luego corro todo el camino hasta el Jeep.

—¿Qué?

—Te haré sentir mejor, Rayne-bow.

Sus ojos han envuelto mi cuello, más por estabilidad que por afecto, pero igual me encanta. Sus tetas maduras están cerca de mi boca y muerdo la piel suave a través de su sostén.

Ella se sostiene con fuerza de mí; sus piernas aprietan

mi cintura y yo aumento la velocidad. Cuando llegamos a la cima, tomo la ropa de Rayne sin apoyarla, y vuelvo a correr hasta el Jeep.

Rayne está riendo para cuando llegamos allí, el rebote y la cercanía le quitaron la ira.

Abro el Jeep y la dejo en el asiento trasero.

—¿Necesitas algo de alivio, caramelito? Odio dormir lejos de ti. —Anoche, tuve que transformarme y correr a las 3 de la mañana sólo para dormir algo. Mientras hablo, le bajo las bragas y me pongo entre sus piernas.

Rayne busca mi cabeza y la baja para que encuentre su vagina delicada.

Inhalo su aroma; me encanta cómo me droga.

Ella me incita a moverme hacia adelante y yo me río.

—¿Ese es un *sí*, bebé? ¿Quieres mi lengua en tu clítoris?

—Sí.

Le doy una lamida.

—¿Así gano tu perdón? —Le doy otra lamida con la lengua—. ¿Hmm?

—Perdonado, —jadea, moviendo las caderas.

Me río.

—Bien. —Ahora le muestro todos los trucos que conozco, succiono sus labios inferiores, la penetro con la lengua—. Tienes una vagina tan dulce, —la halago mientras trabajo—. Sabe tan bien, Rayne-bow.

Ella gime.

—Podría comerme esta vagina todas las noches por el resto de mi vida y nunca cansarme.

Ella levanta la cabeza y se apoya en sus codos para mirarme.

Trabajo en su clítoris con la lengua y deslizo dos dedos en su interior. Ella ya empapada. La acaricio por dentro con mis dedos. Está apretada y hermosa y toda mía. Me tomo mi tiempo, quitando los dedos para darle mi lengua ahora, luego volviendo a empujar hacia su interior. Después de dos rondas más, ella está repitiendo mi nombre, rogando y pidiendo su descarga.

—Acaba para mí, Rayne-bow. —Me muevo más rápido, más fuerte.

Ella patalea, chilla, y acaba fuerte, me empapa la mano con su eyaculación femenina. Mantengo los dedos dentro de ella para sentir cómo se aprietan y tensionan sus músculos a su alrededor cuando vuelvo a tocar su clítoris una vez más.

Ella tiembla y gime y luego cae sobre el asiento como una hermosa muñeca de trapo.

La ayudo a vestirse y la pongo sobre el asiento del acompañante.

—¿Mejor, bebé?

Su mirada sobre mi rostro es soñadora.

—Sí.

Tomo su mandíbula con mi mano y beso su boca fuerte, duro. Mi lengua se mete en su boca, la empujo hacia adentro y afuera, se lo hago con ella.

Cuando dejo de besarla, sus ojos están brillosos, no pueden concentrarse, y sus labios lucen hinchados y rosados.

—Pensaré en una forma de encargarme de tus necesidades, bebé. Sólo no puedo arriesgarme a dormir a tu lado con la luna llena tan cerca. Estaría dándote toda la noche.

Rayne me sonríe de forma cómplice.

—Mañana es el partido de bienvenida. Vendrás, ¿verdad?

Ella asiente.

—Genial. Pensaré en algún lugar donde encontrarnos después. Algún lugar privado.

Ella no dice nada, pero sé que me ha perdonado.

También sé que no hay nada en el mundo que no haría por esta chica.

Tiene que ser mi pareja.

Y tiene que haber una forma de lograr que se transforme.

Capítulo veinte

R *ayne*
El jueves por la noche, Lauren, Lincoln y yo nos sentamos en las gradas de atrás en el partido de bienvenida. Estamos cinco filas detrás de Casey Muchmore y las chicas de vóley. Las gradas están llenas. Llevo mi camiseta plateada y azul de la secundaria Wolf Ridge, como casi todos en las gradas.

Lauren y Lincoln no siguieron la tradición, eligieron ni siquiera ponerse los colores de la escuela. En vez de eso, Lauren luce como si hubiera salido de un desfile de Nueva York con vaqueros de diseñador que tienen roturas en las rodillas y un suéter de un sólo hombro.

Miro los hombros anchos de Wilde en la línea lateral. Luce natural siendo entrenador, como si fuera un trabajo que nació para hacer. Por desgracia, este probablemente sea su último juego. Su entrenador de Duke lo llamó antes para decirle que habían quitado los cargos en su contra en Carolina del Sur por falta de evidencia y la presión de unos buenos amigos sobre el fiscal de distrito. Ahora es libre de regresar a Duke. Puede seguir siendo un miembro de esta manada.

Debería estar feliz por él. O sea, lo estoy.

Pero mentiría si no dijera que una gran parte de mi corazón se está rompiendo porque se irá. Por supuesto, sabía que esto no duraría. Que no podía durar. ¡Él es mi hermanastro, por el amor del destino! Una relación real era imposible.

Pero no puedo evitar pensar en lo increíble que fue tener la atención y concentración de Wilde estas últimas semanas. Darme cuenta de que a pesar de sus formas idiotas, realmente está de mi lado. Es un alfa-diota que me desea a *mí*.

Miro a Wilde haciéndole señas al equipo formando una barra diagonal y de inmediato anotan un *touchdown*.

Lo que tienen los juegos de bienvenida de la secundaria Wolf Ridge es que siempre sabemos que vamos a ganar. Hay pocos juegos en la temporada en los que perdemos. Están predeterminados por el entrenador Jamison, y sólo él y los jugadores lo saben. Gran parte del talento de nuestros jugadores es la teatralidad. Nos entretienen con sus jugadas actuadas. Fingen ser jugadores humanos que de repente tienen un par de movimientos espectaculares. La audiencia de Wolf Ridge se maravilla más por los desaciertos coreografiados. Es como el teatro.

Hasta ahora, han mantenido los puntos parejos. Estamos 21 a 21 para el medio tiempo. Las porristas dan volteretas junto a los laterales.

Nuestra banda de música tan patética, porque Wolf Ridge es sólo deportiva y no artística, sale al campo para el evento de mitad de tiempo, y luego J.J. se acerca y toma el micrófono.

—Muy bien, gente, es el momento que todos han estado

esperando. Hora de revelar la realeza del Baile de bienvenida de este año.

Pongo los ojos en blanco mirando a Lincoln y Lauren.

—Como si hubiera algún misterio. Siempre son las mismas personas. —Toco el brazo de Lauren. Pero por supuesto que voté por ti. Aunque no signifique nada aquí.

Lauren se encoge de hombros.

—Como si me importara. Yo también voté por ti, amiga.

—¿Así que cuál es el chisme de tu cita para el Baile de bienvenida?

—Mi novio volará desde Nueva York esta noche. —Se encoje de hombros—. No lo sé, creo que estábamos a punto de cortar, pero al menos tengo una cita.

—Oh no, lo lamento.

—No, está bien. Estamos en estados diferentes y cambiando. Nos hemos distanciado. Tiene sentido terminar. Y si regresamos cuando vuelva al Este para la universidad, eso estará bien.

Empiezo a pensar que Lincoln y Lauren son las personas más emocionalmente maduras que he conocido. Supongo que eso sucede cuando pierdes a tu mamá. Tienes otra perspectiva de las cosas que realmente importan.

—Para la clase de primero, —anuncia J.J.—, Ty Wolstein es el príncipe. La multitud festeja—. Y su princesa es... ¡Melanie James!

Más festejos.

Él espera a que Melanie y Ty bajen y reciban sus coronas, cetros y bandas.

—Para la clase de último año, el rey del Baile de bienvenida es... ¡Abe Oakley!

—Qué sorpresa, —murmuro.

—Y la reina del Baile de bienvenida para la clase de último año es Rayne Lansing.

Me encojo en mi asiento.

—Mierda.

—¡Ra-ayne! —Me llama uno de los jugadores de vóley girándose para verme.

—¿Qué carajos está sucediendo? —Siento el calor que sube por mis mejillas. Este es el momento más humillante de mi vida, y he tenido muchas humillaciones, déjenme decir.

A mi mirada horrorizada se le unen las confundidas de Lauren y Lincoln.

—¿Qué sucede? —Pregunta Lincoln.

—¡N-no lo sé! Están jodiéndome. Esto es un gran juego mental para avergonzarme.

—Bueno, ¿tal vez sólo ganaste? —Dice Lauren.

Niego con la cabeza.

—De ninguna forma habría ganado.

Cinco filas al frente, veo que Casey Muchmore se para y me mira.

Oh, mierda.

Ella sube las gradas hacia mí. Me encantaría decir que inflé el pecho y le hice frente, pero la sorpresa del anuncio fue demasiado. Literalmente me encojo en mi asiento. Ella toma mi codo y me anima a pararme. Lo que me descoloca totalmente es la sonrisa en su rostro.

—Eres tú, enana. ¿No escuchaste?

—Lo siento, Casey —Niego con la cabeza. Mis piernas tiemblan—. No sé de qué se trata esto.

—Ven aquí. —Ella me lleva—. Yo sí.

No sé qué está a punto de sucederme, pero estoy segura de que es horrible.

—No, —me quejo.

Ese quejido activa a Lincoln. Él se pone de pie y toma el brazo de Casey.

—Ey, déjala ir.

Por un momento, creo que habrá una pelea. Y sería lo peor que podría suceder. Porque si Casey le pega a Lincoln, es perder o perder para él. O bien le pegaría a una chica y lo destruirían todos en las gradas. O luciría como un cobarde al que le pega una chica que no luce ni cerca de lo fuerte que es él.

Pero Casey sólo alza las manos en el aire, mostrando las palmas como para hacer ver que no lleva armas.

—No hay trucos, Rayne. Ganaste como reina del Baile de bienvenida.

—Rayne Lansing. Ven aquí abajo. ¿Dónde está nuestra pequeña reina? —Dice J.J. por el altoparlante.

Todos voltean a verme.

Literalmente quiero poner una bomba en todo el estadio ahora mismo, aunque eso signifique que yo también salga volando en llamas.

—Tengo que salir de aquí, —me murmuro más a mí misma que a alguien más.

Casey frunce el ceño.

—No, Rayne. Tienes que bajar y buscar tu corona. ¿En serio no sabes por qué pasó esto? —-Ella tiene una sonrisa malvada en el rostro como si supiera de una broma que no entiendo—. Tu nuevo hermanastro lo hizo. Supongo que decidió elevar tu rango por aquí.

Eso me golpea justo en el estómago.

De hecho, me caigo sobre las gradas como si me hubieran dado.

Wilde hizo esto. Wilde me humilló frente a todo el colegio. No, no sólo todo el colegio; toda la maldita ciudad está aquí esta noche.

Sé que no fue para hacerme una broma o lastimarme.

Seguro pensó que me hacía un favor, pero esto es lo peor que me ha pasado.

¿Cómo mantendré mi cabeza en alto por aquí sabiendo que mi hermanastro acosó a los estudiantes para que me voten cuando todos saben que soy lo más bajo de la manada?

¿Y por qué pensaría que era una buena idea?

Y entonces, de pronto lo sé.

Sé exactamente por qué y tengo que taparme la boca con una mano para evitar llorar.

Porque le da vergüenza que lo asocien conmigo. Es la misma razón por la que intenta tanto hacer que me transforme.

Necesita elevar mi estatus para poder estar bien con que sea su hermanastra. O hasta su amante, si alguien se enterara.

Las lágrimas atraviesan mis ojos y me caigo hacia atrás.

—Vamos, te acompañaré para que todos sepan que estamos bien, —dice Casey.

Ahora lo entiendo. Está protegiendo su propia reputación con esto. Mostrando que ella permitió que esta votación tuviera lugar. Que fue parte de esto.

—No. —Lanzo mi cuerpo junto al suyo y salgo corriendo. No por los escalones de concreto hacia el campo, sino por la parte de atrás de las gradas, hacia las escaleras laterales que llevan al estacionamiento.

Apenas puedo ver algo entre las lágrimas, pero logro bajar sin caerme. Cuando toco el pavimento, empiezo a correr.

—¡Rayne! ¡Espera! ¿Quieres que te lleve a casa? —Lincoln se asoma por una de las gradas para gritarme.

—¡No! Llamaré a mi mamá, —miento—. Sólo quiero estar sola. —Esa parte es verdad.

Salgo corriendo y me alejo del estadio.

—*¡Rayne!* —Escucho la voz fuerte de Wilde detrás de mí.

Lo ignoro y sigo corriendo. La luna está llena y mis piernas se sienten fuertes de una manera diferente.

Por supuesto, no pasa mucho hasta que escucho sus pies alcanzándome. Puedo ser rápida, pero Wilde es un lobo adulto y un atleta.

—¡Rayne!

Me detengo y giro.

—Déjame sola, Wilde.

Él me toca y pasa un brazo alrededor de mi torso, intenta ponerme contra él.

Me alejo de su abrazo.

—Dije, *¡déjame sola!*

—¿Qué sucede? ¿Cuál es el problema? Todos están esperándote allí, Rayne-bow. Cuando lo miro, tiene el entrecejo fruncido ante mis rostro lleno de lágrimas. —¿Qué sucede, bebé?

—No. —Niego con la cabeza. No sé de dónde sale, pero finalmente encuentro la fuerza. Mi sentido del yo. Mi orgullo—. No soy tu bebé. Ya no haremos esto, Wilde.

Sus cejas se levantan.

—¿Qué? ¿Qué sucede? Háblame, Rayne.

—¿Por qué les dijiste a todos que me voten, Wilde?

Se encoge de hombros. Lleva un jersey de entrenador, su amplio pecho estira la tela sobre su torso musculoso. Luce hermoso.

—Quería... quería cambiar las cosas por ti.

—¡Claro! —Exclamo con un triunfo indignado—. Querías que fuera algo diferente de lo que soy.

Él me muestra las manos.

—Rayne, yo...

Niego con la cabeza.

—Admítelo. ¿Por qué intentas tanto hacer que me transforme? Es porque no soportas que sea la omega de la manada. Necesitas que mejore para que esté bien que tengas sexo conmigo. Porque que el destino no permita que se enteren que te rebajaste tanto como para meterle la verga a la enana defectuosa.

Él se estremece.

—Eso no es verdad.

—Lo es, Wilde. No puedes aceptarme por lo que soy, la no transformista de menor rango de la manada. No pudiste soportar que mi mamá se casara con tu papá y me arrastrara a tu vida y ahora que decidiste que vale la pena hacérmelo, intentas cambiarme. Bueno, ¿y si no quiero cambiar? Estaba muy contenta antes de que llegaras, Wilde Woodward. No necesito que me arregles. No necesito que me enseñes cómo transformarme. No necesito que cambies mi estatus en la escuela. Porque la verdad es que nada cambia eso. Ni que les digas que me voten. ¡Sobre todo no eso!

Acabas de volverme un objeto de burla, Wilde. Y me cansé. *Terminamos.*

—Rayne, —él me toca.

Me lo saco de encima.

—Terminamos, Wilde. Si vuelves a tocarme, le diré a tu papá que me obligaste a estar contigo. Entonces te echarán de una vez por todas de la manada.

Los ojos de Wilde se agrandan con sorpresa y de inmediato me arrepiento de siquiera decir algo así. Pero no me desdigo porque necesitaba que me diera espacio. Necesito que me dé espacio o nunca superaré esta separación.

Y tengo que separarme de él. Es mi hermanastro, lo que significa que esto siempre iba a terminar en que yo tuviera el corazón roto. Será mejor que lo haga en mis propios términos.

Como están las cosas, no sé si alguna vez me recuperaré.

Salgo corriendo, lejos de Wilde y del estadio escolar.

—¡Rayne! Deja que te lleve a casa, —grita Wilde.

—Vuelve a tu partido, Wilde. Llamaré a mi mamá, —miento por segunda vez esta noche.

Escucho el resoplido de la exhalación de Wilde. Su maldición murmurada.

Pero no miro atrás. Sólo sigo corriendo porque me caeré y lloraré sin parar de otra forma.

Corro tanto que no noto el coche que estaciona frente a mí. Apenas registro al tipo que sale de él. Corro a su lado cuando siento el pinchazo cortante de una aguja que se clava en mi cuello y luego sus manos ásperas que me tiran hacia el coche.

Intento pelear, pero mis músculos se quedan inertes y dejan de funcionar por completo. Lo último que recuerdo es colapsar en el asiento trasero de un pequeño coche sucio.

Wilde

¡Mierda!

Quiero seguir a Rayne.

Quiero que todo lo que dijo sea mentira, pero el hecho es que, en algún nivel, tiene razón.

Quería cambiarla. Quería que se mejorara. Que se elevara. Que se transformara. Que reclamara un estatus más alto en la familia, en la manada, y sobre todo en la escuela.

También es probable que tenga razón sobre cómo mi intento con buenas intenciones de robar la realeza del Baile de bienvenida no ayudó. No creo que nadie se esté riendo de ella. Sabrían que los mataría por eso. Pero puedo ver cómo decirles que la voten como reina del Baile de bienvenida no es lo mismo que ella se gane su respeto o se eleve en los rangos. No provocará un cambio real para ella.

La necesidad de solucionar esto casi me enloquece.

Un gruñido inhumano sale de mis labios y golpeo una señal de alto, dejando un hueco a través del metal. La sangre que sale de mis nudillos luce brillante bajo la luz de la luna llena. La miro para ver si me ofrece algo de guía, pero su luz pálida sólo parece juzgarme. Como si la hubiera decepcionado. Hubiera jodido con el destino.

La necesidad de transformarme y seguir a Rayne en forma de lobo me deja otro gruñido en los labios. Pero el entrenador Jamison y el equipo me estarán buscando. Se supone que yo decida todas las jugadas esta noche.

Camino de regreso al estadio. Cada paso que doy se siente como si arrastrara los pies por concreto. Se siente como si hubiera cometido el error más grande de mi vida. Mi lobo se retuerce en mi interior, frenético por regresar con Rayne.

Pero ella me dejó en claro que me mantuviera alejado. Me amenazó con el destierro, aunque la conozco bastante bien como para creer que lo haría. Pude ver lo horrorizada que se sintió cuando lo dijo.

Desearía saber cómo arreglar esto.

Escucho el silbato de la primera jugada y corro a la cancha, donde el entrenador Jamison me mira con un ceño fruncido de condena.

Me paro a su lado.

—Lo siento.

Por alguna razón, se siente importante hacerse cargo de lo que acaba de suceder. Decirle el nombre de Rayne a Jamison y honrarla de esa forma.

—Rayne no apreció mi interferencia en la realeza del Baile de bienvenida, —le digo, aunque no me preguntó.

A Jamison le lleva un momento. Pasa su concentración del campo a mi rostro.

—La lastimé. No quise hacerlo, pero lo hice.

Él me observa con interés.

—¿Te estás enamorando, Wilde?

—Me enamoré. —Siento que todo mi ser se desestabiliza en su eje cuando lo admito. Como si me hubieran tirado en un vasto océano sin tierra a la vista.

¿Qué significa significa eso? ¿Que me importa Rayne sin importar si es mi pareja?

Esa era la razón principal por la que quería que se transformara. Sí, también quería arreglarla. Pero sobre todo quería permiso para reclamarla.

Y la única razón por la que reclamaría a una mujer que no despierte mi instinto de apareamiento sería... *por amor*.

Algo en lo que los lobos piensan poco. Tomamos esa noción de amor y matrimonio como algo humano. Hay parejas amorosas a nuestro alrededor, hasta en nuestra propia comunidad, pero sólo admiramos las parejas destinadas.

¿Igual querría a Rayne si no fuera mi pareja destinada?

Si me lo preguntaran hace una hora, lo habría negado.

Pero ahora que me enfrento con perderla, la respuesta se vuelve un claro y rotundo *sí*.

Así que quizá sea la respuesta.

Eso es lo que necesitaba decirle.

Tengo que disculparme por tener la cabeza metida en mi trasero y explicarle que la quiero como es. Tomaré a Rayne la enana con sus supuestos genes defectuosos y su estatus omega.

Aferrarme a esa idea es la única forma de pasar el

partido. Me muevo como un robot, decido las jugadas, miro el partido, pero en mi mente ya estoy con Rayne.

Estoy celebrando todo lo que es: una pequeña pero infinitamente poderosa presencia. Mucho más fuerte que yo. Mucho más clara. Mucho más equilibrada. Rayne ve cosas que otros no. Es amable y acepta a todos, hasta con cómo la han tratado.

Le permito al equipo lucirse en la segunda mitad del partido, destruir firmemente al otro equipo en el último cuarto. Los tipos sonríen cuando anotan un touchdown tras otro.

Con dos minutos en el reloj, los desafío a hacer uno más.

La multitud está entusiasmada: canta y alienta.

Volteo para mirar las gradas. No sé por qué estoy buscando a Rayne. Ella me dejó en claro que se iría. Dijo que su mamá la recogería.

Veo a su amigo humano, Lincoln, y a su gemela hacia el fondo.

Veo a mis amigos Austin, Cole, y Bo que han venido de Tempe. Sloane y Bailey están con ellos, junto con Slade.

Ver a Bailey hace que me duela el pecho de nuevo por Rayne. Ella al menos debería estar con su amiga ahora que está angustiada, no en casa so...

De pronto, veo a las dos formas sentadas en el medio de la multitud.

Mi papá y Leslie.

Lo que significa...

Que a Rayne no la llevaron a casa.

Inclino la cabeza hacia atrás, apenas me contengo de dejar salir un aullido de lobo a todo volumen frente a los humanos del otro equipo.

Rayne–mi hermosa y querida mejor, *está sola en algún lugar*.

* * *

Rayne

Me despierto con olor a moho, líquido de limpieza y jabón. Me lleva mucho esfuerzo despegar los párpados y lograr abrir los ojos. Estoy en algún tipo de motel barato, con las muñecas atadas por encima de mi cabeza y tacones en los pies.

¿Tacones?

Levanto la cabeza para mirar mis pies con dificultad. Me lleva mucho esfuerzo; mis músculos apenas funcionan. Mi cabeza pesa tanto como la Subaru de mi mamá.

Hay una gran almohada debajo de mis gemelos y, sí, llego un par de tacones.

No cualquier par.

Los *Manolo Blahniks*.

Los que le envié a Amantedepies352.

Las cosas cobran sentido en mi mente y la adrenalina me recorre, me da la fuerza de intentar tirar con los brazos. Pero no puedo liberarme. Estoy demasiado débil. Los nudos son muy fuertes.

Intento escuchar algún sonido, pero no detecto a nadie más en la habitación. No hay respiraciones ni movimiento. Miro el reloj a mi lado. Dice doce en punto. ¿Son las doce del mediodía o de la noche? No me doy cuenta con las cortinas blackout cerradas.

¿Cuánto tiempo estuve inconsciente?

Entonces me doy cuenta de que estoy desnuda.

Estaba tan concentrada en los zapatos, que no noté el hecho de que Amantedepies me desnudó antes de atarme.

Oh, Destino, él...

No. No lo creo. Al menos no me siento dolorida ni usada.

Vuelvo a mis intentos de liberar las manos de las ataduras, pero sigo demasiado débil. Todo lo que logro hacer es rasparme las muñecas con la cuerda.

La puerta se abre y un tipo sin afeitar con un rompevientos entra con una bolsa de In-N-Out Burger.

Es más joven de lo que imaginaba. Como unos veintipico, con cabello oscuro que se levanta en muchas direcciones.

—Hola, Rayne. —Su voz familia parece mucho más siniestra ahora. El tipo es más bobo de lo que imaginaba, pero ahora sé que no sólo es tímido, está demente. Es peligroso.

Me siento asqueada por él y por mi situación, pero el olor a comida hace que mi estómago haga ruido Deben ser las doce del mediodía por lo hambrienta que estoy de pronto. Destino, espero que sólo haya pasado medio día desde que me raptó y no más. Sé que no estamos en Wolf Ridge porque no hay un In-N-Out aquí.

Junto todas mis fuerzas internas para mirarlo mal.

—Desátame ahora. —Uso mi mejor voz de mujer dominante.

No diría precisamente que funciona, pero sí parece incomodarlo. Deja la bolsa de comida en el sueño y luego se apresura a levantarla.

—Ahora.

—Em... no. No puedo hacer eso.

—No puedes retenerme aquí. —Mantengo un tono brusco y confiado a pesar de que me tiemblan las piernas.

Su mirada viaja a mis pies y veo el bulto crecer en su entrepierna.

Destino. Necesito salir de aquí.

Piensa, Rayne, piensa.

Necesitas pensar para salir de esto.

—Eres aún más hermosa de lo que me imaginé. —Él avanza lento.

—No puedes tenerme.

Parte de su extrañeza desaparece. Me mira a los ojos por primera vez.

—Sí te tengo. —No hay amenaza en las palabras. No se está regodeando. Sólo aclara un hecho irrefutable.

Mierda.

—No puedes retenerme aquí, —me corrijo.

Él inclina la cabeza.

—Tal vez no. En realidad, no me importa. Esto es lo que quería.

Oh, Destino. El frío helado recorre mi piel. Eso significa que me matará cuando termine lo que sea que planee hacerme.

Necesito liberarme.

La comida podría ayudar.

—Tengo hambre. —Agrego una dosis fuerte de petulancia a mi tono.

Parece funcionar porque se apresura en traerme la bolsa más cerca. Saca una caja de papas fritas y me pone una en los labios.

Si no estuviera tan muerta de hambre, quizás intentaría discutir para usar mis propias manos. Comer de su mano me da asco. Pero simplemente me trago la papa frita.

—¿Hay alguna hamburguesa?

—Sí. Sí, tengo una hamburguesa para ti, justo aquí.

—¿Sólo una? —Vuelvo a usar mi tono de mocosa.

Sus cejas se levantan.

—¿Cuántas comes?

—Al menos tres. Puede que sea pequeña, pero necesito muchas calorías.

—Bueno, tendrás que esperar. Sólo tengo una para ti ahora. —Toma la hamburguesa y le quita el envoltorio para ofrecerme un mordisco.

Me vuelvo loca, me la trago y mis dientes arrancan la carne.

Él mueve la hamburguesa hacia atrás y mira el bocado gigante que le di con sorpresa.

—Te lo dije, tengo hambre, —digo con la boca llena—. Acércala de nuevo.

Me la vuelve a ofrecer y le doy otro mordisco gigante. El olor a comida me revive. Estoy realmente voraz. Cuando intenta alejar la hamburguesa, me lanzo hacia ella y le doy un tercer mordisco antes de siquiera terminar el último. Mis mejillas se llenan de comida mientras mastico ambos.

Amantedepies parece estar un poco asqueado.

Bien. Quizá le dé tanto asco que se olvide de lo que sea que planee hacer conmigo.

Me trago la comida y exijo más. Me termino la hamburguesa en cinco bocados y exijo las papas fritas.

Amantedepies mantiene los dedos alejados, los lleva desde la punta de cada papa frita a mi boca manteniéndose alejado.

—¿Dónde estamos? —Pregunto con la boca llena. Necesito una servilleta. Sé que tengo la salsa especial alrededor de toda la boca.

—En un motel.

—Sí, me imaginé eso. ¿Dónde?

Él no me responde.

—Tienes que llevarme de regreso a Wolf Ridge.

Niega con la cabeza.

—No.

—No quiero estar aquí contigo. No me gusta esto. Nunca volveré a grabar videos para ti.

No lo sé, sólo pruebo cosas.

Él deja las papas fritas a mi lado y me obliga a girar el cuello y luchar contra las ataduras para tomar una con los dientes. Me acaricia con dos dedos por la parte superior de mi muslo, junto a mi canilla, hasta la tira del zapato que pasa por el tobillo.

—Son incluso más lindos en persona, —dice—. Tu rostro también es lindo, pero en realidad no me importa eso. Son estos pies. Son los mejores que he visto.

Mi cuerpo empieza a temblar. Lo tomo como una buena señal. Al menos ahora hay energía en él. Mis músculos se deben estar despertando.

Una vez que se vaya el tranquilizador, podría llegar a tener suficiente fuerza transformista para liberarme de estas cuerdas rompiendo el cabezal de la cama a la que estoy atada o algo así. Puede que todavía no me haya transformado, pero ya no soy la debilucha que solía ser.

Definitivamente no me quedaré tirada aquí y soportaré lo que sea que este raro quiera hacerme.

—Cruza las piernas, —me ordena.

—No.

Él toma uno de mis tobillos y lo cruza por encima del otro. Lo pateo en la cabeza.

—¡Auch! Maldición, perra. —Se lleva una mano a la cabeza y se aleja tambaleando de mí.

Estoy celebrando mi pequeña victoria hasta que regresa con una jeringa en la mano.

¡Oh, mierda!

Hago tiempo, espero a que esté lo suficientemente cerca y luego giro para darle una patada a la cabeza; apunto el taco justo hacia su ojo.

Le erro y la jeringa se clava en mi hombro.

—No, —giro para intentar alejarla, pero el tranquilizador de rápida acción ya empieza a actuar. Mi cuerpo se hunde en la cama, como si un peso invisible de pronto rodeara cada extremidad y me arrastrara hacia abajo, más y más profundo hasta que toda la habitación queda negra.

* * *

Wilde

Mi papá, el alguacil Gleason, y Russ, su ayudante, me sostienen mientras lucho en el suelo.

Ni siquiera puedo recordar por qué estoy peleando.

Ah sí, intentaba destrozar la oficina del alguacil.

—*Suficiente, Wilde.* —El Alfa Green pone una orden alfa en su voz y cuerpo queda inerte.

Viene a pararse junto a mí. Mis extremidades siguen pegadas al suelo, sostenida por los hombres más grandes.

—¿Quieres encontrar a tu pareja?

Las palabras *tu pareja* llaman la atención de mi lobo y de repente estoy escuchando, prestándole atención a mi alfa.

Está hablando de Rayne. De encontrar a Rayne.

La llamó mi pareja.

¿Cómo lo sabe? No importa, no es importante. Está hablando sobre cómo traerla de regreso.

Sí, pareja, aúlla mi lobo.

Encuentro mi voz.

—Sí, alfa.

—Entonces siéntate en esa silla y espera órdenes.

—Sí, alfa.

Los hombres me sueltan y me paro de golpe, me hundo en la silla que está frente al escritorio del alguacil.

Han pasado dieciséis horas desde que Rayne se fue del estadio. Hemos estado despiertos toda la noche buscándola. Dos de los oficiales del alguacil y yo nos transformamos para intentar seguir su rastro, pero desapareció subiendo la colina desde el estadio de fútbol, lo que indica que Rayne se subió al coche de alguien.

Rastrearon su teléfono y lo encontraron junto a la autopista que lleva a Phoenix bajando la colina.

La mamá de Rayne llora en una esquina. Mi papá ha estado intentando hacer que coma todo el día, pero está demasiado angustiada.

Yo tampoco he comido. No recuerdo.

Después de ver a Leslie en las gradas del partido, me volví loco. Abandoné el final del partido para correr en dirección adonde Rayne se había dirigido. Cuando no la encontré, me subí al Jeep y conduje por todos lados. Llamé a sus amigos. Luego me encontré con nuestros padres para decirles lo que había ocurrido, y llamaron al alguacil y al Alfa Green. Ahora toda la ciudad está en alerta por Rayne, pero no tenemos pistas.

—¿Qué no nos han dicho? —Vuelve a preguntar el Alfa Green.

—Te lo dije. Tuvimos una pelea. Ella estaba molesta conmigo por hacer que la elijan como la Reina del Baile de bienvenida. Dijo que llamaría a su mamá para pedirle que la lleve, pero no lo hizo. Cuando vi a Leslie en las gradas, salí a buscarla, pero no pude encontrarla.

—Hay algo más.

No se me ocurre. No sé qué quiere escuchar de mí, pero admitiría lo que fuera si ayudara a traer a Rayne de regreso. No me importa una mierda lo que piensen de mí. No me importa si me echan de la manada.

—Tomé su virginidad.

—¡Por el amor de Dios, Wilde! —Gruñe mi papá.

El Alfa Green levanta una mano para callar a mi papá; su mirada sigue firme sobre mi rostro.

—Algo más. Tenías miedo por ella desde el comienzo. ¿Por qué? ¿Sospechas que se haría daño?

Balbuceo.

—¿Hacerse daño? ¡No! Alguien la tiene. Un Venador, quizá. —Hago referencia al grupo siniestro de humanos adinerados que disfrutan de cazar transformistas como deporte. Se dice que han estado buscando transformistas adolescentes en los chats en línea.

Pero luego mi cerebro vuelve a funcionar bien y sé qué ha captado. Lo que todavía no he dicho.

—Bueno. Bueno. Te lo diré. —Trago saliva. Odio revelar el secreto de Rayne, pero debo hacerlo. Está en peligro—. Rayne ha estado vendiendo fotos y videos de sus pies para ahorrar dinero para la universidad. Ella le vendió unos zapatos a este tipo y tuve un mal presentimiento al respecto.

El alguacil se pone de pie rápidamente.

—¿Y recién nos cuentas esto? Ha estado desaparecida por dieciséis horas, Wilde.

Hago el puño hacia atrás para pegarle al escritorio, pero el Alfa Green me da la orden «No» y mi brazo se afloja.

—¿Dónde los vende? ¿En qué sitios? ¿Hay correos? ¿Mensajes? Necesito todo, —dice el alguacil.

—Patreon y OnlyFans, —asiento—. Está todo en su portátil.

Mi papá saca sus llaves.

—¿En su habitación?

—Sí. En el estante sobre la cama.

—Ya regreso.

—Bueno, pondré a Kylie o a Jackson King al teléfono, —dice el Alfa Green, refiriéndose al par de transformistas de

Tucson cuya empresa billonaria se especializa en ciber seguridad—.

Los zapatos que envió, ¿adónde fueron? ¿Recuerdas el nombre o la dirección?

—Sí. El nombre eran sólo iniciales, F. L., y la dirección era un buzón de correo en Chandler.

—Pon una alerta Amber por Rayne en todo Phoenix, Tucson y el área de Flagstaff, —le grita el alguacil Gleason a Russ, su asistente.

Russ asiente y se marcha.

El Alfa Green está hablando con alguien por teléfono, pero mi mente está demasiado aturdida como para seguir la conversación.

Me paro.

—Iré a Chandler.

—Espera, hijo, —dice el alguacil Gleason—. Espera a que tengamos más información.

—Quiero estar allí cuando tengan la información.

—¿Y si está en la dirección opuesta?

Sé que mi mente no está funcionando, pero confío en mi lobo. Me quiere allí. Ahora. Niego con la cabeza.

—Está allí. Llámenme cuando tengan la información.

El alguacil niega con la cabeza mientras salgo, pero no me importa. Ya estoy corriendo hacia el Jeep, agradecido de finalmente tener algo que hacer.

Conducir a Chandler y sólo empezar a recorrer las calles. No soy tan estúpido de pensar que la veré en la calle, pero espero que mi lobo pueda sentirla. Que tenga un tirón hacia una dirección u otra. Termino en una parte fea de la ciudad, junto a la autopista.

Estaciono y salgo del Jeep. Paso los olores circundantes por mis fosas nasales. Huele a miseria. Dióxido de carbono y concreto.

Comienzo a caminar por el camino del frente, rogando que mi lobo me guíe, pero está frenético como yo. Juntos, apenas funcionamos.

Miro hacia arriba a la luna llena y digo una plegaria silenciosa.

Mantén a Rayne a salvo. Por favor, diosa. Haré lo que sea si sólo la mantienes a salvo.

* * *

Rayne

Lucho por volver a despertar.

Alguien acaricia mis pies. Intento patear, pero ahora descubro que mis tobillos están atados.

Logro abrir los ojos y encuentro a Amantedepies a los pies de la cama, una mano acaricia mis pies descalzos, la otra su pene. Me sacó los tacones, que están sobre la cama a mi lado.

—Rayne, —gime cuando ve que me desperté. Frota su miembro sobre mis pies desnudos.

Verlo me da una descarga de adrenalina, lo que me ayuda a volver a tener sensación en los dedos y pies.

—¡Quítate de encima! —Gruño.

Pero mi indignación sólo parece excitarlo. Mueve su puño más fuerte sobre su miembro, acomoda las caderas para mantenerse en contacto con mi pie. Aplasta mi pie con su otra mano.

—¡Auch! Me estás lastimando, —digo.

—Usa tus dedos, —me ordena—. Usa tus dedos en mis bolas.

No sé si es el terror o la ira lo que hace que suba mi temperatura, pero de pronto estoy hirviendo. Siento ganas de vomitar o gritar al mismo tiempo.

Amantedepies mete y saca su dedo del espacio entre mi primer y segundo dedo y casi lloro al recordar a Wilde. La forma en que succionaba mis dedos. Su ternura con mis pies.

Wilde, el tipo con el que acabo de terminar.

Si siquiera se podía considerar que estábamos juntos en un comienzo.

Wilde, el tipo al que quizá nunca vuelva a ver. Esa idea es la que me provoca una angustia y desesperación tan profundas que me dejan ciega.

Las ganas de pelear vuelven a mi consciencia. Pelear y pelear. En algún lugar, escucho un golpe de quiebre.

El tranquilizador debe haber tenido una segunda fase.

No sé cuánto tiempo pierdo la consciencia o qué hago para regresar. Todo lo que sé cuando finalmente puedo volver a ver, cuando los objetos y las formas vuelven a enfocarse, cuando puedo ver las luces y sombras y una forma humana, lo que veo no tiene sentido. Porque todo está cubierto de sangre.

Capítulo veintiuno

W*ilde*

Algo me hace querer empezar a correr. Confío en esa necesidad, corriendo tan rápido como mi forma humana me lleva. Termino dándole vueltas a un motel. Me suena el teléfono y estoy entre responderlo y...

No. No hay tiempo.

Rayne está aquí.

Siento un poco de su olor. O quizá sólo sea el recuerdo de su olor, pero confío en la sensación.

Quiero transformarme, así puedo seguir el rastro, pero entonces mis oídos detectan un sonido.

El gruñido de un lobo.

Arrojo mi cuerpo en esa dirección y choco la puerta del motel con un hombro hasta que se rompe el marco y cae.

Sólo me lleva un segundo entender qué ha sucedido.

Rayne, mi hermosa y dulce mujer, está parada desnuda en una alfombra ensangrentada, con hilos rotos alrededor de sus muñecas y tobillos. La sangre cubre su rostro y pecho. Sus ojos azules son grandes y están asustados mientras mira fijo al hombre descuartizado en el suelo.

El aroma a sangre invade la habitación, pero por debajo, oh destino. Está el olor a Rayne. Su nuevo olor de transformista.

Y mi lobo *realmente aúlla* con reconocimiento.

Casi me caigo de rodillas por la sorpresa, pero mi el miedo de mi preciada pareja viene primero.

—¿Wilde? —Hay sorpresa en su voz rasposa—. *¿Qué pasó?*

Me obligo a moverme lento, a tocarla con gentileza.

—¿No lo sabes, bebé? —Tomo sus hombros y los froto—. ¿No recuerdas lo que sucedió?

—No, —llora—. Yo... yo... *¿tú* hiciste eso? —Ella hace un gesto en dirección al cuerpo.

—Te transformaste, bebé. Tu loba se liberó para defenderte. Ahora estás a salvo. Tu loba se encargó.

Ella tiembla y la traigo contra mí para envolverla con los brazos.

—Yo hice... Wilde, yo lo...

—Sí, lo mataste. Está bien, bebé. No tuviste alternativa. —Me suena el teléfono otra vez y lo saco para responderle al Alfa Green—. La encontré. Está a salvo. Se transformó y mató a su secuestrador. Em, pero necesitaremos una importante limpieza.

—¿Dónde están?

—La tengo en el motel.

—Bueno, lleva a Rayne a casa. Nos encargaremos de la limpieza. Envíame la dirección y el número de habitación.

—Gracias, Alfa. —Corto la llamada—. Vamos a sacarte de aquí. ¿Llevabas ropa cuando te transformaste?

—Em... ¿qué? —Está totalmente en shock.

No veo pedazos de ropa colgando de ella como cuando

te transformas vestido, lo que significa que probablemente estaba desnuda.

Pensarlo casi me hace transformarme, el deseo de seguir destrozando el cuerpo del idiota en el piso es tan fuerte.

Cuando veo su ropa doblada en la cómoda, la tomo y ayudo a Rayne a vestirse. Luego robo una toalla húmeda del baño del hotel y levanto a Rayne en mis brazos, limpiando la sangre de su mentón mientras caminamos.

—Qué hay de... —Ella mira hacia atrás por encima del hombro.

La bajo para levantar la puerta y volver a ponerla en su lugar.

—Está bien, bebé. El Alfa Green quiere que te lleve a casa. Se encargarán del resto.

El Jeep está a unas cuadras y la llevo allí, sin querer dejarla sola ni siquiera por unos momentos para ir a buscarlo. La apoyo en el asiento del acompañante y salgo antes de que alguien descubra la escena y tengamos que responder.

Pero lleva más de una hora ir de Chandler a casa, y necesito a Rayne en mis brazos, así que estaciono a unos kilómetros y salgo.

—¿Qué sucede?

Le doy la vuelta al coche, abro su puerta y uso la toalla para terminar de limpiarle el rostro, pecho, y manos.

Sus ojos se llenan de lágrimas.

—Pensé que nunca más te vería.

—Rayne. —Se me quiebra la voz—. Tenía tanto miedo de perderte.

Ella observa mi rostro y hay tanta vulnerabilidad en su mirada que casi me tira al suelo.

Mierda. Todavía tengo que dar explicaciones. Que sanar esta brecha entre nosotros.

—Escucha, bebé. Lamento tanto lo del Baile de bienvenida.

Ella baja el rostro y mira hacia otro lado como si no quisiera hablar de eso.

Mi caricia es tan suave cuando tomo su mentón entre mi pulgar y dedo índice.

—Tenías razón, estaba intentando arreglarte. Y necesitaba que supieras que he sacado la cabeza de mi trasero.

Rayne, yo estaba intentando lograr que te transformaras porque sospechaba que eras mi pareja destinada. Pero después de que te fueras, me di cuenta de que no me importa si lo eres o no. No me importa si te transformas. No me importa si te vuelves popular o si sigues al costado. Bebé, todo lo que me importa es estar contigo. Creo que eres la razón por la que regresé a Arizona. No porque odiara la escuela o extrañara mi hogar. Creo que mi lobo me estaba diciendo que regresara aquí, a ti. Él es el que me llevó a que me arrestaran.

Hay agua nadando en los hermosos ojos de Rayne y me acerco a darle un beso suave en la frente.

—Pero sí me transformé. Así que...

Me tiemblan los labios. Llevo mi muñeca a sus fosas nasales.

—¿Qué piensas?

Ella inhala profundo mi aroma y sus ojos cambian a plateados.

Mi sonrisa crece.

Dos lágrimas simultáneas caen en cascada por sus mejillas.

—¿Bueno?

—Yo, yo no lo sé.

Estoy sonriendo por completo ahora.

—Creo que sí lo sabes. Veo a tu loba, bebé. Está mirándome ahora mismo a mí.

Rayne deja salir una risa llorosa.

—¿Crees que soy tu pareja?

Sonrío y niego lento con la cabeza, haciendo que se agranden sus ojos.

—No creo, Rayne-bow. Estoy muy seguro. Te reclamaré. Tú me perteneces, niña dulce. Ya sea que lo quieras o no.

Ella deja salir una risa entre llantos, luego se pone seria.

—Wilde, ni siquiera recuerdo transformarme. No sé si puedo volver a hacerlo.

Tomo su rostro en mis manos.

—Rayne, corazón. Te lo dije, no me importa si te transformas. No me importa si te tiñes el cabello de verde o si ladras como una maldita foca. Eres mía. E incluso si no lo fueras, aunque no hubiera tenido esta claridad, —sostengo su muñeca en mi nariz y respiro profundo— te querría. Te querría porque eres inteligente y amable y le prestas atención a la gente. Y eres realmente adorable cuando te enojas. Y tiene los piecitos más lindos, pero nunca más volverás a vender videos de ellos en línea.

Rayne tiembla y de inmediato lamento habérselo recordado.

—Bebé, ¿estás bien? ¿Me cuentas qué sucedió?

Ella me toca, pone sus manos detrás de mi cabeza y me lleva hacia ella. —Sólo quiero estar contigo ahora.

La levanto del asiento para que se siente sobre mi cintura y pueda abrazarla fuerte.

—Yo también sólo quiero estar contigo, Rayne-bow. Eso es todo lo que quiero. Eres lo único que me importa en este mundo.

Rayne empieza a llorar y la sostengo, meciéndola de un lado a otro.

—¿Me marcarás?

Dejo salir una risa fuerte.

—¿Todavía no estás segura?

—O sea... ¿ahora? ¿Esta noche?

Tengo que contener toda la lujuria que me recorre.

—Oh, mierda, bebé. ¿Estás lista?

—Sí.

—¿No deberíamos llevarte a casa? Probablemente quieras ver a tu mamá y limpiarte.

Ella no me responde.

—O puedo conseguirnos un hotel por esta noche.

Rayne se relaja un poco.

—Hotel. Definitivamente.

—Bueno. —La vuelvo a acomodar en su asiento y le pongo el cinturón—.

Sabes lo que esto significa.

—Ahora mi lobo se está regodeando.

—¿Qué?

—Que te llevaré al baile de bienvenida.

—Ah. Em. No lo sé.

Me hago hacia atrás, riendo.

—¿No lo sabes? ¿No puedo mostrarte ante toda la maldita escuela públicamente como mi pareja?

Ella se sonroja.

—¿Hmm?

—Bueno... está bien. —Su sonrisa es lo suficientemente cálida como para alumbrar el cielo nocturno—. Eso suena lindo.

Mi lobo hace un touchdown como celebración.

De pronto, todo en mi vida se siente bien. Todas las partes rotas, las faltantes, las disociaciones se han ido. Todo se ha alineado. Las piezas encajan, no en la vieja configuración, sino de una forma hermosa y nueva.

Busco en el mapa de mi teléfono el hotel más cercano y más elegante y llevo a Rayne allí. Tengo el efectivo que me pagó Greg por trabajar en el taller, y estoy feliz de gastarlo todo en hacer que esta noche sea perfecta para Rayne.

Esta noche, la haré mía.

* * *

Rayne

Wilde nos lleva a un hotel de lujo en el centro de Phoenix y me prepara un baño mientras pide servicio a la habitación.

—Creen que tendré una fiesta aquí arriba con las diecisiete hamburguesas que acabo de pedir. —Él sonríe.

Le devuelvo la sonrisa. La felicidad que se ha apoderado de mí es completamente extraña. Estoy temblorosa y liviana.

Wilde llamó a mi mamá de camino al hotel para decirle que estoy a salvo, pero que tenía que reclamarme como su pareja y que no regresaríamos hasta mañana por la mañana. La escuché reír-llorar cuando cortó la llamada.

Él me quita la ropa y me lleva a la tina. Usando una toalla, limpia cada centímetro de mí.

Llega la comida y la trae al baño, se sienta al lado de la tina para darme de comer con su propia mano, su mirada atenta nunca abandona mi rostro.

Me acaricia el cabello hacia atrás.

—Desearía haber visto a tu loba. Apuesto que es magnífica.

Esta vez, no duele escuchar que está interesado en mi loba. También me ha dicho que no le importa si nunca más vuelvo a transformarme.

—Regresarás a Duke, —le digo. No quiero que arruine

su futuro para quedarse aquí mientras termino la secundaria. No tiene sentido.

Él duda.

—Terminaré la temporada de fútbol. Luego me transferiré a ASU. ¿Allí irás tú, verdad?

Me derrito un poco más.

—Sí. —Termino la última hamburguesa y me paro en la tina—. Eso suena como un buen plan.

Wilde me envuelve con una toalla y me seca. En la habitación, un balde de champaña está junto a la cama.

—Uuh. Elegante. ¿Cómo lo lograste? Ni siquiera tienes veintiuno.

—Identificación falsa, bebé. —Me guiña el ojo y me señala con el dedo—. Ven aquí. —Sirve la champaña y me pasa una copa, envolviéndome con un brazo detrás de mi espalda—. Te amo, Rayne Lansing. —Él abre la toalla que está envuelta debajo de mis axilas y me besa entre mis senos —. Me encanta lo pequeña que eres.

Me preparo, pero su referencia a mi tamaño no duele. Sólo siento amor de su parte y por él. Siento su adoración por mi cuerpo. Creo que sí le parezco perfecta, como soy.

Él besa un círculo alrededor de mi pezón.

—Me encanta lo pequeña que eres. —Él succiona uno de mis pezones en su boca—. Me encanta lo dulce que sabes.

Le quito la camisa por encima de la cabeza. También quiero probarlo. Me subo a su regazo y le muerdo el cuello.

—¿Quieres marcarme, lobita? —Wilde se ríe—. Adelante. Puedo soportarlo.

Por supuesto, las lobas no marcan a sus parejas. No tenemos el suero sobre nuestros dientes que embebe nuestra esencia en otra de forma permanente. Pero muerdo a Wilde de todos modos, y mi vagina se moja pensando en que me reclamará.

—Oh, mierda, Rayne. —De pronto, estoy boca arriba, con Wilde encima de mí, sosteniéndome—. ¿Crees que no puedo oler tu dulce néctar? —Sus ojos brillan de color verde, los músculos de su pecho se flexionan y me marean con lujuria.

Él me mete entre mis piernas y me toca el trasero con sus grandes manos, me lame.

Me rindo ante la sensación. El calor de su lengua húmeda, las caricias deliciosas en mis partes más delicadas.

—Wilde, —gimo.

—Eso es, bebé. Quiero escuchar mi nombre mientras te como.

Lo repito. Mucho. Porque me da la lamida del siglo, lamiendo entre mis pliegues, succionando y mordiendo, llevándome a un orgasmo tras otro.

—Wilde, necesito más, —grito.

Él levanta la cabeza, sus labios brillantes con mis fluidos.

—Pensé que te *estaba* dando más.

—Te necesito. A tu verga. *Por favor.*

Su sonrisa es engreída.

—No digas más, bebé. Mi pareja estará satisfecha. —Se quita los vaqueros y los bóxeres y se trepa encima de mí.

Apenas puedo respirar. Estoy tan excitada. Mi cuerpo tiembla en todas partes. Recién acabé cinco veces sobre la lengua de Wilde, pero él no usó sus dedos para nada, y la anticipación por la penetración me tiene loca con necesidad.

Lo toco mientras se sube encima mío, pero él sonríe y me pone boca abajo.

—Abre las piernas, hermosa.

Separo bien las piernas y él se pone entre ellas y frota la cabeza de su miembro sobre mi entrada empapada.

—Levanta la cadera —Wilde pone una almohada debajo de mi pelvis para levantarme el trasero, luego le da un golpe.

—Mmm, —gimo.

Él aprieta mi mejilla con fuerza y luego ingresa despacio en mi entrada apretada. Me encanta la sensación de que esté metido dentro de mí. Llenándome. Tomándome.

Y ahora, pronto, *reclamándome*.

Wilde va lento, me llena, sale, me vuelve a llenar. Cada vez que presiona para entrar, gruño con satisfacción. Él toma mi cabello y levanta mi cabeza para darme un beso apasionado de costado. Empieza a empujar un poco más fuerte, moviendo las caderas para ir más profundo. Cuando la fuerza me empuja hacia arriba sobre la cama, él toma mi nuca para sostenerme en el lugar.

—¿Lo tomarás duro esta noche, Rayne-bow?

—Sí, por favor, —me quejo. Porque a pesar del placer, no es suficiente. Quiero más. Quiero sentir a Wilde en cada célula de mi cuerpo. Quiero que sea duro y salvaje. Que me muestre lo mucho que me desea. Quiero que me reclame como suya por siempre.

—Bien, —gruñe, empujando incluso más fuerte.

Arqueo la espalda baja para ofrecerle mi trasero aún más, para llevarlo donde lo necesito. Él choca contra mí, sus partes cachetean mi trasero. Pongo mis manos contra el cabezal de la cama. Es demasiado, pero me encanta realmente. Lo anhelo. Lo necesito.

Mis gritos se vuelven más fuertes, más agudos. Estoy segura de que si hay alguien en la habitación de hotel junto a nosotros, estarán llamando a la recepción ahora mismo.

No me importa. No me detendría si estuvieran tirando

la puerta abajo en este momento. Todo lo que me importa es disfrutar de esta increíble ola de placer con Wilde.

—Rayne. —La voz de Wilde suena ahogada. Sus empujones se vuelven erráticos—. Rayne. Bebé. Rayne... eres tú. —Empuja contra mí y acaba.

Llego al orgasmo, mi cuerpo convulsiona con una descarga extasiada. Es mucho más que una experiencia física. Es más que siquiera una espiritual.

Es cósmica.

Una alineación con quien soy, quien siempre he sido pero en quien nunca confié, con la única pareja perfecta para mí. Todos los supuestos problemas de mi vida y de su vida de pronto parecen insignificantes. El desastre del baile de bienvenida. El secuestro. El hecho de que maté un hombre. Que Wilde pudiera regresar a Duke. No recordar que me transformé.

Nada de eso importa. Todo lo que importa es mi pareja.

Los dientes de Wilde se hunden en mi hombro, rompen la piel y embeben su aroma en mi carne. El dolor está eclipsado por el placer. Un placer glorioso que altera mi mente.

El suero corre por mi torrente sanguíneo y me provoca un estado de euforia. Todo mi cuerpo se relaja, está más que saciado.

Ha pasado por una metamorfosis.

Entonces sé con seguridad que podré transformarme. Que ahora soy una loba.

También me doy cuenta de que el semen de Wilde en mí fue lo que empezó a acelerar mi transformación, sólo su esencia en mí me completa ahora. Como si finalmente fuera el ser que mantuve escondido del mundo por alguna razón oscura y misteriosa.

Wilde mueve su verga adentro y afuera, lento, mientras quita sus dientes de mi hombro y lame las heridas para cerrarlas. Me acaricia el cabello, tocando mi cabeza como si fuera la de un gato.

—¿Estás bien, Rayne-bow? ¿Te duele?

Volteo el rostro hacia un lado para sonreírle ensoñada.

—Me siento perfecta. —Las palabras ni siquiera expresan lo increíble que me siento.

Él me sonríe y sabe para ponerse a mi lado.

—Ahora eres mía. —Se mantiene sobre mí, sostenido con un brazo. Levanta mis piernas para envolverlas alrededor de su cintura y empuja su verga hacia abajo al lugar entre mis piernas donde pertenece.

—Soy tuya, —murmuro.

* * *

Wilde

El sábado por la noche, me siento en el sofá con mi mejor, eh, mi único traje, esperando a que Rayne salga de su, nuestra, habitación para el baile de bienvenida.

Llegamos a casa esta tarde después de hacer el amor en el hotel toda la noche y toda la mañana.

No estaba seguro de si mi papá me patearía el trasero o no por traer a Rayne a casa ni bien la encontré, pero él y Leslie parecen estar muy contentos.

—No puedo creerlo, —sigue repitiendo Leslie una y otra vez mientras las lágrimas caen por su rostro—. Ambos encontraron a su pareja destinada, justo aquí, bajo nuestro techo. Es asombroso.

Rayne llamó a su amigo humano y le dijo que ya éramos una pareja pública y que quería ir al baile conmigo. Por supuesto, tuve que escuchar a escondidas, y el tipo fue sorpresivamente amable al respecto. Supongo que era verdad que no tenía intenciones con ella.

Al fin, la puerta se abre y Rayne sale. Lleva un pequeño vestido plateado sin mangas que abraza sus caderas y junta sus senos en el escote más atractivo que he visto.

Mis manos se cierren en puños.

—¿Ibas a ponerte eso para él? —Gruño.

Está mal, pero no puedo evitarlo. Sé que debería estar diciéndole lo sorprendente que luce, lo honrado que estoy de llevarla, pero en todo lo que puedo pensar...

Rayne me llega a los hombros con sus tacones sensuales. Ella se inclina hacia mí y levanta el rostro. Su aroma me calma de inmediato. Ponerle las manos encima me ayuda más.

—Me puse esto para ti, —murmura.

Bajo las manos por sus costados hasta su trasero y lo aprieto.

—Luces hermosa. Lo suficientemente hermosa como para comerte.

—Combina con mis ojos, —murmura.

Mi pene se despierta.

—Sí, tus hermosos ojos de loba. —Quiero ver a su loba, enseñarle a transformarse sin la amnesia postraumática que provoca, pero no insistiré. Cometí ese error una vez y nunca más volveré a lastimarla con eso.

—Oh, ¡déjenme ver! —Dice Leslie con voz alegre, apresurándose por el pasillo con el teléfono listo para sacar fotos. Ella se queda sin aliento—. Ustedes dos lucen increíbles.

Nos ponemos en pose para ella, adentro y afuera, debajo de un árbol. Luego levanto a Rayne y la llevo al Jeep.

Ella pasa los brazos alrededor de mi cuello.

—Puedo caminar, sabes.

—Necesito sostenerte. —La apoyo en su asiento y le pongo el cinturón de seguridad.

—¿Sí? —Dice sin aliento. Complacida.

—Todo el maldito tiempo. No sé cómo pasaré la temporada de fútbol sin ti.

—Bueno haremos videollamada. Todos los días. Y siempre puedo vender más fotos de mis pies para comprar un pasaje de avión... —Rayne deja de hablar y se ríe con mi gruñido de desaprobación.

—¿Dime que estás bromeando?

Su sonrisa es cariñosa. Está brillando fuerte con la luminosidad que sale de su piel.

—En gran parte.

—Ven aquí. —Tomo su rostro en mis manos y la traigo más cerca—. Te amo.

—Te amo, Wilde Woodward.

—Deberíamos casarnos.

Ella se ríe.

—¿Por qué?

Tiene razón. Los lobos no necesitan la noción humana de casamiento. Estar en pareja es mucho más que eso.

—No lo sé. ¿Por el seguro o algo? Sólo quiero hacerlo todo contigo.

—Mmm, —murmura—. Pensé que habíamos hecho eso anoche. Y esta mañana.

—Oh, bebé. Ni siquiera hemos raspado la superficie de las cosas que te haré en mi cama. —Le doy un beso reclamador, del tipo que busca hacer que sus dedos del pie se retuerzan en esos tacones sensuales que lleva. Luego cierro la puerta y camino hasta mi lado.

No puedo esperar a llevar a Rayne al baile. Todos allí sentirán su nuevo aroma. No sólo el que dice que ahora es transformista, sino mi aroma embebido en su piel. Mi reclamo sobre ella.

Nadie volverá a meterse con o a maltratar a Rayne otra vez. Ella me pertenece y será respetada. Creo que no hace falta decirlo, pero me aseguraré de que todos lo entiendan esta noche si no está claro.

El baile es en la cervecería en el salón de banquetes. Esta ciudad es tan pequeña y enmarañada que al menos la mitad de los padres de los chicos trabajan en la cervecería. Es propiedad de la manada, y la escuela es predominantemente de chicos de la manda, así que eso significa que pondrán una alfombra roja para los estudiantes en eventos como estos.

Estaciono en el lote de la cervecería. Aunque llegamos tarde, hay un lugar justo al frente. Casi como si estuviera reservado para nosotros. Tomo la mano de Rayne y caminamos debajo del arco de globos y serpentinas para entrar.

Hay miradas dobles de todas las dirección cuando la gente nos ve juntos. El hecho de que esta noche seamos una pareja real, no nuevos hermanastros. O quizá sólo admiran lo hermosa que luce Rayne porque realmente es despampanante. Sobre todo con tacones con los que ninguna otra mujer de su edad sabe caminar.

Abe es el primero, o quizás el único con las bolas lo suficientemente grandes, en acercársenos.

—Ey, chicos. Allí está mi reina del Baile de bienvenida. —Él nos dedica una sonrisa de pirata. Traigo a Rayne más cerca de mí—. No es *tu* nada, Oakley. Rayne es toda mía ahora.

Las fosas nasales de Abe se agrandan cuando percibe su olor y levanta las cejas con aprecio.

—*Pareja*. Guau. ¿Qué dijeron sus padres?

Por supuesto, todos escuchan las palabras de Abe y nos miran abiertamente.

—Están bien con eso. —Masajeo la nuca de Rayne y le dejo saber que estoy aquí. Su defensor. Su pareja.

—Qué bien por ustedes.

—¡Rayne! —Una chica llamada River se acerca a ella; es porrista creo. Casey camina detrás de ella de una forma extrañamente protectora. La porrista sostiene la corona de reina del Baile de bienvenida—. Aquí está tu corona, Rayne.

Me tenso, pero no veo malestar de parte de Rayne más que sus mejillas sonrojadas por la atención. Creo que está complacida.

En vez de dársela a Rayne, la porrista se la apoya en la cabeza, la ajusta hasta que considera que queda perfecta.

—Luces hermosa. —Ella le da un pequeño apretón en la mejilla a Rayne—. Gracias por lo que le dijiste a Casey, —le susurra en el oído. Luego, en voz normal, agrega—, felicitaciones. Por formar pareja también. —Hay una calidez genuina en las palabras de la chica.

Detrás de ella, Casey asiente mirándonos a ambos con aprobación.

—Formaste pareja con tu hermanastra. Me gusta. Amor prohibido.

Entonces lo entiendo. *Casey y la porrista.* No es exactamente amor prohibido en Wolf Ridge, pero sí fuera de lo común, eso es seguro. Los transformistas no son una sociedad homofóbica, pero sí ciertamente heteronormativa. Nuestra especie puede tener reglas fuertes de género.

—Tienes que hacer lo tuyo, Casey, —le digo—. La manada te seguirá. —Ella es una mujer alfa. Puede inventar reglas nuevas para ella misma en la secundaria Wolf Ridge.

—Eso es básicamente también lo que dijo mi pareja. —Casey le dedica a Rayne una sonrisa triste antes de que las dos se alejen.

—Vamos, digámosle hola a Lincoln. —Rayne me lleva a una pared, donde Lincoln está rodeado de un grupo de mujeres humanas.

Luce aburrido, pero no incómodo.

—Ey, Lincoln. —Rayne le da un abrazo al tipo y ni siquiera quiero abollarle la cara como un panqueque.

Le ofrezco la mano.

—Ey, amigo. Gracias por tomarte bien lo del cambio de planes.

Lincoln se encoje de hombros.

—Todo bien. Me alegra que ustedes dos encontraran la forma de hacer que esto suceda.

Rayne lo mira contenta. Luce como la reina del baile de bienvenida en todo sentido. Hermosa. Como una diosa. Lista para reinar sobre su corte con amor y gracia.

—¿Y ahora la realeza del Baile de bienvenida saldrá a la pista de baile? —Pide J.J. desde el escenario.

La multitud aplaude y silba.

—¿Estás lista para esto, tu majestad? —Le guiño el ojo a Rayne, ofreciéndole mi mano con una reverencia.

Ella se sonroja y sonríe. Sus ojos brillan con un plateado radiante mientras me mira.

—¿Contigo? Siempre.

Le da a Lincoln un apretón rápido de mejilla y luego me da su mano, así puedo guiarla hasta la pista de baile.

Abe es lo suficientemente inteligente como para tomar a cualquier chica como su compañera de baile y ocupamos la pista con la pareja real de primer año. Por alguna razón, él mira mal a la pareja humana parada en una esquina. La chica se parece a Lincoln, debe ser su gemela.

Traigo a Rayne a mis brazos, donde encaja. Su pequeño cuerpo contra el mío, grande. Su suavidad contra mis músculos. Justo aquí, donde siempre debió estar. Ella levanta la cara para verme y luce absolutamente hermosa con su corona.

—Eres la perfección, mi reina, —murmuro.

Se sonroja.

—Te amo.

Mi sonrisa se vuelve malvada.

—No importa si me amas o no, Rayne-bow. Ahora me perteneces.

Sus ojos se vuelven un plateado líquido bajo las luces.

—¿Cuánto tiempo hasta que podamos irnos de este baile?

Me río en voz alta.

—Es tu noche, corazón. Estoy a tu disposición.

Rayne

—Eres mi pareja, —gruñe Wilde mientras me pone contra la pared de la cabaña de Abe Oakley. Sus ojos brillan de color verde en la oscuridad. Mis piernas están alrededor de su cintura; el vestido corto que llevo está subido hasta mi cadera.

Después del primer baile, él le informó a Abe que usaríamos su cabaña, y que debería mantener a todos lejos hasta que saliéramos.

Ahora me llevó adentro, pero no hemos llegado a la habitación. Estamos sólo del lado de adentro de la puerta de la cabaña oscura. Sorprendentemente, incluso sin la luz de la luna llena entrando por la ventana, ahora puedo ver a la perfección en la oscuridad.

—Todavía no te lo he hecho contra la pared, ¿verdad, Rayne-bow? —Wilde frota el bulto de su erección entre mis piernas abiertas.

—Todavía no, —ronroneo. Mis brazos rodean su cuello.

—Soy el primero. Tengo todas tus primeras veces, —reclama.

—El primero y el único.

Eso lo vuelve loco. Tira de mis bragas, las parte al medio para meterse entre mis piernas sin bajarme.

No me quejo. Me encanta este lado salvaje de Wilde. La idea de que esté tan desesperado por tomar mi cuerpo que no pueda controlarse me embriaga.

Me mantiene aplastada contra la pared, y usa una mano para desabrocharse los pantalones y liberar su erección. Sus labios se derriten contra los míos al mismo tiempo que la cabeza de su miembro se frota sobre mi hendidura.

Gimo para mostrar que estoy de acuerdo. Se siente bien. Tan suave y satisfactorio. Tan delicioso.

Su lengua empuja dentro de mi boca a la vez que él empuja en mi interior, un reclamo simultáneo. Una mano sube por mi vestido del Baile de bienvenida hasta tocar mi pecho desnudo. Wilde me devora, su cuerpo fuerte y atlético está en control de cada parte de mi cuerpo pequeño. Él es más duro ahora que mi loba salió a la luz. Está bien porque el dolor de sus caricias mandonas es fugaz e infinitamente satisfactorio. Como si mi lobo lo quisiera tan salvaje y feroz como él pudiera.

Las caderas de Wilde se mueven contra mí; sus labios todavía están pegados a los míos; sus dedos pinchan y retuercen mi pezón, me hacen gemir en su boca. Él se traga mis gritos. Empuja con más fuerza.

—Esta es tu primera vez contra la pared, bebé, —dice con voz áspera—. Y luego tendremos tu primera vez apoyada en el sofá. —Se mueve contra mí, me sube por la pared y me baja—. Y luego tu primera vez en cuatro. Primera vez por el culo.

Me vuelvo loca. Mis uñas raspan el cuello de Wilde, lo hacen sangrar. Creo que estoy gritando, pero no estoy segura. Mis oídos suenan muy fuerte como para saber qué fue ese ruido.

Hay un momento sin tiempo. El espacio entre segundos. La amplia expansión de un punto cero.

Y luego acabo, mi canal se tensa alrededor del pene de Wilde.

—Eso es, bebé. Acaba encima de mi verga, —me ordena y convulsiono contra la pared; mi cuerpo tiembla y se sacude, mis muslos internos aprietan como un tornillo alrededor de sus caderas.

Ni bien termino, cumple con su promesa y me lleva al brazo del sofá, donde me dobla y me da nalgadas, y vuelve a tomarme.

Cinco posiciones increíbles después, ha pasado la medianoche y estoy floja como una muñeca de trapo, pero escuchamos a los lobos aullando a la distancia.

—Vamos. —Wilde toma mi mano y me saca de la cama en la que acaba de tomar mi virginidad anal. Me lleva afuera, donde nos paremos desnudos bajo la luz de la luna. Me mira con ojos de lobo—. ¿Quieres correr?

Aparecen mis inseguridades. Mis miedos. No sé cómo transformarme. La última vez que me transformé, maté un hombre.

Pero Wilde se para al lado mío. Mi amante. Mi pareja. Mi hermanastro sensual y pecaminoso. Él me cuidará. Él es todo.

Asiento. En un pestañar, está en cuatro patas, un lobo negro enorme y hermoso. Lame mi gemelo.

No sé qué sucede. No sé cómo lo hago. Todo lo que sé es que tengo esta sensación intensa en el cuerpo de querer correr con él, y de pronto estoy mirando hacia abajo a dos patas delicadas, blancas como la nieve.

Me muevo hacia adelante sorprendida, mi cuerpo desconocido se retuerce con alegría en el aire.

De algún modo, noto que Wilde se está riendo. La boca

de mi loba está bien abierta con una sonrisa de cocodrilo. Corro hacia él, choco mi hombro contra el suyo mucho más grande.

Él levanta una pata poderosa y me tira a un costado, me pone boca arriba para lamerme con la lengua. Chillo y lloro de placer. De hecho, nunca sentí tanto éxtasis.

Wilde me suelta y me muerde la parte trasera para hacer que me pare, y luego me sigue en dirección a los aullidos de los lobos.

Encontramos a los chicos de Wolf Ridge en la meseta. Algunos en su forma humana, sentados alrededor del fuego. Algunos están desnudos, como si acabaran de volver a transformarse. Otros siguen corriendo y persiguiéndose en forma de lobo

Todos se detienen cuando llegamos al claro.

—¿Esa es...?

—Debe ser Rayne.

—Sí, esos son Wilde y Rayne. Por Dios santo. Es una loba blanca.

—Negro y blanca. El ying y el yang. Qué genial.

De pronto todos están en forma de lobo, reunidos a mi alrededor, oliendo, lamiendo, y dándome la bienvenida a la manada.

Casi es demasiada alegría que recibir. Siento que mi corazón podría explotar por el placer que me da. Quiero llorar y reírme todo al mismo tiempo. Levanto la nariz hacia la luna y lloro y aúllo con alegría.

Los chicos de la manada me imitan. Se unen. Somos uno. Unidos por la luna y nuestra sangre y las reglas de esta comunidad cercana.

Y luego Wilde me saca del círculo. Al principio no estoy segura de qué quiere, pero luego me doy cuenta.

Quiere que corra. Esta noche lidero la corrida de la manada bajo la luna llena.

Salgo corriendo y todos me siguen; Wilde va justo a mi lado. Hay gritos y alaridos de placer a mi alrededor mientras bajamos el costado de la montaña, persiguiendo nuestro propio desenfreno. Explorando esta sensación de libertad. Comunión con el otro y con la naturaleza.

Me encanta tanto, y sin embargo es sólo la fresa en el pastel.

Ahora tengo a Wilde. Soy una de las pocas que ha encontrado su pareja destinada.

E incluso más que eso, me tengo a mí misma. Mi yo loba y mi forma humana. Ninguna es defectuosa. Ambas son un milagro de ver.

Corremos y jugamos y corremos un poco más.

Al amanecer, me encuentro parada desnuda otra vez, acomodada en los brazos de Wilde, mirando el brillo suave que viaja por la montaña. A mi alrededor están mis compañeros de clase. Transformistas que nunca antes me aceptaron, y ahora son completamente uno conmigo.

—Te amo, bebe, —murmura Wilde mientras acaricia la parte de atrás de mi cabeza.

—Yo también te amo, —susurro, con lágrimas de felicidad que nublan mi visión.

Epílogo

W*ilde*

Arrojo la pelota de fútbol al césped y hago una mortal hacia atrás mientras el estadio y mis compañeros de equipo se enloquecen.

—¡Touchdown! ¡Ese es el final del juego! Un puntaje increíble para para el receptor de segundo año Wilde Woodward, ¡Duke acaba de ganar el partido!

El confeti vuela. Mis compañeros de equipo me levantan y me llevan por el campo. Levanto el puño en el aire, pero estoy mirando las gradas donde está la pequeña rubia más increíble de pie, celebrándome. A la que no he visto en persona desde el receso de navidad.

La única forma de soportarlo fue con muchas, muchas videollamadas, envíos frecuentes de ropa con su aroma y el saber que el año que viene estaremos juntos en ASU.

Contacté a su entrenador acerca de transferirme y me ofrecieron una beca completa para el año que viene, que incluye dinero de refuerzos y apoyos. También viene con una residencia universitaria que puedo compartir con Rayne. Después de la lucha y la discordia de estar separados

este año lectivo, nunca más tendremos que hacerlo. Necesito despertarme cada mañana con ella en mi cama. Tener su aroma en mi almohada. Tener su sabor en mi lengua. Necesito protegerla, cuidarla, honrarla en todas las formas en que fallé al comienzo.

Ahora la veo, cómo, no estoy seguro, considerando que es pequeña y el estadio está lleno de fanáticos alborotados, pero un lobo conoce a su pareja. Sus puños están en el aire, y está saltando.

Ni bien mis amigos me bajan, salgo corriendo hacia las gradas, salto la pared para llegar a la tribuna y hago que la multitud grite encantada. Llego a Rayne y la tomo en mis brazos.

Y entonces estoy en casa. No en Arizona, sino exactamente donde necesito estar. Con las piernas de mi hermosa y dulce hermanastra envolviendo mi cintura.

—Estuviste perfecto, —dice.

Sé a lo que se refiere. No es mi atletismo lo que admira, sino mi habilidad de hacer que luzca difícil cuando de hecho es muy sencillo para mí.

Le dejo besos en todo el rostro.

Ni siquiera tengo palabras para lo feliz que me siento de verla. De abrazarla.

—Bebé, —es todo lo que puedo decir una y otra vez.

—Mira, —ella señala la pantalla de video del estadio, la que muestra repeticiones y acercamientos de los fanáticos. Es una toma de un bebé envuelto en una manta.

—¿Qué? No lo entiendo.

La cámara de video se aleja del bebé para mostrar a mi papá y a Leslie saludando.

—La estrella de Duke Wilde Woodward hoy acaba de convertirse en hermano mayor. Sus padres le enviaron este video para felicitarlo por el partido, —dice el locutor—.

Cinco kilos, doscientos gramos. Parece que habrá otro jugador de fútbol en la familia.

—Ah. *¡Ah!* Oh, guau. ¿Lo sabías?

Rayne se ríe.

—Sí. Me enviaron un mensaje recién cuando terminó el partido. Su nombre es Nathanial. Él y mi mamá están muy bien.

Sonrío.

—Es tan extraño, ¿verdad? ¿Que los dos seamos sus hermanos?

—Somos el nuevo parámetro de lo que es extraño, eso es seguro. —Rayne levanta su rostro sonriente para que le dé más besos.

Le doy uno lento y profundo, acariciando entre sus labios con mi lengua, explorándola.

Estoy tan perdido en el momento que se siente como si el estadio enloqueciera una vez más. Oh espera, lo hace.

Rayne se aleja, riendo, y señala la pantalla otra vez, donde hay una toma nuestra esta vez. De nuestro beso. Nuestro amor.

Saludo y vuelvo a besar a mi pareja con toda mi pasión. Le muestro que es mía por siempre. Todo lo que necesito.

Todo por lo que vivo.

Libro Gratis de Renee Rose

¿Quiere un libro gratis de Renee Rose? Suscríbete a mi newsletter para recibir **Padre de la mafia** y otro contenido especialmente bonificado y noticias de nuevos. https://BookHip.com/NCVKLK

Otros Libros de Renee Rose

Secundaria Wolf Ridge

Alfa Bravucón

El caballero alfa

Alfa-nastro

Alfas peligrosos

La tentación del alfa

El peligro del alfa

El premio del alfa

El reto del alfa

La obsesión del alfa

El deseo del alfa

La guerra del alfa

La misión del alfa

El tormento del alfa

El secreto de alfa

La presa del alfa

La sangre del alfa

El sol del alfa

La luna del alfa

El juramento del alfa

La venganza del alfa

El fuego del alfa

El rescate del alfa

Hombres lobo de Wall Street

Un Gran Jefe Malvado: Medianoche

Un Gran Jefe Malvado: Lunático

Un Gran Jefe Malvado: Marcada

Un Gran Jefe Malvado: Su pareja

Osos malvados

El reclamo del alfa

Rancho Wolf

Áspero

Salvaje

Feroz

Rudo

Indomable

Implacable

Instintivo

Vigoroso

Dos Marcas

Rebelde - GRATIS

Tentada

Deseada

Seducida

Alfa de Montaña

Héroe

Rebelde

Guerrero

Vegas Clandestina

Rey de diamantes

Padre de la mafia

Sota de picas

As de corazones

El comodín del Loco

Su reina de tréboles

La mano del muerto

El comodín

Conoce a la autora

RENÉE ROSE, LA AUTORA BESTSELLER EN USA TODAY, ama los héroes dominantes, ¡los machos alfa que saben hablar sucio! Ha vendido más de un millón de copias de tórridas novelas románticas con diferentes niveles de sexo no convencional. Sus libros han sido presentados en el Happily Ever After de USA Today y en Popsugar. Nombrada en el Eroticon de los Estados Unidos como la Próxima Autora Erótica Top en 2013, ha ganado también como Autora Preferida en Ciencia Ficción y Antología Valiente y Atrevida y con la mejor novela romántica histórica en The Romance Reviews. Figuró catorce veces en la lista de USA Today con su serie Rancho Wolf y varias antologías.

**Suscríbete a mi newsletter para recibir contenido especialmente bonificado y noticias de nuevos lanzamientos en Español.

https://www.subscribepage.com/reneerose_es

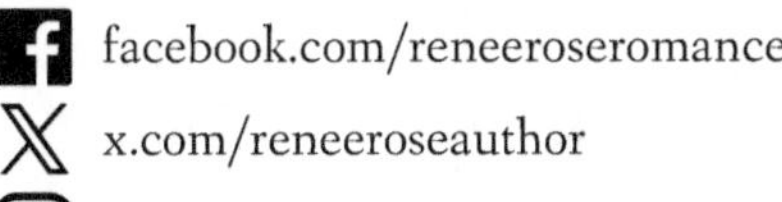

facebook.com/reneeroseromance

x.com/reneeroseauthor

instagram.com/reneeroseromance